SACRED
für PC

SACRED:
Underworld
für PC

Im Videospielhandel

SACRED

STERNENTAL

Die Chronik von Ancaria, Band 2

Roman
von Steve Whitton

Basierend auf dem Computerspiel
Sacred von Ascaron Entertainment

Aus dem Englischen von
Andreas Kasprzak

Die Deutsche Bibliothek – CIP-Einheitsaufnahme

Ein Titeldatensatz für diese Publikation ist bei der Deutschen Bibliothek erhältlich.

*Dieses Buch wurde auf chlorfreiem,
umweltfreundlich hergestelltem
Papier gedruckt.*

In neuer Rechtschreibung.

Sternental (Die Chronik von Ancaria, Band 2) von Steve Whitton, aus dem
Englischen von Andreas Kasprzak. Basierend auf dem Computerspiel SA-
CRED von Ascaron Entertainment.

Deutsche Ausgabe erschienen bei Panini Verlags GmbH, Rotebühlstraße 87,
70178 Stuttgart. SACRED and all related names and characters
© 2005 Ascaron Entertainment. All Rights Reserved.

No similarity between any of the names, characters, persons and/or institutions
in this publication and those of any pre-existing person or institution is inten-
ded and any similarity which may exist is purely coincidental. No portion of
this publication may be reproduced, by any means, without the express written
permission of the copyright holder(s).

Lektorat: Peter Thannisch
Redaktion: Mathias Ulinski, Holger Wiest
Chefredaktion: Jo Löffler
Umschlaggestaltung: tab visuelle Kommunikation, Stuttgart
Cover art by Ascaron Entertainment
Satz: Greiner & Reichel, Köln
Druck: Panini S. P. A.
ISBN: 3-8332-1276-4
Printed in Italy

1. Auflage, August 2005

www.paninicomics.de/videogame

Was bisher geschah:

Ruhelos zieht die Vampir-Kriegerin Zara durch das König-reich Ancaria, seit Jahrhunderten auf der Suche nach Verge-bung für begangene Bluttaten. In der Stadt Hohenmut rettet sie dem jungen Falschspieler und Abenteurer Falk das Le-ben, der seitdem nicht mehr von ihrer Seite weicht, und ge-meinsam gelangen sie in den kleinen Ort Moorbruch, der angeblich von einer grausamen Bestie heimgesucht wird, die Jungfrauen zerfleischt und ihnen die Herzen aus den Lei-bern reißt.

Um den Menschen von Moorbruch zu helfen, setzt sich die einst so blutrünstige Vampirin auf die Fährte der Bestie – und erkennt schließlich, dass es sich um eine ganze Armee davon handelt, magisch veränderte Wargh-Wölfe, die den Befehlen ihres düsteren Herrn gehorchen. Zara trifft bei ihrer Jagd auch auf die Seraphim Jael, die im Dienste des Königs steht und vor fünfhundert Jahren Zaras Feindin war, und ge-meinsam machen sie die Bestien von Moorbruch den Ga-raus.

Und sie lüften das Geheimnis von Moorbruch: Salieri, der abtrünnige Priester der kleinen Ortschaft, brauchte die Her-zen der zwölf ermordeten Jungfrauen für ein furchtbares Ri-tual, angeblich um seinem Meister, dem Magier Iliam Zak,

Anführer des Sakkara-Kultes, neue Macht zu verleihen. Doch dieser ist vor tausend Jahren verbannt worden, in die Magier-Enklave Sternental.

Hat er all die Jahrhunderte durch seine finsteren Zauberkräfte überdauert? Ist der furchtbare Sakkara-Kult wiederauferstanden? Plant Iliam Zak erneut, die Macht im Königreich und die Krone an sich zu reißen, wie er es schon einmal versuchte?

Um diese Fragen zu klären und sich der drohenden Gefahr entgegenzustellen, machen sich die Vampirin Zara und die Seraphim Jael auf nach Sternental. Begleitet werden sie nicht nur von dem jungen Abenteurer Falk, dem inzwischen eine seltsame Freundschaft mit Zara verbindet, sondern auch von einem mysteriösen Wolf, den Zara in der Nähe von Moorbruch aus einer Falle befreite und der dem Trio in einigem Abstand folgt ...

Der Wald war lieblich, dunkel und tief.
Aber ein Versprechen mich rief:
Ein langer Weg, bevor ich schlief.

Robert Frost, *Stopping by Woods on a Snow Evening*

I.

Der Weg nach Burg Sternental führte sie in südliche Richtung. Wenn sie stets den Gestirnen folgten, die untergehende Sonne im Rücken, würden sie früher oder später zu der legendären Magier-Enklave gelangen, wo sich der Führer des Sakkara-Kults, der Zauberer Iliam Zak, seit Jahrhunderten im Exil befand.

Die drei Gefährten waren an diesem Wintertag von Moorbruch aus aufgebrochen. Der bezaubernde Anblick der verschneiten Landschaft, der sich ihnen darbot, ließ sie die schrecklichen Geschehnisse der letzten Zeit fast vergessen. Es war, als ritten sie durch eine Märchenwelt. Der klirrende Frost und die Kälte hatten Bäume und Sträucher in starre weiße Gebilde verwandelt. Hier und da hingen noch die gefrorenen Früchte des längst vergangenen Sommers an den schneebeladenen Zweigen, an denen sich nun die Vögel gütlich taten, für die es sonst nicht viel zu holen gab. Farne und Gräser waren von einer funkelnden Eisschicht überzogen, und der Schnee rings umher glitzerte, als wäre er mit zerstoßenen Diamanten bestäubt. Frostweiße Spinnweben spannten sich im Gesträuch, und der Boden war so hart gefroren, dass die Hufe der Pferde darauf klapperten wie auf Kopfsteinpflaster.

Sie folgten dem Pfad am Waldrand entlang, bis der Weg schließlich in den Wald führte und sich als schmaler Schlauch festgestampfter Erde durch das dunkle Dickicht der Tannen wand. Die Äste der Bäume hingen schneebeladen herunter, und am Himmel über ihnen ballten sich die Wolken zusammen. Doch vorerst hielt sich das klare kalte Wetter, und es stand zu hoffen, dass das noch eine Weile so bleiben würde.

Der Pfad führte sie durch den zunehmend dichter und dunkler werdenden Wald, der links und rechts des kaum drei Schritte breiten Weges bald eine undurchdringliche Mauer aus Bäumen, Gesträuch und wild wucherndem Efeu bildete. Es dauerte nicht lange, bis sich nicht mehr sagen ließ, was sie hundert Meter weiter vorne, hinter der nächsten Biegung, erwartete. Alles, was sie sahen, war das jeweilige Wegstück direkt vor ihnen, und sonst nichts. Doch zumindest konnten sie sich nicht verlaufen, wenn sie dem Pfad folgten, denn es gab nur diesen einen Weg.

In dieser ersten Nacht schlugen sie ihr Lager ein paar Schritte neben dem Pfad im dichten Unterholz auf, in einer natürlichen Nische, die zu drei Seiten von Dickicht eingeschlossen war. Die Tannenwedel über ihren Köpfen wirkten wie ein natürliches Dach und hielten Väterchen Frost auf Abstand, der fortwährend versuchte, mit seinen eisigen Messern durch ihre Kleidung zu stechen.

Falk war froh, als sie am Abend um das kleine Feuer saßen und sich wärmen konnten, während sie schweigend ihren Proviant für diesen Tag verzehrten. Rita, die Wirtin des *Güldenen Tropfens*, hatte ihnen ein Paket geschnürt, das sie einige Tage lang mit Wein, Brot, gesalzenem Pökelfleisch,

Schinken und Räucherfleisch versorgen würde. Im flackernden Schein des kleinen Feuers saßen sie in ihrer „Höhle", aßen in nachdenklichem Schweigen und ließen den Weinschlauch kreisen.

Um sie herum erklangen die Geräusche des Waldes – Rascheln von Blattwerk, verstohlenes Gehusche im Dickicht, Tierlaute aller Art. Geräusche, die einem vorgaukelten, dass hinter jedem Busch und Strauch ein wildes Tier auf der Lauer lag, das nur darauf wartete, sich auf sie zu stürzen.

Dabei war das einzige wilde Tier, das sie *sahen*, der große Wolf, der ihnen folgte, seit sie Moorbruch verlassen hatten. Die ganze Zeit über blieb er hinter ihnen, in gebührendem Abstand. Manchmal, wenn man sich nach ihm umsah, blieb er abrupt stehen, so als erwartete er, dass sie auf ihn anlegen würden, doch selbst wenn das Jael oder Falk in den Sinn gekommen wäre, Zara hätte verhindert, dass sie ihm ein Leid antäten. Die Vampirin hatte dem Wolf das Leben gerettet, und sie würde nicht zulassen, dass es ihm jetzt doch noch genommen wurde.

Der Wolf schien das zu spüren, denn je länger sie unterwegs waren, desto häufiger traute er sich näher heran, bloß ein paar Schritte zwar, aber er *kam* näher. Manchmal blieb er weiter hinter ihnen zurück, wenn er irgendetwas gewittert hatte, und zweimal dachte Falk, der Wolf wäre es leid geworden, ihnen zu folgen, und hätte beschlossen, einen anderen Weg einzuschlagen. Aber dann tauchte das mächtige Tier plötzlich wieder hinter ihnen aus dem Dickicht auf, groß und grimmig, und jedes Mal kräuselte ein kleines Lächeln Zaras Mundwinkel. Im Gegensatz zu ihren Begleitern schien sie die Gesellschaft des Wolfs zu begrüßen; sie warf ihm allabendlich sogar einen Teil von ihrem Fleisch hin, wenn sie irgendwo im Wald ihr Nachtlager aufgeschlagen hatten und ihr Mahl verzehrten.

Am ersten Abend warf Zara das Fleisch dreißig Schritte weit weg vom Lagerfeuer auf den Pfad. Der Wolf hatte sich ein gutes Stück von ihnen entfernt am Wegesrand in einer Erdmulde zusammengerollt, und sein Kopf ruckte hoch, als das Fleisch zwischen ihm und ihrem Lager auf den Pfad plumpste. Der Blick seiner goldschimmernden Augen huschte zwischen dem Fleischbrocken auf dem Weg und den Gefährten hin und her, die zusammengekauert an ihrem Feuer saßen, eingehüllt in ihre Decken. Zara ermahnte die anderen flüsternd, das Tier gar nicht zu beachten, dann nahm sie einen Schluck Wein, während sie aus den Augenwinkeln verfolgte, wie der Wolf die Situation misstrauisch abzuschätzen versuchte. Eine ganze Weile tat sich nichts, der Wolf rührte sich nicht. Nur seine Augen bewegten sich.

Erst gute zehn Minuten später erhob sich das Tier und ging vorsichtig auf den Fleischbrocken zu, die drei Gefährten nicht aus den Augen lassend, der Körper vom Schwanz bis zur Schnauze angespannt, als rechnete er mit einer Falle. Doch weder die Vampirin noch die Seraphim oder der Mensch schienen ihn zu beachten, während er sich langsam an das Fleisch heranpirschte, dann davor stehen blieb und einen Moment lang verharrte, ehe die gewaltige Schnauze plötzlich vorschoss und nach dem Fleisch schnappte – ein Haps, und weg war der faustgroße Brocken. Sofort wich das Tier wieder zurück, doch bevor der Wolf zu seiner Erdmulde zurücktrottete und sich wieder hinlegte, sah er noch einmal hinüber zu den Gefährten, als würde er Zaras Blick suchen. Und Falk, der den Wolf verstohlen aus den Augenwinkeln beobachtete, hätte schwören können, dass das Tier der Vampirin wie zum Dank zublinzelte.

Am nächsten Abend warf Zara das Fleisch zwanzig Schritte entfernt von ihrem Lager hin, und auch diesmal kam der Wolf nach einigen Minuten und holte sich den Brocken, obwohl er dafür nun näher herankommen musste. Dieses Spielchen wiederholte sich auch am dritten und vierten Abend, und jedes Mal warf Zara den Fleischbrocken kürzer, sodass das Tier von Tag zu Tag näher an sie heran musste, bis bloß noch zehn Schritte zwischen dem Fleisch und ihrem Lager waren.

Und im gleichen Maße, wie sich der Wolf an sie gewöhnte, gewöhnten sie sich an den Wolf. Hatte Falk in der ersten Nacht noch wach zu bleiben versucht und auf jedes Geräusch gelauscht, aus Furcht, der Wolf könnte sich auf sie stürzen, kaum dass sie in Morpheus' Armen weilten, so legte sich seine Furcht vor dem wilden Tier, je länger sie unterwegs waren. Er war mittlerweile überzeugt davon, dass ihnen von dem Wolf keine Gefahr drohte; das Tier würde ihnen nichts tun.

Aber was wollte der Graupelz von ihnen?

Keiner von ihnen vermochte es zu sagen.

Am dritten Tag ging der Wald allmählich in einen Sumpf über; die Bäume und Sträucher, die den Trampelpfad all die Zeit über begrenzt hatten, wichen nun zurück und wurden spärlicher, bis sich rings um die Wanderer eine düstere Sumpflandschaft erstreckte, eine braunschwarze Fläche mit verkrüppelten Kiefern, kleinen Erdinseln inmitten wabernder Nebel und verzweigten Pfaden fester Erde, zwischen denen das Moor gluckste. In der Luft lag der moderige Geruch von toten Pflanzen, die in Brackwasser vor sich hinfaulten. Ein seltsames, unnatürliches Zwielicht herrschte. Hinter der dichten Wolkendecke am Himmel zeichnete sich die Sonne nur als blasser Schemen ab. Egal, wie weit der Tag auch fortschritt, es schien nie richtig hell zu werden – ein Eindruck, der von den Nebelschwaden, die über allem lagen, noch verstärkt wurde.

Man musste aufpassen, wohin man trat. Überall blubberte und gluckste es, als würde das stinkende dunkle Wasser zwischen den festen, sicheren Erdstegen kochen. Hier und da ragten verkrüppelte, längst tote Bäume aus dem Moor, oder Bäume und Buschwerk drängten sich auf Erdinseln inmitten des Sumpfes zu kleinen Wäldchen zusammen.

Es war eine trostlose Gegend bar jeden Lebens, wie es schien.

Bar jeden Lebens?

Nicht ganz. Als Falk gegen Ende ihres ersten Tages in den Sümpfen – dem vierten Tag ihrer Reise – gelangweilt den Blick schweifen ließ, machte er in dem wogenden Halbdunkel unversehens eine Bewegung aus. Seit sie Moorbruch verlassen hatten, waren sie keiner Menschenseele begegnet, Tiere hatten sie nur selten gesehen, und wenn sich die Gefährten unterhielten, dann einsilbig und mit wenigen Worten, sodass man die meiste Zeit über seinen eigenen Gedanken nachhing und darauf wartete, dass die Etappe dieses Tages zu Ende ging. Da war ein wenig Abwechslung fast eine willkommene Freude; so jedenfalls empfand es Falk, als er ganz in der Nähe mehrere weiß leuchtende vage Schemen ausmachte, die – einer Prozession gleich – durch den wabernden weißen Nebel schwebten.

Falk verkniff die Augen zu schmalen Schlitzen, um besser erkennen zu können, was sich dort im Nebel tat. Er war gerade zu dem Schluss gelangt, dass es Gestalten mit Laternen waren, deren Schein ihre Gewänder im Zwielicht unnatürlich weiß schimmern ließ, als eine Windbö heulend und jammernd durch das tote Land strich, und plötzlich wehten die weißen Lichter auseinander wie Nebelschwaden – nur um ein paar Herzschläge später an einer vollkommen anderen Stelle des Sumpfs wieder aufzutauchen.

Falks Begeisterung über die Abwechslung verwandelte sich in bedrückende Furcht. Geschichten, die ihm seine Großmutter erzählt hatte, kamen ihm in den Sinn – Geschichten über menschenfressende Geister, über Nachzehrer, die in Nebelgestalt durch die Schlüssellöcher in jedes Haus eindrangen, um sich an den Lebenden zu laben ...

„Bei allen Göttern", murmelte Falk ängstlich. „Geister ..."

Jael, die ein Stück vor ihm ritt, wandte sich halb zu ihm um. „So ungern ich dich auch enttäusche", sagte sie süffisant, als hätte sie bereits damit gerechnet, dass er auf diese Täuschung hereinfallen würde, „aber *das* sind keine Geister."

„Na, und was dann?", wollte Falk wissen, während er zu gleichen Teilen fasziniert und furchtsam verfolgte, wie die seltsamen weißen Lichter zu einer unhörbaren Melodie durch den Nebel tanzten. „Um was sollte es sich bei diesen Gestalten denn dann handeln, wenn nicht um Geister?"

„Irrwische", erwiderte Jael knapp.

Falk schauderte und verzog das Gesicht. „Klingt gefährlich."

Jael lachte. „Nun, nicht viel gefährlicher als Sumpfgas",

sagte sie. „Denn darum handelt es sich – um sich selbst entzündendes Sumpfgas."

„Und das ist nicht gefährlich?", fragte Falk misstrauisch.

„So gefährlich wie ein Furz", mischte sich Zara ein. „Und riecht auch so." Sie verzog angewidert das Gesicht, als ein zweiter eisiger Hauch die Irrlichter auseinander wehte und den Gestank von Schwefel und Verwesung zu ihnen trug. „Widerlich."

„Oh", machte Falk. Er schaute hinüber zu den seltsamen weißen Schemen, die lautlos durch den Sumpf schwebten. Irgendwie sahen sie immer noch aus wie Geister. Peinlich war es jedoch schon, dass er sich von aufsteigendem Sumpfgas hatte ängstigen lassen …

Jael folgte seinem Blick. „Diese Irrlichter sind noch das Harmloseste, das hier lauert", erklärte sie ernst. Als Falk sie daraufhin fragend ansah, sagte sie mit einer Stimme, die der seiner Schauermärchen erzählenden Großmutter gar nicht so unähnlich klang: „Dies ist eine gefährliche Gegend, und sie ist wenig erforscht, da es hier weit und breit nichts gibt, das für die Krone, die Bürger Ancarias oder sonst jemanden von Interesse wäre. Bloß Sumpf und unwirtliches Gelände. Wer sich hierher verirrt, will entweder nicht gefunden werden, oder er ist unterwegs nach Sternental, und beides wirft kein sonderlich gutes Licht auf den Betreffenden."

Sie schnalzte mit der Zunge, als ihr Pferd dem sumpfigen Ufer zu nahe kam, und brachte das Tier mit einem Ruck am Zügel auf den rechten Pfad zurück, ehe sie fortfuhr: „In dieser Gegend sind im Laufe der Jahrhunderte etliche Menschen verschwunden, und obwohl in vielen Fällen sogar nach den Vermissten gesucht wurde, hat man nie auch nur eine Leiche gefunden. Sie alle sind auf Nimmerwiedersehen verschwunden. Das hat diesen Sümpfen auch ihren Namen eingebracht – man nennt sie die Nimmermehrsümpfe."

„Die Nimmermehrsümpfe", wiederholte Falk ehrfurchtsvoll, und wieder sah er hin zu den „Geistern", die lautlos über das Brackwasser schwebten. Er spürte, wie ein eisiger Finger sein Rückgrat hinabstrich, und schauderte. Fröstelnd raffte er den Kragen seines Mantels enger zusammen. Er konnte sich nicht helfen, irgendwie war gegen diese trostlosen Sümpfe selbst der Dunkelforst einladend gewesen.

Sie trabten weiter, doch während sie im Wald relativ rasch vorangekommen waren, konnten sie sich in den Nimmermehrsümpfen nur vorsichtig bewegen. Es ging nur langsam voran, sodass Falk zuweilen das Gefühl hatte, sich überhaupt nicht von der Stelle zu bewegen. Hinzu kam das unheimliche Halbdunkel, das die Trostlosigkeit um sie herum noch betonte und die Stimmung der Reisenden merklich drückte. Dies war kein Ort, an dem man freiwillig verweilen wollte, so viel stand fest.

„Thor", murmelte Zara irgendwann, als sich die ersten Schatten der Nacht in das ewige Dämmerlicht schlichen.

Falk runzelte die Stirn. „Hm?"

Sie nickte in Richtung des Wolfes, der zwanzig Schritte hinter ihnen durch den Sumpf trottete. Obwohl sie in den vergangenen Tagen von früh morgens bis spät abends unterwegs waren, war von seinem Humpeln kaum noch etwas zu bemerken. Die Wunde, die ihm das Fangeisen zugefügt hatte, schien rasch zu verheilen. „So werde ich ihn nennen: Thor."

Falk sah sich nach dem Wolf um. „Thor … hm?" Er dachte darüber nach. „Ja, Thor ist ein guter Name. Passt irgendwie zu dem Burschen. Ich kannte mal einen, der Thor hieß, ein riesiger muskulöser Kerl, groß wie ein Ork und mit Schultern, breit wie ein Kleiderschrank. Und genau das war sein Problem, denn Thors Libido war mindestens ebenso stark ausgeprägt wie seine Muskeln, was ihm den Zuspruch des Weibsvolks von ganz Pagania einbrachte. Die Frauen holten sich Thor reihum ins Bett, um zu sehen, ob er auch ansonsten mit körperlichen Vorzügen gesegnet war." Er machte eine Pause und schüttelte den Kopf, ehe er fortfuhr: „Nun, ob er nun so gut bestückt war, wie sich die Weiber erhofften, kann ich weder bestätigen noch verneinen. Sicher aber ist, dass er nach einem seiner Schäferstündchen von einem eifersüchtigen Ehemann zum Duell gefordert und im ersten Antritt erschossen wurde. Der gehörnte Ehemann war ihnen auf die Schliche gekommen, als er eines Tages früher als erwartet nach Hause kam und der riesige Thor sich nirgendwo verstecken konnte, da der Kleiderschrank im Schlafgemach zu klein für ihn war." Falk giggelte fröhlich.

Als er Zara grinsend ansah und die Vampirin ihn nur verständnislos anstarrte, fiel sein Grinsen in sich zusammen. Er räusperte sich. „Thor", sagte er wieder. „Guter Name …"

Er wandte sich an Jael und wechselte abrupt das Thema: „Was ist an diesem Sakkara-Kult eigentlich so schlimm gewesen, dass sich alle vor ihm fürchteten? Ich meine, es hat im Laufe der Jahrhunderte immer wieder irgendwelche verrückten Zauberer gegeben, die versucht haben, die Krone an sich zu reißen."

Jael nickte. „In Ancaria hat es tatsächlich schon viele magische Kreise, Hexenzirkel, Sekten und Kulte gegeben, die mit Hilfe dunkler Magie Macht erlangen wollten", bestätigte sie. „All diese Gruppen strebten in irgendeiner Weise danach, die Herrschaft über Ancaria zu erlangen, doch im Gegensatz zu allen anderen wäre dies dem Sakkara-Kult seinerzeit um ein Haar sogar gelungen."

„Was genau ist passiert?", fragte Falk.

Jael wiegte den Kopf. „Nun, Einzelheiten des Falls wurden nie öffentlich gemacht und alle Beteiligten von König Aarnum I. selbst zu absolutem Stillschweigen verpflichtet. Doch wenn man so lange lebt wie ich und so viel herumkommt, hört man einiges, und nach allem, was ich weiß, war Iliam Zak einst ein getreuer Diener der Krone, bis er die Magie für sich entdeckte und sich von einem Tag auf den anderen gänzlich aus dem Hofleben zurückzog, um fortan das Leben eines Eremiten und Einsiedlers zu führen – zumindest schien es nach außen hin so. Im Verborgenen allerdings betrieb Iliam Zak wie besessen schwarzmagische Studien, und je mehr Wissen er sich aneignete, desto größer wurde seine Macht. Gerüchte besagen, er habe sogar einen Pakt mit der Hölle selbst geschlossen. Unterstützt von den dämonischen Kräften des Orkus, die seit jeher danach trachten, die Welt zu unterjochen, ging Iliam Zak später daran, ein Heer von Jüngern um sich zu scharen, da ihm klar wurde, dass er allein trotz all seiner Fähigkeiten nicht im Stande sein würde, den König um seine Krone zu bringen und selbst den Thron zu besteigen. Also versprach er allen, die sich ihm anschlossen, große Macht und Ländereien – ein Leben in Saus und Braus, dem selbst der Tod kein Ende setzen würde. Bald saßen seine Handlanger überall, sogar bei Hofe wimmelte es vor Sakkara-Jüngern, die im Stillen alles taten, um den großen Traum ihres Meisters Wirklichkeit werden zu lassen. Es ist nicht bekannt, wie genau Iliam Zak es anstellte, so viele seiner Anhänger in hochrangige Ämter zu hieven – ob mit Magie oder durch Erpressung und Bestechung –, doch nach einer Weile tanzte selbst der Vizekönig nach Iliam Zaks Pfeife. Er manipulierte die Menschen, blendete sie mit seinem Zauber und versprach ihnen, ihre geheimsten Wünsche zu erfüllen."

Sie verstummte für einen Moment, um sich umzuschauen und ihr Pferd auf sicherem Pfad zu halten, während sie weiter durch den Sumpf ritten. Dann fuhr sie fort: „Doch Iliam Zak war ein kluger Mann. Er wusste, dass es ihm nichts nützen würde, den König einfach mit einem Aufstand aus dem Weg zu räumen. Egal, wie viele Anhänger der Sakkara-Kult im Reich auch haben mochte, das Gro der Menschen stand gegen sie, darunter die ancarianische Armee, die dem König seit jeher treu ergeben war. Iliam Zak war klar, dass die freien Völker niemals einen König anerkennen würden, der den Thron durch Tücke, List und vielleicht sogar Königsmord erworben hatte. Also ersann er einen perfiden Plan, um den König zu stürzen und sozusagen durch die Hintertür die Herrschaft zu ergreifen: Er zog den Bruder des Königs, Theodred, den Thronnachfolger, auf seine Seite und fädelte alles so ein, dass der Tod des Königs wie ein Unfall aussehen würde. Dann wäre Theodred König geworden, und Iliam Zak hätte im Hintergrund die Strippen ziehen können, bis der rechtmäßige König ihn zu seinem Nachfolger erklärte."

Sie lachte leise. „Nicht, dass das vor ihm nicht schon viele andere versucht hätten, die über *keine* magischen Kräfte verfügten ... Doch Iliam Zak wusste seine Zauberkräfte geschickt einzusetzen, ohne dass er selbst jemals in Erscheinung trat, und am Ende zog sich die Schlinge um den Hals von König Aarnum I. immer enger zusammen. Angeblich stand bereits fest, wie er ums Leben kommen sollte – Iliam Zak wollte mit Hilfe eines Rituals dafür sorgen, dass sich in seinem Herzen so viel Druck aufbaute, dass es ihm in der Brust platzte, und all das im Tempel bei einer wichtigen Zeremonie, während sein angeblich schockierter Bruder neben ihm stand und vor den Augen der versammelten Bürger und Priesterschaft noch versuchte, dem Sterbenden das Leben zu retten. Und schon stünde die ganze Bevölkerung hinter ihrem neuen, aufopferungsvollen rechtmäßigen König, und Iliam Zak musste nur noch warten, bis Theodred lange genug auf dem Thron saß, dass es kein Aufsehen erregte, wenn er abdankte und stattdessen Zak zum König krönte. Es war ein perfekter Plan – eigentlich." Sie schüttelte fast unmerklich den Kopf, als könne sie die Kaltschnäuzigkeit dieses Vorhabens immer noch nicht fassen.

„Aber dazu kam es nie", mutmaßte Falk.

„Nein", bestätigte Jael. „Nur wenige Stunden vor der Tempelzeremonie bekam der König Wind von dem Plan; einer von Zaks Anhängern hatte sich wohl in weinseliger Laune bei einer Straßendirne verplappert, die sich vielleicht durch diesen Tipp Ansehen und Wohlstand erhoffte, und als die Verschwörer im Tempel auftauchten, um dem Schauspiel beizuwohnen, wurden sie schon von der königlichen Garde erwartet, die alle gefangen nahm. Man sandte auch Soldaten aus, um Iliam Zak zu verhaften, doch als sie bei seinem Haus ankamen, war er fort; allem Anschein nach hatte der Zauberer irgendwie davon erfahren, dass man ihm auf die Schliche gekommen war, und hatte sich umgehend aus dem Staub gemacht. Fortan war er auf der Flucht, während der König alle Verschwörer auf dem Scheiterhaufen verbrennen ließ und die Magiegesetze aus der Taufe hob, um zu verhindern, dass so etwas noch einmal geschah – und er dann vielleicht das Nachsehen hatte."

„Also hat er die Gesetze aus reinem Egoismus erlassen", stellte Falk fest. „All diese Zauberkundigen mussten den Flammentod sterben oder wurden über Jahre verfolgt und ins Exil verbannt, um zu verhindern, dass ihm jemand die Krone streitig machte."

Er nahm an, dass ihm die Seraphim als treue Dienerin der Krone widersprechen würde, doch zu seiner Überraschung nickte Jael ernst.

Er schaute Zara an und sagte: „Du hast unter Aarnum I. als Ritterin gedient. Du bist mit seiner Armee in die Schlacht gezogen gegen die Burg Mhurag-Nar, wo du zum Blutsau… äh, zur Vampirin wurdest. Was sagst du dazu?"

Zara zuckte mit den Achseln. „Ich war Aarnum I. damals treu ergeben, und er rettete das Reich vor den Dunkelelfen. Sein ‚Königliches Edikt wider die Nekromantie und Zauberei' wurde ausgerufen, nachdem ich zur Vampirin wurde – zum Blutsauger, wie du gerade sagen wolltest –, und ich erlebte mit, wie unbarmherzig und grausam Zauberkundige und solche, die man dafür hielt, verfolgt wurden. Doch sicherlich tat es Aarnum in dem Glauben, nur auf diese Weise das Reich und sein Volk schützen zu können." Sie schwieg einen kurzen Moment, bevor sie leise hinzufügte: „Erst unter Aarnums Erstgeborenem Morgast wurde die Verfolgung von Magiern und angeblichen Hexen richtig schlimm …"

Falk fragte nicht weiter. Er sah, dass Zara in ihrer Erinnerung gefangen war. Eine Erinnerung an eine düstere Zeit voller Blut und Grauen. Sie wollte bestimmt nicht darüber sprechen.

Er griff in seine Rocktasche, holte einen Streifen Pökelfleisch hervor, den er in sein Taschentuch eingewickelt hatte, und schob ihn sich in den Mund, um nachdenklich darauf herumzukauen.

An diesem Abend ritten sie noch, als die Dunkelheit längst die Herrschaft über die Welt an sich gerissen hatte.

Erst als sie lange nach Einbruch der Nacht auf einen großen überhängenden Felsen stießen, schlug Jael vor, sie sollten hier ihr Nachtlager aufschlagen. Falk war dankbar dafür, denn seit Sonnenaufgang saß er im Sattel, lediglich unterbrochen von zwei kurzen Rasten, um den Pferden Wasser zu geben. Sein Allerwertester schmerzte, und seine müden Knochen sehnten sich nach ein wenig Ruhe. Alles, was Falk wollte, war, sich hinzulegen, sich der Länge nach auszustrecken und ein paar Stunden zu schlafen, bevor es morgen weiterging.

Sie schlugen ihr Lager im Schutz des Felsüberhangs auf, der sich wie ein schartiges Dach über ihnen wölbte, und versorgten als Erstes die Pferde, ehe sie sich daran machten, ein Lagerfeuer zu entzünden. Während Jael eine flache Senke für das Feuer aushob und einen Ring aus Steinen darum legte, um die Glut zu schützen, streiften Zara und Falk in Sichtweite zueinander durch das umliegende Dickicht und sammelten Feuerholz. Die meisten Äste, die sie fanden, waren feucht von Eis und Schnee, sodass das Feuer anfangs nicht richtig brennen wollte und nur beißender Qualm aufstieg, doch nach einer Weile prasselten die Flammen, und die Reisenden breiteten im warmen Schein des Feuers ihre Decken um das Lagerfeuer aus.

Selbst durch zwei Lagen Decken spürte Falk das hart gefrorene Erdreich, als läge er auf nacktem Boden, doch nach vierzehn Stunden im Sattel kam ihm selbst dieses harte Lager wie das Paradies vor.

Er hockte sich hin und wiegte den Kopf, dass seine Wirbel knackten. Er verzog gequält das Gesicht und griff sich in den Nacken, um ihn mit der Hand zu massieren. „Verdammte Reiterei", brummte er missmutig. Er bereute beinahe seine Entscheidung, die Seraphim und die Vampirin nach Sternental zu begleiten. „Wenn die Götter gewollt hätten, dass wir uns reitend fortbewegen, hätten sie uns Hufe gegeben." Er streckte die Hände aus und hielt sie übers Feuer, um seine durchgefrorenen Finger zu wärmen.

Jael grinste. „Die Wege der Götter sind unergründlich", sagte sie amüsiert und fing den Proviantbeutel auf, den Zara ihr von den Pferden aus zuwarf. Sie schnürte den Beutel mit flinken Fingern auf, holte Brot und Pökelfleisch daraus hervor. Falk entkorkte derweil den Weinschlauch mit den Zähnen, um gierig einen kräftigen Schluck zu nehmen; der Wein war viel zu kalt, als dass man ihn hätte genießen können, aber Falk grinste selig, als hätte er noch nie in seinem Leben einen besseren Tropfen getrunken. Er genehmigte sich einen weiteren Schluck, ehe er den Schlauch an Zara weitergab und den Beutel nach etwas Essbarem durchforstete. Seine Augen leuchteten auf. „Ah, Schinken! Lecker!"

Zara setzte sich im Schneidersitz auf ihre Decken, trank einen Schluck Wein, verzog angewidert das Gesicht und reichte den Wein an Jael weiter, die ohne große Begeisterung auf ihrem Brot herumkaute.

„Ich habe Thor schon seit einer ganzen Weile nicht gesehen", sagte Zara irgendwann, nachdem sie eine Zeitlang schweigend getrunken und gegessen hatten.

„Vielleicht war er es leid, hinter uns herzulaufen, und er hat sich wieder auf den Heimweg gemacht", mutmaßte Falk. „Oder er hat die Fährte einer feschen Wolfsdame gewittert und lässt es gerade ordentlich krachen." Er biss ein Stück Schinken ab und kaute laut. „Ich will ehrlich zu dir sein, Zara: Ich bin froh, dass das Vieh endlich weg ist. Irgendwie stört mich der Gedanke noch immer, tief und fest zu schlafen, während dieses Raubtier um mich rumschleicht."

„Ich sagte schon, dass uns von Thor keine Gefahr droht", erwiderte Zara.

„Schön und gut", erwiderte Falk. „Aber weiß *er* das auch?"

Zara entgegnete nichts darauf. Stattdessen griff sie nach einem kleinen Zweig, der neben dem Feuer lag, hielt ihn in die Flammen und sah zu, wie diese über das Holz leckten. Ihre Miene war ausdruckslos; offenbar hatte sie keine Lust, weiter über dieses Thema zu reden. Vielleicht machte sie sich sogar ernstlich Sorgen um den Wolf. Wer konnte das bei Zara schon so genau sagen?

Falk biss ein weiteres Stück von dem Schinken ab, kaute darauf herum und ließ den Blick nachdenklich in die Ferne schweifen. Wie weit mochten sie wohl bereits von Moorbruch entfernt sein? Er konnte es nicht sagen, doch egal, wie viele Meilen es waren, die zwischen ihm und Ela lagen, es waren entschieden zu viele.

Der Gedanke an Ela ließ Falks Herz vor Sehnsucht schwer werden. Er legte den Rest Schinken beiseite, wischte sich die Hände an seinem Rock ab und hielt sich das rote Halstuch unter die Nase, das sie ihm beim Abschied umgebunden hatte. Der Geruch nach Zedern und Rosenseife, der von dem Stoff ausging, ließ ihn verliebt aufseufzen. „O Ela", murmelte er verträumt, „ich wünschte, ich könnte bei dir sein und mich an dir wärmen, statt mir hier draußen den Arsch abzufrieren …" Er sog den Duft tief ein und lächelte so herzerwärmend dämlich, wie es nur jene vermögen, denen Amors Pfeil im Herzen steckt. „Ich glaube, ich habe mich verliebt …"

Zara schnaubte verächtlich. „*Liebe …!*" Sie spie das Wort regelrecht aus, während sie mit ihrem Stock in der Glut herumstocherte. „Was ist an der Liebe schon so großartig?", murmelte sie, mehr zu sich als zu den anderen, und starrte gedankenverloren in die Flammen. „Anfangs ist vielleicht alles schön und süß wie Zucker, und man kann nicht genug davon bekommen, doch irgendwann muss man dafür bezahlen. Irgendwann kommt der Punkt, an dem aus Liebe Leiden wird, und es tut so weh, dass es einen beinahe um den Verstand bringt. Und dann ist es irgendwann vorbei, und man fragt sich, warum man bereit war, derart zu leiden für eine Sache, die es überhaupt nicht wert ist …" Zara hob ruckartig den Kopf und verstummte plötzlich, den Blick in weite Ferne gerichtet, in eine andere Zeit, an einen anderen Ort. Als ihr gewahr wurde, dass Falk sie fassungslos anstarrte, vertrieb sie die Schatten der Vergangenheit mit einem verlegenen Blinzeln, warf den Stock in die Flammen und erhob sich mit den Worten: „Wir brauchen noch Feuerholz." Damit ließ sie ihre Begleiter am Lager zurück, verließ den Schutz des Felsüberhangs und verschwand im Unterholz.

Falk sah ihr nach, wie sie zwischen den Büschen außer Sicht verschwand, und runzelte die Stirn. „Sieht so aus, als wäre dieses Thema unserer Lady Langzahn ein wenig unangenehm", meinte er.

„Das wäre es dir wahrscheinlich auch", sagte Jael, „hättest du den einzigen Menschen verloren, den du je von ganzem Herzen geliebt hast, und das auch noch durch dein eigenes Verschulden."

Falk schaute die Seraphim fragend an. „Wer war er?"

Jael wiegte den Kopf. „Sein Name war Victor", erzählte sie schließlich. „Er war ihre große Liebe, die Liebe ihres Lebens. Sie kamen aus demselben Ort – Schönblick, weit im Südwesten des Königreichs – und kannten sich, seit sie Kinder waren. Er war der Sohn eines Waffenschmieds; im Grunde keine akzeptable Partie für ein Fräulein aus gutem Hause, wie Zara eins war. Aber irgendwann, als sie alt genug waren, entdeckten die beiden ihre Gefühle füreinander. Anfangs hielten sie ihre Liebe geheim, weil sie fürchteten, dass Zaras Eltern nicht mit einer solchen Verbindung einverstanden wären, doch es waren gute Menschen, und das Glück ihrer einzigen Tochter war ihnen wichtiger als alle gesellschaftlichen Konventionen. Sie stimmten ihrer Verlobung zu und legten zusammen mit dem jungen Paar den Termin der Hochzeit fest. Die Trauung sollte im Garten von Zaras Elternhaus stattfinden, im Frühsommer, in einem Meer aus weißen Kirschblüten."

Falk lächelte. „Klingt nach der perfekten Romanze."

Jael nickte düster. „Das war es auch – bis der Große Krieg über das Land kam. Zaras Familie stand seit Generationen in Diensten des Königs, und da ihr Vater keinen Sohn hatte, der der Familie Ehre machen konnte, entschloss sich Zara, diese Bürde auf sich zu nehmen. Auch Victor wollte dem Ruf zu den Fahnen folgen, doch sein Vater starb, und da er jetzt die Verantwortung für seine Mutter und seine Geschwister trug, musste Victor schweren Herzens in Schönblick bleiben, während Zara in den Krieg zog. Victor versprach ihr, auf sie zu warten, egal, wie lange es dauern würde, und sie schworen sich, ihr Eheversprechen einzulösen, sobald Zara wieder zurück war. Als dieser Tag dann schließlich kam, war Heirat allerdings das Letzte, woran sie beim Anblick ihres Verlobten dachte."

Falk runzelte die Stirn. „Was ist passiert?"

„Sie hat ihn getötet", sagte Jael mit harter Stimme. „Ihn – und alle Mitglieder ihrer beider Familien."

Falk starrte sie ungläubig an. „Ist … ist das dein Ernst?"

Jael nickte. „Als Zara aus dem Krieg heimkehrte, war sie nicht mehr sie selbst; sie war jetzt ein Kind der Nacht, eine rastlose Tote, der nur noch eins Vergnügen bereitete: die Pein und der Schmerz anderer." Jael schwieg einen Moment, um ihre Gedanken zu sammeln, bevor sie mit leiser, ernster Stimme fortfuhr: „Nach ihrer Rückkehr stattete sie Victor einen Besuch ab. Im ersten Moment war er überglücklich, sie wieder zu sehen, doch das änderte sich rasch, als sie vor seinen Augen erst seine Mutter und dann seine Schwestern tötete, beginnend mit der ältesten. Erst dann war Victor selbst an der Reihe. Als er starb, muss er den Tod herbeigesehnt haben wie einen alten Freund." Jael schüttelte den Kopf, und sie wirkte dabei unendlich traurig. „Sie trank von keinem ihrer Opfer. Sie war nicht durstig; getrunken hatte sie bereits auf dem Weg in die Stadt. Alles, was sie Victor und seiner Familie antat, tat Zara zum Vergnügen, aus Freude daran, anderen Schmerzen und Leid zuzufügen."

Falk schluckte trocken, während Jael mit düsterer Miene sagte: „Danach ging sie in ihr Elternhaus und setzte ihr blutiges Werk fort – sie tötete nicht nur Vater und Mutter, auch die Diener, die Köchin, die Haushälterin und alle Bediensteten, die sich sonst noch im Haus aufhielten." Wieder nahm Jael einen Schluck Wein. „Dann kehrte sie ihrem Heimatort vorerst den Rücken, wanderte kreuz und quer durch Ancaria und hinterließ eine Spur des Grauens. Zara lebte all ihre düsteren Begierden ohne Hemmungen aus. Weder Mann noch Frau waren vor ihr sicher. Viele Unschuldige fielen in dieser Zeit ihrem unstillbaren Blutdurst zum Opfer."

„Woher weißt du das alles?", fragte Falk. „All diese Dinge über Zara?"

„Weil ich Zara, ihr Leben und ihre Taten seinerzeit im Auftrag von König Valorian eingehend studierte", erklärte Jael.

Falk runzelte die Stirn. „Im Auftrag des Königs?"

Jael nickte. „Nachdem Zara annähernd fünf Jahrhunderte lang mordend durch Ancaria gestreift war, einzig getrieben von ihrem Verlangen nach Blut und dem Leid anderer, beschloss König Valorian, dass es höchste Zeit war, ihrem grausamen Treiben ein Ende zu setzen. Das war jedoch leichter gesagt als getan. Viele hatten es bereits versucht und waren gescheitert, und auch die Inquisitoren waren mit dieser Aufgabe hoffnungslos überfordert. Also wandte sich der König an den Orden des Lichts, damit die Seraphim Zara zur Strecke brachten. Dazu aber mussten wir sie erst einmal finden. Doch Zara hatte eine Angewohnheit, die ihr letztlich zum Verhängnis wurde: Alle fünfzig Jahre kehrte sie nach Schönblick zurück, um eine Woche lang den Ort zu terrorisieren, ehe sie wieder weiterzog. Sechs von uns brachen nach Schönblick auf, um Zara zu stellen, und es gelang uns, sie auf dem Friedhof in der Gruft ihrer Familie in die Enge zu treiben. Wir gingen davon aus, dass wir dank unserer göttlichen Kräfte des Lichts leichtes Spiel mit ihr haben würden, doch wir unterschätzten ihre bösartige Blutrünstigkeit, was drei von uns mit dem Leben bezahlten, bevor es uns schließlich mit vereinten Kräften gelang, Zara zu überwältigen. Meine Gefährtinnen wollten sie auf der Stelle vernichten, allein schon aus Rache für die ermordeten Schwestern, und auch ich wollte, dass sie für ihre Verbrechen bezahlte, doch sie einfach zu töten, erschien mir bei weitem nicht ausreichend, um all das Leid zu sühnen, das sie im Laufe der Jahrhunderte verursacht hatte. Und deshalb gab ich ihr das zurück, was ihr die Nosferatu, die ihr einst den Blutkuss gab, genommen hatte: Ich zwang sie, von meinem Blut zu trinken, und weckte ihre Seele – und damit ihr Gewissen."

„Und auf einmal bereute sie ihre Taten", mutmaßte Falk fasziniert.

„Sie verlor vor lauter Abscheu und Entsetzen über das, was sie getan hatte, fast den Verstand", bestätigte Jael. „Plötzlich lastete die gesamte Schuld von fünfhundert Jahren auf ihr, die Erinnerung an all das Leid, das die verursacht hatte. Voller Entsetzen über sich selbst floh sie aus Schönblick. Einige Zeit lang behielten wir sie im Auge. Als ich Zara das letzte Mal sah, versteckte sie sich vor der Welt in den stinkenden Katakomben unter Burg Krähenfels und ernährte sich vom Blut der Ratten. Das war vor rund vier Jahrhunderten. Später versuchte ich vergebens herauszufinden, was aus ihr geworden ist; sie war wie vom Erdboden verschluckt – bis sie plötzlich zusammen mit dir in Moorbruch auftauchte und die Barmherzige spielte."

„Red nicht so über sie!", sagte Falk, heftiger, als er beabsichtigt hatte. „Was auch immer sie damals getan hat, sie hat sich verändert. Sie ist jetzt eine von den Guten. Sie hilft den Menschen."

„Ich weiß." Jael reichte Falk den Weinschlauch. „Ich frage mich, was sie in all diesen Jahrhunderten, in denen ich nichts von ihr hörte, getrieben hat."

Sie verstummte, als in den Büschen ganz in der Nähe ein verhaltenes Rascheln erklang. Dann tauchte Zara aus dem Dickicht auf, in den Armen genug Holz, dass das Lagerfeuer die ganze Nacht durch brennen konnte. Obwohl Falk sich alle Mühe gab, sich nicht anmerken zu lassen, worüber sie gerade gesprochen hatten, verriet ihn irgendetwas in seinem Blick oder in seiner Miene. Denn als Zara das Holz neben das Feuer legte und sich auf ihre Decken sinken ließ, sagte sie mit einem knappen Seitenblick auf Falk: „Weißt du noch, wie ich dir neulich sagte, dass ich der schlimmste Albtraum bin, den du dir vorstellen kannst? Ich hoffe, *jetzt* glaubst du's."

Falk wurde rot im Gesicht, als hätte man ihn mit den Fingern im Honigtopf erwischt. Er fühlte sich ertappt. „Du hast gehört, worüber wir gesprochen haben?"

„Das brauchte ich gar nicht", sagte Zara ruhig, „du schaust mich an, als könnte ich mich jeden Augenblick auf dich stürzen und dir das Herz rausreißen. Aber keine Sorge, inzwischen kann ich mich beherrschen." Ein bitterer Sarkasmus klang in ihren Worten mit.

„Ja", sagte Falk, „weil du jetzt wieder eine Seele hast – und ein Gewissen."

Zara warf der Seraphim einen schneidenden Blick zu. „Du redest zu viel."

Jael zuckte mit den Schultern. „Ich wusste nicht, dass das unter Strafe steht." Sie hielt den Trinkschlauch in die Höhe und fragte mit einem unbefangenen Lächeln: „Noch jemand Wein?"

II.

In dieser Nacht lag Falk noch lange wach auf seinem Lager, eng in seine Decken gehüllt, um sich vor der klirrenden Kälte zu schützen. Nach Zaras Rückkehr hatte kaum noch jemand ein Wort gesagt. Dafür hatte der Weinschlauch so lange die Runde gemacht, bis er leer war, und als wäre das die letzte Tat gewesen, die sie für heute vollbringen mussten, krochen alle drei unter ihre Decken, rollten sich im warmen Schein des Feuers zusammen und versuchten, Schlaf zu finden.

Ob den beiden Frauen dabei mehr Glück beschieden war als ihm selbst, vermochte Falk nicht zu sagen. Von seiner Position aus konnte er ihre Gesichter nicht sehen, doch außer seinem eigenen ruhigen Atem und dem leisen Prasseln des Lagerfeuers war so gut wie kein Laut zu hören. Und was machte er sich Sorgen darüber, ob Zara oder Jael in dieser Nacht Schlaf finden würden? *Sie* besaßen Kräfte, die ihnen – direkt oder indirekt – von den Göttern selbst gegeben worden waren. *Er* aber war bloß ein normaler Mensch, dem nach einem Tag im Sattel der Hintern schmerzte wie nach einer gewaltigen Tracht Prügel.

Unter der Decke hielt er Elas Halstuch gegen Mund und Nase gepresst, um den Geruch nach Zedern und Rosenseife, der dem Stoff anhaftete, mit jedem Atemzug in sich aufzunehmen. Er fragte sich, ob Ela schon schlief. Oder lag sie vielleicht wach in ihrem Bett, starrte zur Zimmerdecke empor und dachte genauso sehnsüchtig an ihn wie er an sie? Falk hoffte es. Es war eine schöne Vorstellung, und manchmal reichte das aus, um einem Mann die Kraft zu geben, weiterzumachen.

Wie lange würde es wohl noch dauern, bis sie Burg Sternental erreichten? Ehe sie aufgebrochen waren, hatte Zara gesagt, dass es eine Sieben-Tages-Reise wäre, doch Falk kam es vor, als seien sie schon seit einer Ewigkeit unterwegs, und ein Ende schien nicht in Sicht. Er konnte nur hoffen, dass sie ihr Ziel bald erreichten, sonst wäre er durch das ewige Auf und Ab im harten Ledersattel am Ende so wundgeritten, dass er erst mal einige Tage auf dem Bauch würde verbringen müssen …

Aus irgendeinem Grund ließ dieser Gedanke Falk schmunzeln. Vielleicht erheiterte ihn aber auch eher die Vorstellung, wie Ela ihm dreimal am Tag seinen nackten Hintern mit lindernder Salbe einrieb. Ach, Ela! Nachts, wenn er wie jetzt auf dem Boden lag, einsam und frierend in seinen Decken, vermisste er sie doch sehr – ihre warme weiche Haut, wenn sie sich an ihn drückte, und den Duft ihres Haars … ihre sanften Berührungen wie in jener einen Nacht in Moorbruch, die sie gemeinsam auf dem Heuboden im Stall neben der Taverne *Zum Güldenen Tropfen* verbracht hatten, weil Ela sich geniert hatte, Falk mit nach Hause zu nehmen, obwohl Jahn und Wanja gewiss nichts dagegen gehabt hätten. Aber so war Ela nun mal, schüchtern bis über die Ohren. Und genau das war einer der Gründe, warum er sie so mochte.

„O Ela", murmelte Falk verträumt, „ich wünschte, du wärst hier …"

Plötzlich runzelte er die Stirn.

Hatte er da nicht gerade etwas gehört?

Er schob die Decke ein Stückchen von seinem Gesicht und lauschte in die frostige Dunkelheit, doch die Nacht war vollkommen still – so unnatürlich still, dass es schon unheimlich war. Man hörte weder das Rufen von Nachtvögeln noch das Rascheln nächtlicher Beutejäger im Unterholz oder das leise Flattern von Fledermäusen.

Alles, was an Falks angestrengt gespitzte Ohren drang, war das leise Jammern des Windes, der über den Felsüberhang strich, und das Rascheln der Sträucher, wenn der Wind durchs Dickicht fuhr und die Zweige der Büsche gegeneinander rieben. Sonst nichts.

Falk horchte noch einen Augenblick erfolglos in die Finsternis, dann schalt er sich selbst einen Narren. Er sollte wirklich zusehen, dass er eine Mütze voll Schlaf bekam, wenn er schon so erschöpft war, dass er sich irgendwelche ominösen Geräusche einbildete …

Mit einem missmutigen Brummeln, weil er so unsanft aus seinen Gedanken an Ela gerissen worden war, zog er sich die Decke wieder übers Gesicht und versuchte, Schlaf zu finden.

Er hatte die Augen kaum geschlossen, als das Geräusch erneut erklang, und *diesmal* war es gewiss keine Einbildung. Da *war* ein Geräusch: ein leises hohes Summen oder Pfeifen, das man im ersten Moment für das Wispern des Windes halten konnte, nur dass es dafür zu gleichmäßig klang – und zu *lebendig*. Und da war noch etwas anderes, ein vager, irgendwie huschender Laut … nein, *viele* huschende Laute!

So als würden Dutzende und Aberdutzende kleiner Füße über die hart gefrorene Erde trippeln.

Als Falk sich neugierig auf die Ellbogen aufrichtete und angestrengt in die Finsternis jenseits des Lagerfeuers spähte, konnte er wiederum nicht das Geringste entdecken, und die Geräusche, die von überall und nirgends zu kommen schienen, waren ebenso abrupt wieder verklungen, wie sie aufgekommen waren – bloß, um ein paar Sekunden erneut einzusetzen!

Obwohl Falk mit weit aufgerissenen Augen in die Schwärze jenseits des Feuerscheins starrte, war einfach nichts auszumachen. Und dann hörten die huschenden, trippelnden Geräusche und das seltsame Summen wieder auf.

Langsam wurde Falk unruhig. Er dachte daran, was Jael ihm vor ein paar Tagen über die verbotenen magischen Experimente erzählt hatte, die die Zauberer der Enklave über Jahrhunderte hinweg getrieben hatten, und dass einige der Kreaturen, die ihren abnormen Versuchen entsprungen waren, womöglich noch immer durch die Sümpfe streiften. Er kam zu dem Schluss, dass es besser wäre, seine Begleiterinnen zu wecken, damit sie sich der Sache annahmen – nur für den Fall, dass es da draußen im Dickicht irgendetwas *gab*, das vorhatte, sich *ihrer* anzunehmen.

Er wollte Zara, die ihm am nächsten lag, gerade an der Schulter packen, um sie wachzurütteln, als er aus den Augenwinkeln plötzlich eine verstohlene Bewegung knapp außerhalb des Feuerscheins bemerkte. Im nächsten Moment spürte er einen kurzen stechenden Schmerz an der linken Seite seines Halses, wie von einem Mückenstich, und nahezu augenblicklich wurde ihm seltsam zu Mute.

Zuerst fühlte es sich gar nicht mal schlecht an, etwa so, als hätte er in rascher Folge mehrere doppelte Whiskeys gekippt. Er fühlte sich leicht, als würde er schweben, begleitet von einem unbestimmten Schwindelgefühl, das rasch Überhand nahm und dafür sorgte, dass Falk sich vorkam wie an Bord eines Schiffs, das zwischen den Wellen eines gewaltigen Sturms hin- und hergeschleudert wurde. Alles um in herum schwankte, drohte zu kippen. Er blinzelte krampfhaft, hoffend, dass sich sein Blick wieder klärte, aber stattdessen spürte er plötzlich, wie eine sonderbare kribbelnde Kälte durch seine Glieder kroch, als würde der Wind direkt unter seine Decke fahren. Er versuchte, die Hand nach Zara auszustrecken, und stellte fest, dass er es nicht konnte. Sein Arm, seine Hand, seine Finger – nichts davon rührte sich, und auch der Rest seines Körpers war wie gelähmt.

So sehr er sich auch mühte, er war einfach nicht dazu in der Lage, sich zu bewegen. Sein ganzer Körper war wie tot; allein sein Gehör, seine Augen und sein Verstand funktionierten noch, auch wenn er sich einen Moment später beinahe wünschte, dem wäre nicht so.

Denn auf einmal begann die Erde rings um ihr Lager zu beben – zumindest kam es ihm so vor. Dann jedoch sah Falk, dass es bloß *Teile* des Bodens waren, die sich bewegten – kreisrunde, etwa handtellergroße Erdsoden, die sich hoben wie die Deckel von Kochtöpfen, und aus diesen unterirdischen Töpfen wuselten die größten Spinnen hervor, die er je gesehen hatte.

Die Viecher waren groß wie Katzen – widerliche achtbeinige Ungetüme mit aufgeblähten Hinterleibern und faustgroßen Schädeln mit fingerlangen Kieferklauen und acht winzigen schwarzen Äuglein, je vier davon hintereinander auf jeder Seite des Kopfes. Und sie waren mit schwarzem borstigen Fell bedeckt, das bloß auf dem Rücken eine hellere, gräuliche Zeichnung aufwies, die an einen Totenschädel erinnerte. Die überproportional langen, behaarten Beine huschten blitzschnell über den Boden und erzeugten dabei dieses leise trippelnde Geräusch, das Falk bereits gehört hatte. Schon wuselten ein halbes Dutzend Spinnen um das Feuer herum, während hinter ihnen noch weitere aus der Erde krochen – und die Biester kamen geradewegs auf Falk zu!

Falk wollte vor Entsetzen schreien, doch kein Laut drang über seine Lippen – sie *bewegten* sich nicht einmal. Selbst die Zunge in seinem Mund war gelähmt von dem heimtückischen Gift des stecknadelgroßen Hornstachels, der in seinem Hals stak. Er schaffte es gerade noch, keuchend Luft zu holen. Dann erschlaffte sein ganzer Körper, und er fiel reglos auf sein Lager zurück, wo er, auf der Seite liegend, mit ansehen musste, wie immer neue Spinnen aus ihren Löchern krochen, eine ganze Horde riesiger behaarter Leiber, die wie eine Woge auf ihn zuschossen. Dann schwappte die Welle trippelnd über ihn hinweg, und Falk spürte die Spinnen überall auf seinem Körper. Es war, als würden ihn Dutzende winziger Hände auf einmal berühren, denn auch wenn sich Falk nicht bewegen konnte, spürte er doch alles, was mit ihm geschah.

Sie krochen nicht nur über ihn hinweg, sie hoben seinen gelähmten Körper sogar an, drehten ihn hin und her. Falks Ekel schlug in nacktes Grauen um, als er sah, wie ihn die Spinnen mit klebrigen Fäden, die aus den deutlich sichtbaren Spinnwarzen an ihren Hinterleibern quollen, einsponnen.

Innerhalb kürzester Zeit steckte sein Oberkörper in einem weißen, fest anliegenden Kokon aus Spinnenseide. Bis unters Kinn war er eingesponnen, und nun machten sich die Viecher auch über seinen Kopf her.

Falk versuchte erneut zu schreien, doch er konnte nur stumm daliegen, während die Spinnen Faden um Faden um seinen Kopf sponnen. Bald war sein linkes Auge zugeklebt, dann sein rechtes. Das zuckende Bein einer Spinne geriet zufällig in seinen Mund, und Falk biss zu. Eigentlich war er sicher, auch seine Kiefer nicht bewegen zu können, doch seine Vorderzähne klackten wie die Bügel einer Bärenfalle zusammen, und Falk biss der Spinne eins ihrer acht Beine ab.

Die Spinne bäumte sich auf und gab einen Laut von sich, als würde jemand mit einem Mund voller Speichel tief Luft holen; das Geräusch war nicht besonders laut, doch irgendwie versetzte es die Pferde in Aufregung, die ein paar Schritte weiter im Schutz des Felsüberhangs angebunden waren. Kjell wieherte leise und scharrte mit den Hinterhufen, als wollte er die Spinnen warnen, ihm ja nicht zu nahe zu kommen, und *das* wiederum reichte, um Jael zu wecken, die auf ihrem Deckenlager auf der anderen Seite des Feuers blinzelnd die Augen aufschlug.

Im ersten Moment war sie noch ein wenig verschlafen, doch als sie erkannte, was sich nur wenige Schritte entfernt abspielte, war sie mit einem Schlag hellwach. Mit einem Satz sprang sie auf, griff nach dem Schwert, das neben ihrem Lager auf dem Boden lag, und riss fluchend die Klinge aus der Scheide.

Aus den Augenwinkeln sah sie, wie auch Zara hochschreckte, doch während die Vampirin noch zu begreifen versuchte, was los war oder ob sie womöglich nur träumte – Spinnen, groß wie Katzen, und Falk, von Kopf bis Fuß eingesponnen in Spinnenseide –, stürmte Jael schon vor, holte mit dem Schwert aus und ließ die blitzende Klinge auf eine Spinne niedersausen. Ein grünlicher Schleim quoll aus dem im Todeskampf zuckenden Leib.

„Verdammte Krabbelviecher!", keuchte Jael angeekelt und schlug erneut zu.

Eine zweite Spinne starb, Vorderkörper und Hinterleib von einem Schwertstreich sauber durchtrennt. Die anderen Spinnen wuselten scheinbar planlos umher, doch als Jael erkannte, dass sie nicht flohen, sondern im Gegenteil zum Angriff übergingen, war es bereits zu spät.

Ein giftiger Hornpfeil schoss heran und bohrte sich durch den Stoff ihres Rocks in ihre linke Schulter. Ein zweites stecknagelgroßes Geschoss traf sie nur einen Herzschlag später in den rechten Handrücken, und sofort verlor sie die Kontrolle über ihre Finger, die sich plötzlich anfühlten, als hätte sie sie in Eiswasser getaucht.

Die Seraphim versuchte verzweifelt, ihr Schwert zu halten, doch der Griff entglitt ihren gelähmten Fingern, und die Waffe fiel nutzlos zu Boden, während Jael gegen das Schwindelgefühl ankämpfte, das sie zu überwältigen drohte.

Bei Falk war die Lähmung beinahe augenblicklich eingetreten, doch er war nur ein Mensch – Jael nicht. Das Blut, das durch ihre Adern floss, war das der Alten Götter selbst, die Jael wie alle anderen Seraphim einst geschaffen hatten, damit diese göttlichen Kriegerinnen die Schlacht des Guten gegen das Böse für sie entschieden.

Jael spürte, wie sich das lähmende Gift mit jedem Herzschlag weiter in ihrem Leib ausbreitete, doch es gelang ihr, sich mühsam auf den Beinen zu halten, selbst wenn ihre Bewegungen stetig langsamer und schwerfälliger wurden. Sie schwankte, trat nach einer Spinne, die auf Falks komplett eingesponnenen Körper hockte.

Das Tier hatte einen stricknadelgroßen Hornstachel aus seinem hoch aufgerichteten Hinterleib hervorschellen lassen und wollte das zu Ende bringen, wobei die Spinnen zuvor gestört worden waren. Jael traf den haarigen Körper gerade noch rechtzeitig und kickte die Spinne mitten ins Feuer, das sich gierig über die neue Nahrung hermachte. Das dichte Haar der Spinne ging sofort in Flammen auf. Das Tier stieß einen hohen, schrillen Laut aus und sprang mit einem Satz aus der Glut, um als brennender Feuerball über den Boden zu flitzen, auf das Unterholz zu. Auf halber Strecke dorthin zerplatzte der Hinterleib durch die Hitze, und die Innereien spritzten als schleimiger Sprühregen zu allen Seiten weg.

Die anderen Spinnen hielten einen Augenblick kollektiv inne, als wollten sie eine Schweigeminute für ihre gefallene Kameradin einlegen – dann setzten sie sich erneut in Bewegung, eine wallende Masse, die bloß aus Beinen, Haaren und Giftstacheln zu bestehen schien.

Drei weitere Spinnen schossen mit ihren aufgerichteten Hinterleibern Giftstachel auf Jael ab, die längst viel zu langsam und zu träge war, um ihnen auszuweichen.

Die Giftmenge, die nun in ihrem Blut floss, hätte ausgereicht, um einen Olifanten zu lähmen, trotzdem hielt sich die Seraphim immer noch wankend auf den Beinen. Ihr Blick suchte nach Zara, dann sah sie einen vagen Schatten vor dem hellen Hintergrund des zuckenden Feuers.

„Diese Spinnen …", brachte Jael benommen hervor, „… gefährliche kleine Biester …" Es fiel ihr zunehmend schwerer zu sprechen, doch sie kämpfte mit eisernem Willen dagegen an. „Nach dem Einspinnen … spritzen sie einem mit ihrem Stachel … eine Säure, die … alles zersetzt und verflüssigt … Fleisch, Muskeln, Knochen … Alles wird … zu Brei …" Die Worte gingen mehr und mehr ineinander über und wurden schließlich zu einem undeutlichen Lallen, dessen Sinn man mehr erahnen als verstehen konnte.

„… musst sie … *töten* …", war das Letzte, was Jael unter größter Anstrengung über die Lippen bringen konnte. Dann wurde ihr Blick plötzlich starr, und sie stürzte mit einem Seufzen neben Falk zu Boden. Sie hatte die Erde noch nicht ganz berührt, als die Spinnen auch schon emsig auf sie zuschwärmten, ein wogender Teppich haariger Leiber, bereit, sie einzuspinnen.

Doch bevor die albtraumhaften Wesen die Seraphim erreichen konnten, setzte Zara über das Lagerfeuer hinweg und schlug noch im Sprung mit ihren beiden Schwertern zu. Die rasiermesserscharfen Klingen teilten pfeifend die Luft, und eine besonders dicke Spinne, die gerade ihren geschwollenen Hinterleib reckte, um einen Giftpfeil auf Zara abzuschießen, fand dreigeteilt ihr Ende.

Als wäre das Ableben der Spinne ein Signal für die anderen, schwenkten die übrigen Insekten unvermittelt herum, änderten ihre Laufrichtung und stürzten statt auf Jael auf die Vampirin zu. Hinterleiber ruckten in die Höhe, und dann schossen drei, vier, fünf Giftpfeile auf Zara zu.

Doch die Vampirin war schnell, flink und entschlossen. Sie wich den Stachelpfeilen geschickt aus, wirbelte herum und ließ die Schwerter in ihren Händen kreisen wie die Flügel einer Windmühle.

Die Spinnen rückten ein Stück weit von ihr ab, doch mit einem Satz war Zara direkt zwischen ihnen, die Klingen sirrten durch die Luft, und dann spritzten grüner Schleim und abgeschlagene Gliedmaßen umher.

Die Spinnen stießen wieder diese hohen, jammernden Laute aus, als Zara zwei von ihnen die Köpfe abschlug und drei weitere beinahe in der Mitte halbierte, und die Tiere versuchten eilig, vor ihr zurückzuweichen, um ein paar Schritte entfernt einen Giftpfeilhagel auf die Vampirin niedergehen zu lassen.

Aber Zara war ihnen über, tauchte flink unter den lähmenden Geschossen weg, tänzelte mit wirbelnden Klingen zwischen den Spinnen umher und ließ ihre Schwerter durch die Luft sausen, anfangs mit großer Eleganz, dann, als die Spinnen einfach nicht weniger zu werden schienen, zunehmend zweckmäßiger, bis sie am Ende mit beiden Schwertern auf die Spinnen einhackte, die zwar immer wieder geschlossen vor ihr zurückwichen, sobald die Vampirin eine Handvoll von ihnen erledigt hatte, jedoch einen Augenblick später ebenso wieder nach vorn schossen – geradewegs in Zaras singende Klingen hinein, die durch die haarigen, fleischigen Leiber schnitten.

Jedes Mal, wenn sie einem der Biester den Garaus machte, zählte Zara laut mit: „... neunzehn ... zwanzig ... einundzwanzig ...“

Sie war bei zweiunddreißig angekommen, als die noch verbliebenen Spinnen offenbar begriffen, dass sie auf verlorenem Posten standen, denn statt nach einem neuerlichen

Rückzuck gleich wieder anzugreifen, wie sie es zuvor getan hatten, verharrten sie plötzlich auf der Stelle, als würden sie in irgendeiner Weise – vielleicht auf einer Tonfrequenz, die so hoch war, dass Zara sie nicht hören konnte – beratschlagen, was zu tun war. Einen Moment lang hockten sie einfach nur da. Dann wirbelte eine jede auf ihren acht Beinen herum, eilte auf das Dickicht zu, und sie verschwanden eine nach der anderen in ihren Erdlöchern.

Nur die letzte war nicht schnell genug, denn bevor sie sich in ihrem Loch verkriechen konnte, holte Zara mit einem ihrer Schwerter aus und schleuderte die Klinge. Das blitzende Metall durchbohrte den Hinterleib des Krabblers und nagelte die zappelnde Spinne regelrecht am Boden fest.

Das andere Schwert in der linken Hand, die Klinge zu Boden gerichtet, stand Zara inmitten der Überreste der Spinnenbrut und knurrte triumphierend: „Dreiunddreißig."

Halb rechnete sie damit, dass die Spinnen womöglich wieder hervorkommen und von neuem versuchen würden, sie mit ihren Giftpfeilen zu lähmen, doch die Erddeckel blieben geschlossen; nichts regte sich im Schatten des Felsüberhangs.

Langsam entspannte sich Zara. Obwohl der Kampf sie nicht sonderlich gefordert hatte, war sie froh, dass es vorüber war. Sie wandte sich nach Falk und Jael um, die reglos neben dem Feuer lagen. Während man bei Falk beim besten Willen nicht zu sagen vermochte, wie es um ihn bestellt war, verrieten Jaels hektische Augenbewegungen wenigstens, dass sie noch lebte.

Zara wollte gerade zu ihnen hinübergehen, um zu sehen, was sie für die beiden tun konnte, als sie plötzlich etwas hörte – ein leises Rascheln im Unterholz gegenüber des

Felsüberhangs –, und als sie herumwirbelte, machte sie im Dickicht huschende Bewegungen aus, begleitet von dem wohlbekannten Trippeln kleiner, behaarter Spinnenbeine.

Das eine Schwert kampfbereit in der linken Hand, trat sie zwei Schritte vor.

Vier Spinnen, die eben in ihre Löcher geflüchtet waren, tauchten aus den Büschen auf, doch statt die Vampirin anzugreifen, verharrten sie am Rand des Dickichts und starrten Zara mit ihren winzigen schwarzen Knopfäuglein an.

Zara fasste den Griff ihres Schwerts fester, als sie erkannte, dass sich dort noch etwas in den Büschen bewegte – etwas Großes und Massiges, das sich raschelnd durch das Dickicht schob und zunehmend näher kam. Zara sah, wie die mannshohen Sträucher und Farne in der Dunkelheit zitterten. Dann brach das Unterholz hinter den Spinnen raschelnd auseinander, wie ein Theatervorhang, der den Blick auf die Bühne freigab, und Zara wurde mit erschreckender Deutlichkeit bewusst, dass sie sich geirrt hatte.

Die Spinnen waren nicht geflohen – sie hatten Verstärkung geholt!

Und was für welche!

Die Spinne, die mit langsamen, majestätischen Bewegungen aus dem Unterholz stapfte, war gigantisch. Ihr wuchtiger zweigeteilter Leib schwebte einen guten Meter über dem Boden, und ihr vorstehender runder Schädel war groß wie der einer Kuh, mit vier nebeneinander angeordneten Reihen faustgroßer roter Augen, jeweils drei hintereinander, und einem besonders großen Auge mitten auf der fliehenden Stirn, wie das glühende Auge eines Zyklopen.

Die vier mächtigen, leicht nach innen gekrümmten Kieferklauen an den Unter- und Oberkiefern der Monsterspinne bildeten ein vor- und zurückschnappendes X vor der kreisrunden Öffnung des zahnlosen Mauls, und die dicken Beine der Spinne endeten in spitz zulaufenden Hornstelzen, scharf und tödlich wie Speere. Der massige, wie aufgeblasen wirkende Hinterleib, groß wie ein Heuschober, lief zum Ende hin grob zapfenförmig zusammen, wie der einer Wespe, und mündete in einem armdicken Stachel, der lang und spitz wie ein Speer aus dem Unterleib der Spinne ragte. Er schimmerte feucht im Schein des Lagerfeuers, und von der Spitze tropfte Gift in glitzernden, zähflüssigen Fäden, jeder Tropfen davon stark genug, um Zaras Innereien innerhalb weniger Minuten zu verflüssigen, wenn es dem Untier gelang, sie damit zu erwischen.

Die Spinne baute sich zwischen ihren kleineren Artgenossen auf, die sie mindestens um das Zehnfache überragte, und hielt dann inne, keine zwanzig Schritte vom Lager entfernt.

Zara starrte die Monsterspinne an, die beinahe so groß war wie sie selbst, und auf einmal fühlte sie sich elend.

Einen Moment lang stand die Riesenspinne reglos da, und alles, was sich bewegte, waren ihre vielen Augen. Während die eine Hälfte davon Zara betrachtete, blickte die andere zum Massaker unter dem Felsüberhang, und als das Ungetüm die kläglichen Überreste ihrer Artgenossen erblickte – *Ihrer Kinder?*, schoss es Zara schreckhaft durch den Kopf –, schnappten die vier Kieferklauen von der zahnlosen Öffnung zurück, aus der ein schrilles, durchdringendes aggressives Kreischen scholl. Dann lief ein Ruck durch die massige Kreatur, und die Riesenspinne schoss vorwärts.

Noch im Laufen richtete sich ihr Leib auf, und ihre vier vorderen Beine jagten wie Lanzen auf Zara zu, um sie zu durchbohren.

Zara ging in Kampfstellung und ließ die Spinne kommen, die mit schnappenden Kiefern auf sie zujagte. Ihre vordersten beiden Beine zuckten in Brusthöhe heran. Zara versuchte der Attacke durch einen schnellen Sprung auszuweichen, doch eines der Beine erwischte sie an der ungeschützten Seite. Der Treffer war so heftig, dass Zara dachte, ein Pferd hätte sie getreten. Keuchend taumelte sie zurück, die freie rechte Hand an ihre schmerzende Seite gepresst, und tauchte hastig weg, als die Vorderbeine erneut auf sie zuschossen.

Aus den Augenwinkeln sah sie, wie eine der kleineren Spinnen mit erhobenem Unterleib heranhuschte, und Zara schaffte es gerade noch, zur Seite zu springen, bevor der Giftpfeil sie treffen konnte.

Sie kam auf dem Boden auf, rollte sich geschickt über die Schulter ab und federte wieder auf die Beine – keinen Moment zu früh, denn schon stapfte die Monsterspinne wieder heran, stieß mit ihren Vorderbeinen nach der Vampirin und setzte mit dem Beinpaar dahinter nach, als der erste Angriff ins Leere ging.

Zara parierte die Attacke mit ihrem Schwert, wehrte die Hornstelzen ab wie gegnerische Lanzen und wich Schritt für Schritt vor der Riesenspinne zurück, die ihr jedoch folgte und in einem fort mit den Beinen nach ihr stieß, mal mit den vorderen, dann mit denen dahinter, und ihre Bewegungen waren so schnell, dass Zara einige Mühe hatte, die Angriffe abzuwehren.

Die Monsterspinne trieb Zara nach hinten, an den reglosen Körpern ihrer beiden Gefährten vorbei und auf die Felswand zu. Ihre kleinen schwarzen Äuglein zuckten hin und her, während ihre Beine in einem fort nach Zaras Brust stießen.

Die Klinge der Vampirin zuckte und wirbelte ohne Unterlass, und jedes Mal, wenn das Metall auf ein Bein der Spinne traf, federte die Klinge sirrend zurück, als hätte sie auf Stein geschlagen, so dick war die Hornschicht, auf der nur hier und da borstige schwarze Haare wuchsen.

Eine kleinere Spinne schob sich im Schutz der Monsterspinne heran, sauste unter dem Leib des Ungetüms hervor und jagte auf Zara zu, die hastig noch mehr zurückwich, in der Erwartung, dass das Viech einen Giftpfeil auf sie abschoss. Doch stattdessen kauerte sich die Spinne kurz hin, um ihre acht Beine wie eine Feder zu spannen – und dann sprang sie mit einem gewaltigen Satz nach vorn, geradewegs auf Zaras Gesicht zu!

Die Vampirin schaffte es gerade noch, mit der freien Hand zuzupacken, um die Spinne – keine zehn Zentimeter vor ihrem Gesicht – abzufangen. Das Tier wand sich wie wahnsinnig in ihrem Griff und versuchte, sie mit seinem Giftstachel zu treffen; wie bei einer Wespe schnellte er aus ihrem Hinterleib hervor. Doch ehe sie Zara erwischen konnte, schleuderte diese die Spinne mit solcher Wucht gegen die Felswand, dass der Chitinpanzer knackend brach.

Die Riesenspinne stieß ein wütendes, pfeifendes Fauchen aus und rammte gleichzeitig alle vier Vorderbeine nach vorn.

Zara schaffte es zwar, dem ersten Beinpaar auszuweichen, doch dann trafen sie die beiden anderen Beine mit solcher

Wucht, dass Zara förmlich vom Boden gehoben wurde und mehrere Meter durch die Luft segelte. Sie krachte hart gegen die Felswand.

Zara stöhnte, blinzelte, um ihren Blick zu klären – und sah bereits die nächste Attacke der Monsterspinne auf sich zukommen. Zugleich huschte von rechts eine weitere Giftspinne heran, lief ein Stück den Fels hinauf, bis sie auf Kopfhöhe mit Zara war, und schoss einen Giftpfeil ab, dem Zara allerdings knapp entging, weil sie sich zu Boden fallen ließ.

Doch da waren bereits die Vorderbeine der Riesenspinne und stießen vor wie Rammböcke. Zara wurde mit brutaler Gewalt gegen den Fels in ihrem Rücken geschleudert.

Ihre Zähne schlugen laut krachend aufeinander. Jeder Knochen in ihrem Leib schien aufzuschreien, und eine Woge des Schmerzes raste siedend bis in ihre Fingerspitzen. Vor ihren Augen explodierte ein Feuerwerk, durch das Zara verschwommen die gewaltige Silhouette der Monsterspinne vor sich aufragen sah.

Sie hielt Zara mit ihren zwei Vorderbeinen fest gegen die Felswand gepresst, sodass sich die Vampirin kaum rühren konnte. Ihr massiger Schädel befand sich direkt vor Zaras Gesicht, und die winzigen Augen starrten sie böse an. Die Kieferklauen schnappten unruhig vor und zurück, während das zweite Paar Vorderbeine zitternd, ohne Hast, nach oben glitt; die spitzen Enden richteten sich wie Speere auf Zaras Brust. Es war, als würde das Ungetüm seinen Triumph in vollen Zügen auskosten.

Die Beine zuckten vor. Doch Zara war schneller und schlug mit ihrer Faust in das große Zyklopenauge auf der

Stirn der Monsterspinne. Es war, als würde ihre Faust in Gallerte tauchen.

Das Ungetüm stieß ein schmerzerfülltes schrilles Kreischen aus und ließ augenblicklich von seinem Opfer ab, um hastig ein paar Schritte vor Zara zurückzuweichen, schwankend wie ein verwundeter Olifant. Plötzlich war Zara frei. Sie fiel keuchend nach vorn, auf die Knie, und rappelte sich mühsam auf. Doch wenn sie gedacht hatte, die Spinne besiegt zu haben, irrte sie; der Verlust ihres Hauptauges hatte das Spinnenmonster bloß noch wütender gemacht, und kaum, dass Zara wieder aufrecht stand, stürmte das Ungeheuer bereits wieder mit schwirrenden Vorderbeinen auf sie zu.

Zara wehrte die heranzuckenden Hornstelzen mit ihrem Schwert schwerfällig ab und kämpfte um ihr Gleichgewicht, während sie wieder vor der Spinne zurückwich. Ihr Schädel dröhnte, als würde er jeden Moment zerspringen.

Sie parierte die Angriffe der Monsterspinne mit dem Mut der Verzweiflung, doch ihre Kraft schwand zusehends, und als die Spinne geschickt eine Attacke mit ihren Vorderbeinen antäuschte, um dann mit den hinteren zuzustoßen, ging Zara der Finte auf den Leim. Die Hornstelzen durchbrachen ihre Deckung, ehe sie wusste, wie ihr geschah, und dann traf eins der spitzen Beine mit voller Wucht ihre Brust und drang tief ein. Nur wenig fehlte, und die Spitze wäre ihr am Rücken wieder ausgetreten.

Der Schmerz war so gewaltig, dass er Zara schier die Sinne raubte. Sie schrie ihre Pein hinaus, packte den Griff des Schwerts mit beiden Händen und schlug mit aller Kraft zu.

Die Klinge traf das rechte Vorderbein der Spinne, das in ihrer Brust steckte, mit solcher Wucht, dass Hornsplitter davonschwirrten. Das Gesicht zu einer Maske der Qual verzerrt, holte Zara erneut aus und schlug noch einmal zu, und noch einmal, und dann glitt die Klinge knirschend durch das Spinnenbein und durchtrennte es.

Das Spinnenmonster kreischte und humpelte ungelenk rückwärts, auf sieben Beinen weit weniger majestätisch denn auf acht. Doch dann schoss das Ungetüm sofort wieder vor, stieß mit dem verbliebenen Vorderbein zu und schleuderte Zara in hohem Bogen zu Boden.

Das Schwert entglitt der Vampirin und landete am Rand des Dickichts, während sich Zara keuchend und würgend auf der hart gefrorenen Erde wand und die Monsterspinne ihr zischend nachsetzte. Zara sah mit tränenverschleiertem Blick, wie der gewaltige Giftstachel aus dem Hinterleib des Monsters glitt, und sie versuchte verzweifelt, vor der Bestie wegzukriechen.

Der riesige Hinterleib ruckte in die Höhe, um wuchtig niederzusausen, und mit ihm der giftige Stachel, der sich genau dort ins hart gefrorene Erdreich bohrte, wo Zara gerade noch gelegen hatte. Hastig hatte sie sich zur Seite gerollt, um dem tödlichen Stachel zu entgehen.

Trotz ihrer schweren Verletzung gelang es ihr, sich unter dem massigen Leib der Monsterspinne hervorzurollen – und …

Plötzlich war da ein kurzer stechender Schmerz in ihrer Schulter, und als Zara überrascht den Kopf wandte, sah sie eine der kleineren Spinnen, die mit fast provozierender Langsamkeit ihren Hinterleib senkte, und bevor Zara noch recht begriff, was das bedeutete, spürte sie, wie sich das Gift durch ihre Adern und Venen in ihrem Körper ausbreitete; innerhalb von Augenblicken waren ihre Zehenspitzen wie abgestorben, und dann fing es auch in ihren Fingerspitzen an. Nicht lange, und ihr geschwächter Körper würde ihr nicht mehr gehorchen, und wenn das geschah …

Wenn das geschah, waren sie alle drei verloren!

Sie versuchte verzweifelt, gegen das lähmende Gift anzukämpfen, und kroch mühsam rückwärts. Die Monsterspinne folgte ihr ohne Hast, so als wüsste sie, dass ihre Beute ihr nun sicher war. Ihr Stachel zuckte unruhig, das Gift tropfte in einem glitzernden Faden von der Spitze auf Zaras Hosenbein. Doch die Kriegerin registrierte es nicht, sondern mühte sich, vor der Spinne wegzukriechen, auch wenn sie wusste, dass es sinnlos war.

Sie war am Ende ihrer Kräfte, verletzt, geschunden, halb bewusstlos vor Schmerz, und mit jeder Sekunde gewann das lähmende Gift in ihrem Körper mehr die Oberhand. Sie spürte bereits, wie ihre Beine taub wurden und unnütz wie Holzklötze an ihr hingen, doch sie zog sich trotzdem weiter über den harten Boden, auf ihre Ellbogen gestützt.

In diesem Moment sah sie im Augenwinkel und im zuckenden Schein des Feuers Metall aufblitzen.

Jaels Schwert, nur einen halben Meter von ihr entfernt!

Neue Hoffnung durchströmte sie. Sie wollte mit dem unverletzten rechten Arm nach der Waffe greifen, doch da war die Monsterspinne wieder heran, und als würde sie ahnen, was Zara vorhatte, rammte sie ihr verbliebenes Vorderbein nach unten, traf Zaras rechten Arm und nagelte ihn förmlich am Boden fest.

Zara biss die Zähne zusammen, um einen Schrei zu unterdrücken; zumindest *diesen* Triumph wollte sie dem Ungeheuer nicht gönnen. Sie versuchte sich zu bewegen, aber es war ihr kaum noch möglich. Die Monsterspinne war jetzt direkt über ihr, ein gewaltiges haariges Ungetüm, das bereit war, Zara den Todesstoß zu versetzen.

Der armdicke Giftstachel zielte direkt auf Zaras untotes Herz.

So endet es also, dachte Zara. Sie starrte den zitternden Giftstachel an, der stark genug war, um selbst dickste Rüstungen zu durchdringen, und spürte, wie Trauer sie überkam. Trotz – oder vielleicht gerade wegen – ihres langen Lebens fürchtete sie den Tod; nicht so sehr, weil sie Angst vor dem Sterben hatte, sondern vor dem, was danach folgen würde. Sie, die Untote, die Vampirin hatte so viel Böses und Grausames getan, so viel Leid und Schmerz über die Sterblichen gebracht … ihre eigenen Eltern hatte sie umgebracht … sie hatte gemordet und das Blut Unschuldiger getrunken … bis die Seraphim ihre Seele in ihrem untoten Körper wiedererweckten.

Würde nach dem Tod die Bestrafung auf sie warten, wie es viele der Religionen hier in Ancaria verhießen? Würde sie, die so viel Böses getan hatte und keine Vergebung hatte finden können, bis in alle Ewigkeit leiden müssen für die Untaten, die sie begangen hatte?

Sie war überzeugt davon, dass es so sein würde.

Sie war überzeugt davon, dass die Hölle mit all ihren Schrecken und Qualen auf sie wartete!

Reglos, halb gelähmt, lag sie da und erwartete den Todesstoß. Der Giftstachel zuckte, und ein Tropfen Gift quoll aus der Spitze. Dann stieß die Spinne ein triumphierendes Kreischen aus, der Stachel zuckte vor – und ...

Plötzlich wurde aus dem Kreischen der Spinne ein überraschtes Quieken. Kräftige Kiefer mit langen spitzen Zähnen schlossen sich knackend um das linke Hinterbein des Ungetüms, und ein tiefes Knurren war zu hören.

Der aufgedunsene Hinterleib der Monsterspinne verschwand samt drohend erhobenem Giftstachel aus Zaras Blickfeld, während das Quieken des Untiers noch lauter wurde. Zara hob verwirrt den Kopf, mühsam gegen die Lähmung ankämpfend, und neue Kraft strömte durch ihren Leib und ihre Seele, als sie sah, wie Thor mit aller Kraft am linken Hinterbein des Spinnenmonsters zerrte und versuchte, die Kreatur von Zara wegzuziehen.

Als sich das Ungetüm mit einem wütenden, irgendwie gequälten Kreischen aufbäumte und versuchte, vor dem Wolf zurückzuweichen, drangen dessen spitze Zähne durch die Chitinumhüllung, und Zara vernahm ein trockenes Knirschen und Bersten; im nächsten Moment hielt der Wolf das abgerissene Spinnenbein im Maul wie ein Schoßhund sein Stöckchen.

Die Monsterspinne kreischte noch lauter, taumelte ungelenk auf den sechs ihr verbliebenen Beinen zur Seite, um ihr Gleichgewicht bemüht. Zara nutzte den Augenblick, um sich keuchend ein Stück weiter vorzuschieben und Jaels Schwert zu packen. Als wüsste das Ungetüm genau, was die Vampirin vorhatte, schoss die Riesenspinne auf ihren sechs verbliebenen Beinen wieder vorwärts, ihr Hinterleib mit dem Giftstachel schwang hoch ...

... und Zara packte das Schwert, stieß es mit aller Kraft

senkrecht nach oben – und rammte die breite, beidseitig geschliffene Klinge bis zum Heft in den seltsam weichen Hinterleib der Spinne, die mitten in der Bewegung verharrte.

Keuchend hielt die Vampirin den Schwertgriff mit beiden Händen und schlitzte der Spinne der Länge nach den Hinterleib auf. Der Schnitt klaffte auf, und ein Schwall grünlichgelben Schleims ergoss sich über die prustende Zara.

Über ihr richtete sich die Monsterspinne vor Schmerz kreischend auf. Ihre drei Vorderbeine zuckten einen Moment lang unkontrolliert durch die Luft. Dann wankte das riesige Ungetüm hin und her, wie ein Betrunkener auf Stelzen, und die Bewegungen der stiellangen Beine wurden unsicher. Eins der Hinterbeine knickte ein, dann noch eins, doch die Spinne richtete sich wieder auf, torkelte von Zara weg. Die ganze Zeit über schnappten die Kieferklauen vor und zurück.

Wieder gaben ihre Beine nach, diesmal die mittleren, aber die Spinne kämpfte sich wieder hoch, taumelte weiter auf das vermeintlich rettende Unterholz zu, aber dann brach sie endgültig zusammen – mitten ins Lagerfeuer, und genau wie bei der kleineren Spinne zuvor fielen die prasselnden Flammen gierig über das borstige Haar des Ungetüms her, das innerhalb von Sekunden lichterloh in Flammen stand.

Doch die Spinne rührte sich nicht mehr.

Das Monster war tot.

Nicht so jedoch ihre letzten drei kleineren Artgenossen, die plötzlich am Rand von Zaras Gesichtsfeld auftauchten, ein kollektives wütendes Fauchen ausstießen und sich gesammelt auf sie stürzten.

Zara versuchte, den Arm mit dem Schwert hochzureißen, um sich die Biester vom Leib zu halten, doch ihre Muskeln gehorchten ihr nicht mehr; sie war von Kopf bis zu den Zehenspitzen gelähmt und konnte bloß hilflos mit ansehen, wie die Spinnen fauchend auf sie zusprangen, die Giftstachel ausgefahren.

Doch bevor die kleinen Monster Zara erreichten, schoss Thor heran, packte eine der drei Spinnen mit seinen gewaltigen Kiefern und schüttelte sie wild hin und her, als wäre sie ein Kaninchen, dem er das Genick brechen wollte. Die Spinne wurde in der Mitte durchgebissen und fiel zuckend zu Boden, während Thor sich bereits den übrigen Spinnenviechern zuwandte.

Wieder schnappten seine gewaltigen Kiefer zu. Die letzte Spinne verharrte direkt neben der hilflosen Vampirin, als wäre sie sich nicht sicher, was sie jetzt tun sollte. Doch der Wolf nahm ihr diese Entscheidung ab, biss zu und schleuderte den zuckenden, halb durchgebissenen Spinnenkadaver in die Büsche.

Wäre Zara dazu im Stande gewesen, sie hätte erleichtert durchgeatmet, doch sie konnte nur noch daliegen und ihre Augen bewegen, Jaels vor Spinnenschleim triefendes Schwert noch in der Hand. Der widerliche Geruch brennenden Chitins stieg ihr in die Nase, dann vernahm sie ein dumpfes, irgendwie feuchtes Platzen.

Sie blinzelte, als plötzlich Thors gewaltiger haariger Schädel über ihr auftauchte und ihr Blickfeld ausfüllte. Die Schnauze des Wolfs mit dem gezackten Streifen aus weißem Fell öffnete sich, und Thor fing an, sie voller Hingabe abzuschlabbern. Zara wusste nicht, was ekliger war: die raue, feuchte Zunge des Wolfs oder der Spinnenschleim, der vom wuscheligen Bart des Tiers auf sie herabtropfte.

Doch weil sie sich sowieso nicht rühren konnte und Thor ihnen allen das Leben gerettet hatte, ließ sie es über sich ergehen, bis Thor schließlich genug davon hatte, von ihr abließ und sich zwischen ihren reglosen, gelähmten Leibern niederließ. Mit einem irgendwie zufriedenen Brummeln bettete er seinen wuchtigen Schädel auf seine Vorderläufe und hielt Wache.

Die ganze Nacht über …

III.

Bis zum Morgen war die Wirkung des lähmenden Spinnengifts zumindest soweit abgeklungen, dass sie sich wieder halbwegs normal bewegen konnten, auch wenn die Nachwirkungen vor allem Falk und der Seraphim, die im Gegensatz zu Zara ein halbes Dutzend Hornpfeile abbekommen hatte, noch eine ganze Weile zu schaffen machten. Zara hingegen fühlte sich überraschend gut, auch wenn sie die ganze Nacht über bewegungsunfähig wie eine Schildkröte auf dem Rücken gelegen und zur Decke des Felsüberhangs gestarrt hatte, auf jedes noch so kleine Geräusch lauschend, voller Sorge, dass sich irgendwo in der Gegend noch so ein riesiges Spinnenuntier herumtrieb. Irgendwann war die Dunkelheit zu einem eiskalten grauen Wintermorgen geworden, nicht weniger trostlos als die vorangegangenen, aber zumindest kehrte mit der Morgendämmerung das Leben Stück für Stück in Zaras Körper zurück.

Als Erstes konnte sie ihre Finger wieder bewegen, dann ihre Zehen, danach die Lippen, und je mehr die Lähmung von ihr abfiel, desto besser fühlte sie sich, was ihr angesichts der schweren Wunden, die sie im Kampf gegen die Spinne davongetragen hatte, fast wie ein Wunder erschien. Als sie schließlich im Stande war, sich mühsam aufzurichten, stellte sie fest, dass ihre Verletzungen fast schon wieder verheilt waren; offenbar wirkte das Blut der Attentäter aus dem Felskessel bei Moorbruch noch immer in ihrem Körper und unterstützte ihre regenerativen Kräfte, und die „Zwangsruhe" der letzten Nacht hatte ein Übriges getan, um sie noch rascher genesen zu lassen. Sie war zwar ein wenig steif gefroren, als sie sich mit einem mühsamen Ächzen in die Höhe stemmte, aber ansonsten wohlauf.

Thor lag noch immer an jener Stelle, wo er die ganze Nacht Wache gehalten hatte. Er verfolgte jede von Zaras anfangs noch recht unbeholfenen Bewegungen. Schließlich hockte sie sich neben ihn, strich ihm mit der flachen Hand über den Kopf und murmelte mit träger, schwerfälliger Zunge: „Guter Junge." Thor hechelte freudig, die Lefzen leicht zurückgezogen, dass es fast aussah, als würde er lächeln.

Auch Jael hatte die Nacht halbwegs unbeschadet überstanden, wenn man mal von ihrer angeknacksten Ehre absah; als Hüterin des Lichts dort zu versagen, wo eine Vampirin triumphierte, war schon ein schwerer Schlag. Gleichwohl, sobald sie sich ein wenig gereckt und gestreckt hatte, um den Frost der Nacht aus ihren Gliedern zu vertreiben, machte sie sich daran, den nach wie vor reglosen Falk aus dem Kokon zu befreien, in den ihn die Spinnen von Kopf bis Fuß eingesponnen hatten.

Zara sammelte inzwischen schweigend ihre Schwerter ein. Die Klingen waren bedeckt von einer schmutziggrünen Schicht eingetrockneten Spinnenschleims; sie reinigte sie sorgfältig, bevor sie die Schwerter zurück in die Scheiden an ihrem Rücken steckte. Dann ging sie hinüber zu den schwelenden Überresten der Monsterspinne, die in der nur noch schwach glimmenden Glut lagen.

Das Ungeheuer war nur noch ein stinkender Haufen verkohlten Fleisches, aus dem die schwarzen Spinnenbeine ragten. Über Nacht hatte das Feuer die Spinne auf die Hälfte ihrer ursprünglichen Größe schrumpfen lassen.

Zara beförderte den stinkenden Kadaver mit einem Tritt ins Gebüsch, kniete neben der Feuerstelle nieder und legte das restliche Brennholz, das sie gestern Abend gesammelt hatte, in die nur noch schwach schwelende Glut.

Jael entfernte derweil behutsam die weißen Spinnenfäden von Falks Gesicht. „Vielleicht sollten wir ihn so lassen, wie er ist", schlug sie in einem Anflug von Humor vor. „Dann ist wenigstens eine Weile Ruhe."

„Daf haf if gehört!", nuschelte Falk unter den Spinnweben hervor.

„Jedenfalls lebt er noch", brummte Zara und bemühte sich, das Feuer wieder zu entfachen.

Die Seraphim grinste. Als sie Falk einige Minuten später vollends von den Spinnweben befreit hatte, schlug er sich als Erstes auf wackligen Beinen in die Büsche. Dem Rascheln des Dickichts folgte das Prasseln eines steten Wasserstrahls und dann ein erleichtertes, lang gezogenes Seufzen.

„Zu viel Wein", meinte er, als er einen Moment später aus den Büschen kam; inzwischen war er schon wieder einigermaßen sicher auf den Beinen. Dann fiel sein Blick auf den Kadaver der Monsterspinne, und Ekel trat in seine Züge. „Du lieber Himmel", raunte Falk. „Ich habe zwar *gehört*, dass uns irgendetwas Großes an den Kragen wollte, aber das hier ..." Er trat mit der Stiefelspitze gegen den Kadaver. „Was, bei allen Teufeln, ist das für ein Vieh?"

„Das", antwortete Jael und korrigierte ihn zugleich, „*war* wahrscheinlich ein Ergebnis der schwarzmagischen Experimente, die in Sternental auch heute noch getrieben werden."

Falk runzelte die Stirn. „Ich dachte, auch in Sternental sei Zaubern strengstens verboten."

Jael nickte. „Offiziell ist das Studieren, Lehren und Praktizieren der Verbotenen Künste auch in Sternental bei schwerster Strafe untersagt – so wie im Rest von Ancaria. Aber ..." Sie zuckte mit den Schultern, griff nach dem Proviantbeutel und zog die Schnüre auf, während sie weitersprach: „Im Laufe der Jahrhunderte hat es immer wieder Gerüchte gegeben über verbotene magische Experimente in der Enklave. Man soll angeblich versucht haben, auf schwarzmagischem Wege grauenhafte Wesen und Kreaturen zu schaffen und verschiedenste Gattungen miteinander zu kreuzen, und die Ergebnisse dieser Versuche sollen so grotesk gewesen sein, dass sogar die verbannten Magier nur Abscheu für ihre Schöpfungen empfinden konnten." Sie nahm Brot und Käse aus dem Beutel und reichte beides an Zara weiter, die das Feuer inzwischen entfacht hatte. „Eine Delegation Inquisitoren wurde vor gut einem halben Jahrhundert nach Sternental geschickt, um diesen Gerüchten auf den Grund zu gehen, doch obwohl die gesamte Enklave gewissenhaft durchsucht wurde, fand man keinerlei Hinweise, weder auf diese verbotenen Experimente noch auf die Geschöpfe, die ihnen entsprungen sein sollen. Damals mutmaßten einige, dass die Zauberer womöglich irgendwie von dem Auftauchen der Inquisitoren erfuhren und ihre

Kreaturen vorher fortschafften, doch wie so vieles im Zusammenhang mit Sternental und dem, was dort vorgeht, ist auch das nichts weiter als eine unbelegte Geschichte."

„Eine Geschichte, die uns beinahe aufgefressen hätte", brummte Falk.

„Es ist ja noch mal gut gegangen", sagte Jael.

„Ja", stimmte Falk zu, „dank Zara. Das wird langsam zur Gewohnheit." Er warf dem verkohlten Kadaver noch einen angewiderten Blick zu und gesellte sich dann zu den beiden Kriegerinnen unter den Felsüberhang. Thor lag ein paar Schritte weiter und ließ die Blicke wachsam hin und her schweifen; er sah aus, als würde er ihrer Unterhaltung folgen.

Nach dem Proviantbeutel greifend, flüsterte Falk, an Zara gewandt: „Du hast mir das Leben gerettet. Schon wieder."

„Mir auch", schloss sich Jael an, und man merkte, dass es ihr nicht leicht fiel, das zuzugeben. „Danke."

„Dankt nicht mir, sondern Thor", entgegnete Zara, schnitt mit ihrem Messer ein Stück Wurst ab und schnippte es dem Wolf zu. Der schnappte nach dem Bissen, wofür er nur seinen gewaltigen Kopf hob und ansonsten still liegen bleib. „Ohne ihn wären wir jetzt alle tot."

„Ja." Jael sah zu Thor hinüber, der aufmerksam die Ohren gespitzt hatte, als wüsste er, dass sie über ihn sprachen. Sie lächelte. „Er ist wirklich ein gutes Tier. Und mutig dazu. Ein Glück, dass er sich doch nicht aus dem Staub gemacht hat. Und trotzdem, Zara – *du* hast für mich gekämpft und …"

„Für *uns!*", warf Falk kauend ein.

„… für *uns* gekämpft", korrigierte sich Jael, „und dafür danke ich dir."

„Jo, ich auch!", brummte Falk.

Zara schnitt noch ein Stück Wurst ab, steckte es sich in den Mund und sah ihre Gefährten mit undeutbarer Miene an. „Auch wenn euch diese Vorstellung vielleicht nicht gefällt, aber in erster Linie habe ich für *mich* gekämpft. Nicht für euch, nicht für die Alten Götter, auch nicht für sonst wen. Dass ihr noch am Leben seid, war keine Absicht."

Jael blickte sie einen Moment lang nachdenklich an. Dann glitt ein kleines Lächeln über ihre Züge. „Wie auch immer", sagte sie, „wir sind jedenfalls froh, dass du es getan hast."

„Und wie", stimmte Falk zu, und die unschuldige Unbekümmertheit, mit der er es sagte, ließ auch Zara grinsen.

Sie schüttelte amüsiert den Kopf, warf noch ein paar Zweige ins prasselnde Feuer und sah hinüber zum Horizont. Dicke graublaue Wolken trieben vor der milchigen Scheibe der Sonne dahin und verbargen die Gipfel des Ripergebirges jenseits der verkrüppelten, moosbehangenen Bäume des Nimmermehrsumpfs. Vereinzelt fielen Schneeflocken vom Himmel, doch es sah nicht so aus, als würde es in absehbarer Zeit wieder stärker schneien. Trotzdem war Zaras Blick düster, während sie die schroffen, zerklüfteten Berge betrachtete.

Falk folgte ihrem Blick. „Über diese Berge müssen wir, oder?"

Zara nickte. „Dahinter liegt Sternental", bestätigte sie.

„Sieht verdammt steil aus", meinte Falk. „Wird sicher kein Zuckerschlecken, das Gebirge zu durchqueren."

„Das werden wir bald wissen", brummte Zara missmutig. Sie erhob sich und begann, ihre Sachen zu packen. „Wir sollten aufbrechen. Wir haben schon zu viel Zeit verloren."

Jael nickte ernst. „Und wer weiß, wie viel uns noch bleibt …"

An diesem Tag war Falk sogar froh darüber, nichts anderes tun zu müssen, als im Sattel zu sitzen und seinen Gedanken nachzuhängen. Auch wenn er es vor seinen übermenschlichen Begleiterinnen nicht zugeben wollte, er spürte die Nachwirkungen des Spinnengifts noch immer, wie den Kater nach einer durchzechten Nacht. Um sich von dem Schwindelgefühl in seinem Kopf und dem Grummeln in seinen Eingeweiden abzulenken, konzentrierte er sich auf die Landschaft, durch die sie ritten, doch das, was sich seinem Blick darbot, taugte nicht wirklich dazu, seine Stimmung zu heben.

Je weiter sie nach Süden vordrangen, desto ungastlicher wurde es. Nach und nach wurden Bäume, Büsche und Sträucher weniger, um schließlich so gut wie ganz zu verschwinden; ausgedehnte Sumpfflächen breiteten sich vor ihnen aus, die man auf den ersten Blick leicht für gewöhnliche Steppe halten konnte. Bloß stiegen hin und wieder blubbernde Blasen Sumpfgas an die Oberfläche, und es stank nach Moder und Verwesung, als litte ein Ork unter Blähungen. Falk war sicher, dass einen der Sumpf, war man erst einmal in seinen morastigen Griff geraten, nie mehr losließ. Ihr Glück war, dass Jael den Weg offenbar kannte; sie ritt voran und führte sie.

Nur einmal wurde es einen Moment lang spannend, als Thor – er lief die ganze Zeit über neben Kjell her, der sich von dem Wolf nicht im Mindesten beeindruckt zeigte – plötzlich einige Schritte weiter ein Kaninchen davonflitzen sah. Der Wolf hetzte dem Kaninchen nach, das im Zickzack durch den Sumpf sprintete, doch Zara rief Thor mit einem knappen Pfiff zurück, und er blieb tatsächlich unverzüglich stehen, schaute dem davonhuschenden Kaninchen einen Moment lang wehmütig nach, dann trollte er sich und kam zu den Reitern zurück, um wieder seinen Platz an Zaras Seite einzunehmen. Wenn man die beiden so sah, hätte man meinen können, sie wären schon ewig gemeinsam unterwegs.

Gegen Mittag rasteten sie in einer moosüberwachsenen Ruine. Falk war fast geneigt, die Ruine als ehemalige Kirche anzusehen, wäre die Vorstellung, dass sich Anhänger der Ein-Gott-Religion in diese menschenfeindliche Einöde verirrten, nicht so abwegig gewesen. Obwohl sie sich ihre Vorräte von Anfang an gut eingeteilt hatten, ging ihr Proviant allmählich zur Neige; sie hatten kaum noch Brot, ihre Vorräte an Käse und Schinken waren beinahe aufgebraucht, und die letzten Reste Pökelfleisch hatte sich Zara heute früh mit Thor geteilt. Wenn sie das, was noch in ihrem Proviantbeutel war, streng rationierten, würde es vielleicht noch für zwei Tage reichen, keinesfalls länger. Danach wären sie gezwungen, sich ihre Nahrung selbst zu beschaffen, was wahrscheinlich nicht ganz einfach werden würde; das Kaninchen, das Thor aufgescheucht hatte, war seit drei Tagen das einzige Tier gewesen, das sie zu Gesicht bekommen hatten – mal abgesehen von den Monsterspinnen.

Gleichwohl, es *gab* noch anderes Leben in den Sümpfen – oder zumindest hatte es solches gegeben. Denn die Gefährten stießen, je näher sie dem Ripergebirge kamen, immer häufiger auf die skelettierten Überreste von Kreaturen, deren blanke Knochen bereits so absonderlich waren, dass Falk sich nicht vorzustellen wagte, wie diese Viecher wohl ausgesehen hatten, als sie noch atmeten. Einige schienen groß wie Elefanten zu sein, andere wiederum klein wie Katzen.

Außerdem fanden sie schuppige Häute, groß wie Zelte, wie von riesigen Schlangen, die ihr altes Schuppenkleid abgestreift hatten – bloß dass es in ganz Ancaria keine so gigantischen Schlangen gab. Vermutlich handelte es sich um die Überreste weiterer magischer „Experimente", und der Gedanke daran, dass vielleicht noch irgendwelche lebenden Exemplare dieser abnormen Spezies auf der Suche nach Beute durch den Sumpf streiften, bereitete Falk Unbehagen. So hielt er angestrengt die Augen offen, während sie sich allmählich weiter nach Süden bewegten, immer auf das düstere Gebirge zu, das zugleich den letzten und den schwierigsten Teil ihrer Reise darstellte.

Die steilen Gipfel des lang gestreckten, zerklüfteten Gebirgszugs, der sich jenseits des Sumpfes von einem Ende der Welt zum anderen zu erstrecken schien, waren schneebedeckt und wolkenverhangen, und aus der Ferne fiel es schwer, sich vorzustellen, dass es ihnen jemals gelingen würde, auf die andere Seite zu gelangen. Doch Falk zwang sich, positiv zu denken, roch an seinem Halstuch, und auch, wenn der Stoff mittlerweile mehr nach seinem eigenen Schweiß als nach Elas Parfüm duftete, reichte es, um etwas Licht in seine düsteren Gedanken zu bringen.

Er durfte nicht verzagen. Wenn Jael und Zara mit ihrer Vermutung Recht hatten, dass in Sternental etwas Schreckliches vor sich ging, das auf ganz Ancaria übergreifen konnte, mussten sie ihre Mission erfüllen, denn hier stand mehr auf dem Spiel als ihr eigenes Schicksal.

Wie viel mehr, das wusste nur Jael allein, doch die Seraphim behielt ihr Wissen für sich und tat so, als wüsste sie nicht mehr über all das als Zara und Falk auch. Doch sie war keine besonders gute Lügnerin; die Empörung, mit der sie auf die Behauptung reagiert hatte, mehr über diese Angelegenheit zu wissen, als sie preisgab, war zu heftig gewesen, um echt zu sein. Falk jedenfalls war überzeugt davon, dass sie etwas vor ihnen verbarg.

Sie waren heute auf Grund der Nachwirkungen der Spinnenattacke erst recht spät aufgebrochen, und die Dunkelheit schien schneller hereinzubrechen, je näher sie Sternental kamen. So waren sie noch keine sechs Stunden unterwegs, als die Nacht bereits wieder nach dem Land griff, und bald konnte Falk kaum mehr die Hand vor Augen sehen. Doch als er vorschlug, sich irgendwo ein trockenes Plätzchen zu suchen und am nächsten Morgen weiterzureisen, entgegnete Zara nur: „Wir müssen weiter!"

Das war alles, was sie dazu zu sagen hatte, und Jael pflichtete ihr nickend bei. Die beiden hatten ja auch gut reden – *sie* konnten im Dunkeln sehen wie am Tage und liefen kaum Gefahr, vom rechten Weg abzukommen. Falk hingegen war nur ein Mensch, dem die klirrende Kälte und die Strapazen der Reise einiges abverlangten. Doch wie so häufig fügte er sich in sein Schicksal, machte seinem Unmut brummelnd Luft, wohl wissend, dass sich seine beiden Begleiterinnen davon nicht beeindrucken ließen. Er hoffte nur, dass sein Pferd wusste, wo es lang gehen musste.

Als sie schließlich auf einer Lichtung inmitten des braunen Flickenteppichs des Nimmermehrsumpfs ihr Lager aufschlugen, war es beinahe Mitternacht. Die dunklen Wolkenberge am Firmament verbargen den Mond, und nur die Irrlichter schwebten hin und wieder geistergleich durch den Nebel. Sie sattelten ab, legten ihre Decken aus, und im

Schein des kleinen Lagerfeuers, das in der ebenen Sumpflandschaft meilenweit zu sehen war, nahmen sie eine karge
Mahlzeit ein. Keiner von ihnen sprach viel, jeder hing seinen Gedanken nach, und so unterschiedlich die Gefährten
auch waren, stellten sie sich im Stillen alle dieselbe Frage:

Was erwartete sie in Sternental?

Schließlich schlief Falk ein – und träumte, er würde durch
ein Labyrinth stockfinsterer enger Tunnel gehetzt, verfolgt
von einer dunklen Gestalt in einem roten Kapuzenmantel,
die ihm ohne Hast durch die verwinkelten Korridore folgte,
so als wäre sie sich sicher, dass Falk ihr nicht entkommen
konnte. Falk wusste nicht, wer die Gestalt war oder was sie
von ihm wollte, doch er spürte instinktiv, dass sie böse war,
dass sie ihm *wehtun* wollte. Deshalb lief er immer weiter
durch den düsteren Wirrwarr der Tunnel, von denen einer
genauso aussah wie der andere.

Hin und wieder gelangte er an eine Kreuzung und schlug
wahllos eine andere Richtung ein, doch so schnell und so
weit er auch lief, immer wenn er den Kopf drehte, sah er die
Kapuzengestalt hinter sich, ihm mit bedächtigen Schritten
folgend und nie zurückzufallend, obwohl Falk so schnell
lief, wie er nur konnte.

Ja, mehr noch, nach einer Weile schien es, als würde die
Gestalt im roten Kapuzenmantel allmählich zu ihm auf-
schließen, und so sehr sich Falk auch mühte, er konnte ihr
nicht entkommen.

Schließlich spürte er den kalten, stinkenden Atem des
Fremden im Nacken, wie ein Hauch aus einer Gruft, und
dann legte sich eine bleiche Hand mit dünnen Spinnen-
beinfingern und langen gelben Nägeln auf seine Schulter,

und die Gestalt beugte sich vor und raunte ihm mit Grabes-
stimme ins Ohr: „Wir kennen uns, Freund … Wir kennen
uns …"

Da erwachte Falk mit einem heiseren Keuchen, richtete
sich schweißgebadet auf und starrte in die Finsternis, halb
in der bangen Erwartung, die Kapuzengestalt zu erblicken,
doch da war nichts. Bloß trostloser blubbernder Sumpf,
durch den geisterhafte Prozessionen von Irrwischen schwebten wie Geister auf dem Weg in die Anderwelt.

Falk zwang sich zur Ruhe und schaute sich nach den
anderen um, die sich im schwächer werdenden Schein des
Feuers als dunkle Hügel unter ihren Decken abzeichneten
und sich nicht regten; einzig Thor, der halb eingerollt auf
einer von Zaras Decken lag, musterte den jungen Mann mit
wachsamem Blick.

Falk fuhr sich mit der Hand über das schweißnasse Gesicht, ließ sich mit einem leisen Seufzen auf sein Lager zurückfallen und schaute zum düsteren Firmament empor,
doch der Anblick der schwarzen Leere über ihm stimmte ihn
nur noch unruhiger, und so drehte er sich schließlich auf die
Seite, starrte in die tanzenden Flammen des Lagerfeuers
und wartete darauf, dass sein Herz aufhörte, wie verrückt
gegen seine Rippen zu hämmern.

Wir kennen uns, Freund … Wir kennen uns …, hörte Falk
schaudernd die unheimliche Stimme der Traumgestalt.

Es dauerte lange, bis er wieder einschlafen konnte.

Am Nachmittag des nächsten Tages – der vage Schemen der
Sonne hinter den Wolken sank bereits wieder dem Horizont
entgegen – erreichten sie die ersten Ausläufer des Riperge-

birges, das seine Felsarme weit in die Sümpfe ausstreckte. Bereits aus der Entfernung wirkte das Gefälle des Höhenzugs, der als natürliche Grenze zwischen den Dunklen Gebieten und der Magier-Enklave diente, ehrfurchtgebietend. Doch als die Gefährten Stunden später, als die Schatten schon wieder länger wurden, endlich am Fuß des Gebirgsmassivs standen und Falk den Kopf so weit in den Nacken legen musste, dass er beinahe hintenüber fiel, um den Kamm auch nur zu erahnen, wurde aus Ehrfurcht nackter Unglauben. Bis hoch zum schneebedeckten Kamm des Berges mochten es gut und gern dreitausend Meter sein, und der einzige Weg, der nach oben führte, war ein schmaler Pfad aus losem Schotter, der sich in langen, steilen Schleifen den Hang hinaufwand, immer am Abgrund entlang.

„Bei allen Göttern", raunte Falk entgeistert. „*Da* müssen wir rauf?"

Jael nickte. „Das ist der einzige Weg zur Enklave."

Falk seufzte resigniert. „Das macht die Sache auch nicht besser …"

Wieder ließ er den Blick entgeistert an der steilen, schartigen Felswand emporschweifen, und allein die Vorstellung, dort hochzusteigen, ließ ihn bereits schwindeln. Wohl zum tausendsten Mal in den letzten Tagen fragte er sich, wie er sich nur auf diesen Irrsinn hatte einlassen können. Natürlich, er hätte umkehren und allein nach Moorbruch zurückkreiten können, aber das wäre ihm wie ein Verrat vorgekommen. Und so behielt er seine Zweifel tapfer für sich, während sie im Schatten der Felswand ihr Nachtlager aufschlugen, um sich auszuruhen und Kraft für den Aufstieg zu schöpfen.

Sie brachen auf, sobald sich am nächsten Morgen die ers

ten grauen Schatten des neuen Tages zeigten. Das erste Stück des Pfads war noch leicht zu bewältigen, doch nach einer halben Stunde wurde der Weg zunehmend steiler und steiniger; immer mehr Geröll erschwerte das Vorankommen auf dem ansteigenden Pfad, und je höher sie kamen, desto schmaler wurde er.

Anfangs konnten sie zu zweit nebeneinander hertraben, dann fand bloß noch eines der Pferde auf der Breite des Weges Platz, mit der Folge, dass man stets mit einem Fuß über dem Abgrund schwebte, der rechts von ihnen nahezu senkrecht in die Tiefe stürzte, während linkerhand nackter Fels aufragte. Es gab nur eine Richtung, in die man sich bewegen konnte: vorwärts, immer den Pfad entlang, der nach einer Weile so steil wurde, dass sie absteigen mussten, um den Pferden den Aufstieg zu erleichtern.

Ihre Tiere an den Zügeln führend, marschierten sie hintereinander her im Gänsemarsch die Flanke des Berges hinauf, Thor vorneweg, dann Zara, danach Falk und zuletzt Jael, die ihren Kapuzenmantel eng um sich geschlungen hatte und unter der eisigen Kälte, so schien es, nicht minder litt als Falk. Manchmal blies ihnen der Wind direkt ins Gesicht, dass die Haut ganz taub wurde, und jedes Mal, wenn Falk die Nase rümpfte oder seine Gesichtsmuskeln bewegte, spürte er einen gewissen Widerstand, als läge eine hauchdünne Eisschicht auf seinen Zügen.

Je höher sie gelangten, desto mehr stach ihnen die Kälte mit winzigen Messern selbst durch die dicksten Mäntel. Fast hatte Falk den Eindruck, als würde die Kälte ihm das Blut in den Adern gefrieren lassen. Nur Zara schien sie nichts auszumachen. Die Kapuze im Nacken, den Kopf ungeschützt, dass ihr langes schwarzes Haar wild im Wind wehte, stapfte sie unermüdlich vorwärts. Und Thor trottete gemächlich neben ihr her, das dichte grauschwarze Fell voll von kleinen Eisklumpen.

Keiner von ihnen sprach viel; jeder hatte genug damit zu schaffen, einen Fuß vor den anderen zu setzen, die Steigung zu erklimmen und nicht auf all dem losen Geröll auszurutschen oder umzuknicken, denn der gähnende Abgrund war stets nur einen Fehltritt entfernt; eine unbedarfte Bewegung genügte, und es ging tausend Meter in die Tiefe!

Langsam, Meter um Meter, schob sich die kleine Karawane den Berg hinauf, und als ob der Wettergott oder das Schicksal – oder wer auch immer – sie an ihre Grenzen führen wollte, begann es gegen Nachmittag zu schneien. Dicke weiße Flocken rieselten hernieder, erst wenige, dann immer mehr, bis der Schneefall wie ein dichter weißer Vorhang war, durch den sie sich mühsam vorarbeiteten.

Die Sicht wurde immer schlechter, sie konnten nur noch erahnen, was sich vor ihnen befand. Als dann auch noch der Wind schärfer wurde und über den Berg strich, um ihnen den Schnee in eisigen Böen entgegenzublasen, dachte Falk, schlimmer könne es nicht mehr werden. Doch es dauerte nicht lange, bis er zu seinem Leidwesen erkennen musste, dass er sich in dieser Hinsicht irrte.

Es *wurde* noch schlimmer – *viel schlimmer* …

Die erste Nacht verbrachten sie relativ geschützt vor den Elementen in einer kleinen, vielleicht drei Meter in den Berg führenden Felsnische, deren ebenmäßige Wände darauf hindeuteten, dass sie von Menschenhand in den Fels getrieben worden war, wahrscheinlich um Wanderern auf dem Weg zur anderen Seite des Gebirges Schutz und sichere Rast zu gewähren. Falk freute sich darauf, sich die Hände am Feuer zu wärmen, doch auf dem kahlen Bergpfad wuchs nichts, das man als Brennmaterial hätte verwenden können, und da auch keiner von ihnen daran gedacht hatte, in den Sümpfen einen Vorrat an Feuerholz zu sammeln und diesen mitzunehmen, verbrachten sie diese Nacht im kalter Dunkelheit, da alles, was sie an potentiellem Brennmaterial bei sich hatten, das Heu für ihre Pferde war.

Das brachte Zara auf eine Idee: Am nächsten Tag fingen sie an, die heuhaltigen Pferdeäpfel ihrer Gäule einzusammeln, um sie allabendlich als Brennmaterial zu benutzen. Wider Erwarten stank der brennende Dung nicht halb so schlimm, wie Falk befürchtet hatte.

Doch dann verkündete Jael mit unbewegter Miene, dass ihr Proviant aufgebraucht war. Nur ein letzter faustgroßer Brocken Schinken war noch übrig, den Jael mit ihrem Messer – nach einem Blick auf Thor, der neben Zara auf dem Boden lag und jede ihrer Bewegungen mit wachen Augen verfolgte – in vier gleich große Stücke aufteilte; niemand protestierte.

Während Falk im flackernden Schein des Feuers bis zum Kinn in seine Decken gehüllt dasaß und lustlos auf seinem Schinken herumkaute, schlang der Wolf seinen Anteil mit einem einzigen Haps hinunter, leckte sich einmal übers Maul und sah die anderen mit seinen golden schimmernden Tigeraugen neugierig an, fast so, als wollte er fragen, ob das schon alles gewesen sein sollte. Doch es *war* alles, und es sah beim besten Willen nicht danach aus, als würde er so rasch wieder die Gelegenheit haben, sich den Wanst voll zu schlagen.

Auch wenn sie es nicht laut aussprachen, waren Zara und Falk doch längst zu dem Schluss gelangt, dass bei Jaels Prognose, den Berg in drei Tagen hinter sich zu bringen, wohl eher der Wunsch Vater des Gedankens war. Einen kleinen Trost gab es immerhin: Hin und wieder quoll Bergwasser, eiskalt und kristallklar, aus zerklüfteten Spalten im Fels, sodass sie regelmäßig ihre Wasserflaschen auffüllen und die Pferde tränken konnten. Das war vielleicht nicht viel, aber immer noch besser als nichts.

Der dritte Tag kam und ging wie der zweite und der erste, abgesehen davon, dass Falks Magen vor Hunger so laut knurrte, dass Thor misstrauisch die Ohren spitzte. Sobald es hell genug war, dass sie den Weg vor sich erahnen konnten, brachen sie ihr Lager ab und setzten ihre strapaziöse Reise den Berg hinauf fort, immer einer hinter dem anderen gehend, schweigend, nachdenklich, ganz auf den Rücken des Vormanns und auf den Schotterpfad vor den eigenen Füßen konzentriert. Hin und wieder schneite es, und an manchen Stellen lag der Schnee so hoch, dass sie bis zu den Knien einsanken. Doch normalerweise blies der Wind den Schnee sofort von dannen, sobald er sich setzen wollte, sodass meist nur eine dünne weiße Pulverschicht den Schotter des Pfads bedeckte, und schließlich fing Falk an, den Alten Göttern sogar für diese kleine Gefälligkeit zu danken.

Hin und wieder warf er einen Blick in den Abgrund neben seinen Füßen. Obgleich die Welt unter ihnen längst zu einer Miniaturlandschaft geworden war, die sich als weißbrauner Flickenteppich bis zum Horizont erstreckte, schienen sie dem Gebirgskamm nicht nennenswert näher zu kommen, so sehr sie sich auch abplagten. Falk gab sich alle Mühe, seinen düsteren Gedanken nicht nachzugeben, trotzdem begann er irgendwann, den Mut zu verlieren, und je größer das Loch in seinem Bauch wurde, desto häufiger stellte er sich im Stillen die Frage, wie er jemals so dämlich hatte sein können, sich auf dieses Abenteuer einzulassen. Wenn er ehrlich gegenüber sich selbst war, musste er zugeben, dass der wahre Grund für seine Entscheidung alles andere als ehrenhaft war.

Es war das Verlangen nach Anerkennung.

Er wollte ein Held sein. So wie Zara und Jael, die taten, was getan werden musste. Ohne Furcht, ohne Zögern, geradlinig und unerschrocken. Er wollte, dass die Menschen zu ihm aufsahen und respektvoll seinen Namen nannten. Er wollte den feigen, rückgratlosen Lügner und Falschspieler, der er war, ein für alle Mal hinter sich lassen und als neuer, besserer Mann ein neues, besseres Leben beginnen.

Doch auch, wenn ein Spatz seine Flügel ausbreitet und sich wünscht, ein Adler zu sein, bleibt er am Ende doch nur ein Spatz.

Widerwillig kam Falk zu dem Schluss, dass er einen Fehler gemacht hatte.

Er hatte hier nichts verloren – er sollte überhaupt nicht hier sein!

Und dann, gegen Abend des vierten Tages, wollte der Berg seinen Tribut …

Die Sonne versank als majestätischer Feuerball, und die Dunkelheit fiel über das Land, als sie eine Stelle erreichten, an der der Pfad so schmal wurde, dass sich die Pferde zunächst scheuten, weiterzugehen. Schließlich aber gab Kjell Zaras Drängen nach und folgte seiner Herrin zögernd den Sims entlang, immer behutsam einen Huf vor den anderen setzend. Nun trauten sich auch die anderen Tiere weiter, von Falk und Jael an den Zügeln geführt. Es ging weiter – wenn auch nur für kurze Zeit, denn plötzlich blieb Zara vorn am Kopf der kleinen Karawane stehen und wandte sich mit besorgter Miene zu Falk um.

„Runter!", zischte sie.

Falk verstand nicht. „Wie – runter? Sollen wir den ganzen Weg etwa wieder nach unten steigen?" Dieser Gedanke kam ihm in höchstem Maße absurd vor, so weit wie sie bereits gekommen waren, auch wenn er selbst in den letzten Stunden schon mehr als einmal daran gedacht hatte, genau dies zu tun. Aber das behielt er für sich. „Also, ehrlich, ich …"

Weiter kam er nicht, denn unvermittelt erfüllte ein vielstimmiges hohes Kreischen die Luft. Es klang wie der Schrei aus unzähligen Kehlen, und dann schoss direkt über Falks Kopf ein Schwarm Fledermäuse aus einer Spalte im Fels; vielleicht hatte ihre Gegenwart sie aufgeschreckt, womöglich war es aber auch bloß an der Zeit, auf Beutejagd zu gehen.

Wie auch immer, auf einmal wimmelte es überall um ihn her vor kleinen fellbedeckten Leibern, und Dutzende ledriger Schwingen schlugen um ihn herum, als ihn die Fledermäuse einhüllten wie ein lebender Mantel. Das schrille Kreischen der Tiere in den Ohren, ließ Falk die Zügel seines Pferdes los und begann instinktiv, nach den Fledermäusen zu schlagen, die eigentlich gar kein Interesse an ihm hatten, doch sein Schlagen und Zappeln ließ sie wütend werden, und plötzlich spürte Falk, wie sich unzählige kleine Zähne und Krallen durch den Stoff seiner Kleidung bohrten. Dutzende winzige scharfe Klauen hieben nach seinem Gesicht.

Er hüpfte hysterisch auf dem schmalen Felsvorsprung herum, ohne darauf zu achten, wie nah er dabei dem Abgrund kam. Die schwirrende Wolke aus Fledermäusen folgte ihm bei jedem Schritt – und plötzlich trat sein linker Fuß ins Leere!

Falk stieß ein überraschtes Keuchen aus. Schlagartig waren die Fledermäuse vergessen. Er ruderte mit den Armen und kämpfte verzweifelt um sein Gleichgewicht, doch der Tritt ins Leere ließ ihn kippen, über den Rand des Felsvorsprungs, und plötzlich hing er halb über dem gähnenden Abgrund. Irgendwo weiter unten – *viel weiter unten* – sah er den Flickenteppich des Nimmermehrsumpfs, und noch während er sich panisch fragte, wie lange es wohl dauern würde, bis er unten aufschlug, verlor er vollends die Balance, rutschte vom Sims ab – und griff panisch um sich, in dem hilflosen Versuch, irgendetwas zu erwischen, woran er sich festhalten konnte …

„Falk!", rief Jael erschrocken, doch weder sie noch Zara waren im Stande, ihren Gefährten so schnell zu erreichen, wie es nötig gewesen wäre, um ihn zu retten; der Sims war einfach zu schmal, und zwischen ihnen und Falk befand sich jeweils eines der Pferde.

Doch dann ertastete er zwischen den Fingern seiner rechten Hand die Zügel seines Gauls, packte hastig zu und spürte, wie sie sich mit einem harten Ruck spannten. Er blinzelte hastig, als er realisierte, dass er gut dreitausend Meter über dem Abgrund baumelte und sein Leben statt an einem seidenen Faden an einem dünnen Lederriemen hing.

Mühsam gegen seine Panik ankämpfend, hob er den Kopf und sah, dass sich sein Pferd verzweifelt gegen das Gewicht stemmte, das es von dem Felssims in die Tiefe zu reißen drohte.

Der Kopf des Tieres hing, gebeugt durch Falks Gewicht, halb über dem Abgrund. Die Stute stieß ein kurzes, scharfes Wiehern aus, die Hufe gegen den Boden gestemmt, und starrte mit ihren schwarzen Augen panisch in die Tiefe. Bloß Zentimeter trennten sie beide vom sicheren Tod.

„Falk!", hörte er Zaras Stimme. „Beweg dich nicht!"

Das war leichter gesagt als getan. Das Gefühl, keinen Boden unter den Füßen zu haben, und das Wissen, dass da *tatsächlich* keiner war, erfüllten Falk mit einer Todesangst, wie er sie noch nie zuvor empfunden hatte. Es war, als läge ein eisernes Band um seine Brust, dass er kaum noch atmen konnte. Doch er zwang sich, ruhig zu bleiben, sich nicht zu bewegen, während er sich jetzt mit beiden Händen am Zügel festhielt und ängstlich nach oben schielte, wo sein Gaul um ihr beider Leben kämpfte. Inzwischen hatte Zara sich an Kjell vorbei zu der Stute vorgearbeitet und legte dem Tier beruhigend eine Hand auf den Hals.

„Ruhig, meine Gute", sagte sie mit sanfter Stimme, streichelte die Mähne des Pferdes und griff mit der freien Hand nach dem straff gespannten Zügel. „Ruhig … Nur ruhig … Gutes Mädchen. Ja, gutes Mädchen …" Langsam, scheinbar ohne jede Hast, packte sie die Zügel und begann mit einer Hand zu ziehen, während das Pferd unwillkürlich vom Abgrund zurückwich. Zara blieb, wo sie war, packte jetzt mit beiden Händen zu und zog den vor Angst wie gelähmten Falk langsam, ganz langsam nach oben.

Falks panischer Blick glitt zwischen der Vampirin und dem kaum fingerdicken Lederriemen hin und her, an dem sein Leben hing. Das brüchige Rindsleder war zum Zerreißen gespannt, doch es gelang Zara, Falk am Arm zu packen, und einen Moment später saß er zitternd und keuchend auf dem Felssims, die Füße eng an sich gezogen, und er versuchte benommen, seiner Panik Herr zu werden, die nur allmählich von ihm abfiel.

Seine Finger begannen unangenehm zu kribbeln, als das abgeschnürte Blut darin wieder normal zu zirkulieren begann, und als Falk schließlich wieder soweit zu Atem gekommen war, dass er sprechen konnte, stieß er mit tränenerstrickter Stimme hervor: „Ich kann nicht mehr. Für mich ist diese Reise zu Ende. Geht ohne mich weiter."

„Warum habe ich dich dann gerettet?", wollte Zara wissen.

Falk runzelte die Stirn; er verstand die Frage nicht. „Na, damit ich nicht runterstürze und sterbe?", erwiderte er unsicher. Es klang eher wie eine Frage als wie eine Antwort.

„Sterben *wirst* du aber", sagte Zara knapp. „Wenn du hier bleibst."

„Aber ich *kann* nicht mehr!", stöhnte Falk und ließ den Kopf hängen, als hätte ihn alle Kraft verlassen. „Ich … ich bin am Ende. Meine Glieder sind steif gefroren, mein Magen ist vor Hunger zusammengekrampft, und … und … ich kann einfach nicht mehr. Ich kann keinen Schritt mehr gehen. Geht nur allein weiter. Lasst mich hier." Er ließ den Blick über die Welt tief unter ihnen schweifen. „Bis ich tot bin, kann ich wenigstens die Aussicht genießen …"

Zara starrte ihn einen Moment lang missmutig an, als

wollte sie ergründen, wie ernst es ihm damit war, doch selbst in seinen eigenen Ohren hatten seine Worte mehr trotzig als entschlossen geklungen. „Jetzt stell dich nicht an wie ein Mädchen!", blaffte die Vampirin ihn an. Für einen Moment glaubte Falk, nicht Zorn und Unmut, sondern etwas wie Sorge aus ihren Worten herauszuhören. „Bist du ein Mann oder nicht?"

„Verdammt!", schrie er sie auf einmal an. „Ja, ja, ich bin ein Mann! Ein Mann – na und? Ich bin ein Mann, und trotzdem bin ich schwach! Denn ich bin nur ein Mensch, Zara! Ein einfacher Mensch – keine Vampirin, keine Seraphim, kein Ork und auch kein Zwerg, der sich in solchen Gebirgen wohlfühlen mag! Nur ein schwacher Mensch! Warum muss ich mir selbst und anderen ständig beweisen, dass ich mehr bin? Dass ich ein Mann bin? Warum?"

Er starrte sie an, und sie musterte ihn. Einen Moment schwiegen beide, dann ergriff Zara wieder das Wort, aber sie sprach mit ruhiger, milder Stimme. „Ich sag dir was, Falk. Du musst niemandem mehr etwas beweisen. Das hast du nämlich bereits hinlänglich getan."

Falk sah sie fragend an.

„Ich hätte nie gedacht, dass du so lange durchhältst", erklärte sie. „Um ehrlich zu sein, als wir in Moorbruch aufbrachen, gab ich dir nicht mehr als drei Tage."

„*Zwei* Tage, hast du gesagt", warf Jael ein. „Höchstens."

Trotz seiner Verzweiflung musste Falk grinsen.

„Wie auch immer", fuhr Zara fort. „Du hast bereits gezeigt, was in dir steckt – und das ist mehr als in den meisten. Aber", sagte sie mit theatralisch erhobenem Zeigefinger, „wenn du jetzt aufgibst, zeigt das zwar, dass du ein zäher

Bursche bist, aber auch ein elender Narr, und im Zweifelsfall wird man sich eher an den Narren erinnern als an den zähen Burschen." Sie schüttelte entschieden den Kopf, auch das übertrieben. „Ich kann mir nicht vorstellen, dass es das ist, was du willst. Und jetzt komm endlich! Nur noch einen Tag, dann haben wir's geschafft!" Sie hielt ihm die Hand hin, um ihm auf die Beine zu helfen.

Falk sah erst Zara und dann ihre Hand an, und obwohl er das ungute Gefühl hatte, dass er seine Entscheidung noch bereuen würde, griff er zu, ließ sich von Zara auf die Beine ziehen, klopfte sich den Schmutz von den Hosen und brummte großmütig, so als würde er *ihnen* einen Gefallen tun, dass er nicht hier hocken blieb und starb: „Also, gut. Noch *einen* Tag – und keine Minute länger!"

IV.

Sie brauchten *zwei* weitere Tage, um den Kamm des Ripergebirges zu erreichen, doch als sie nach einem langen, an-
strengenden Marsch über ein kahles Felsplateau unter sich
in einem Talkessel Burg Sternental erblickten, gestand sich
Falk ein, dass allein dieser unglaubliche Anblick beinahe
schon Lohn genug war für all die Mühen, Qualen und tage-
langen Entbehrungen, die hinter ihnen lagen.

„Da ist es", raunte Jael ungewohnt ehrfurchtsvoll, trat an
den Rand des Felsvorsprungs, auf den sie gelangt waren,
und ließ ihren Blick über die Magier-Enklave schweifen,
„Burg Sternental …"

Falk trat neben sie. Der Anblick Sternentals übertraf alles,
was er sich in seinen kühnsten Träumen vorgestellt hatte.
Selbstverständlich hatte er sich in den letzten Tagen so seine
Gedanken darüber gemacht, was sie wohl auf der anderen
Seite des Berges erwarten mochte, aber jetzt musste er feststellen, dass keine seiner Vorstellungen auch nur annähernd
mit der Wirklichkeit gleichziehen konnte. Die Burg war in
jeder Hinsicht *unvorstellbar*, und den Blick über die unzähligen Zinnen, Türme, Dächer und Balkone der Enklave
schweifen zu lassen, war, als werfe man einen Blick in eine
vollkommen andere Welt.

Dabei war schon der Name an sich unwahr, denn Burg Sternental bestand nicht aus einer Burg allein, sondern gleich aus einem *halben Dutzend* Burgen, die zu den unterschiedlichsten Zeiten und in den verschiedensten Stilen in dem perfekt kreisförmigen Talkessel errichtet worden waren. Während eine der Burgen verspielte Schnörkel und üppige Verzierungen aufwies, herrschten bei der direkt daneben gerade, fast zweckmäßige Linien vor. Da standen Kreuzrippen- und Spitzbögen neben Stützsäulen und Rundbögen, Balustraden und Rusthitzierungen neben pompöser Pracht und Überschwänglichkeit. Sogar die Fenster der Burgen spiegelten die unvergleichliche Vielfalt dieses Ortes wider, da keins dem anderen gleich; da reihten sich kunstvolle Buntglasfenster neben schlichtem Bleiglas. Extravagante Fresken, aus unzähligen einzelnen Glasstücken zusammengefügt, zeigten in künstlerischer Meisterschaft Darstellungen der ancarianischen Historie: die Schöpfung der Welt, die Götterkriege, die Zeit der Zersplitterung, die erste Inquisition und die Entstehung von Burg Sternental.

Zwar waren die Burgen alle mehr in die Höhe als in die Breite gebaut – die niedrigste maß gut und gern hundert Schritte vom Fundament bis zur kupfereisernen Wetterfahne in Form eines Pentagramms auf der obersten Spitze –, doch da alle nebeneinander standen und durch ein chaotisches Wirrwarr von Stegen und Gängen miteinander verbunden waren, entstand der Eindruck, man habe eine einzige gewaltige Burg vor sich, die sich mit sechs verschiedenen Spitzen und Haupttürmen in den Himmel schob, der höchste dieser Türme so hoch, dass die Spitze beinahe die Wolken berührte.

Sonderbare sphärische Lichter in allen Farben des Regenbogens tanzten um die knospenförmige Spitze dieses Turms, wie riesenhafte Glühwürmchen, und als Zara genauer hinsah, schien es, als würde der Himmel über der Enklave verhalten wabern, wie die Luft an einem heißen Sommertag, als wäre die Atmosphäre mit knisternder Magie aufgeladen.

Doch das Bemerkenswerteste an Burg Sternental war, dass sich weder in der Stadt noch im gesamten Talkessel auch nur eine einzige Schneeflocke fand; der Boden rings um die Enklave war schwarz und fruchtbar, die Zinnen und Dächer der Burgen und Häuser ohne jedes Weiß. Auch sonst ließen sich keine Spuren des Winters entdecken, der die Gefährten hoch oben auf dem Pass mit eisigem Griff umfangen hielt: keine frostweißen Büsche und Sträucher, kein grau gefrorener Boden, keine filigranen Eisblumen an den unzähligen Fenstern. Dafür lag der Schnee auf dem rundum laufenden Kamm des Talkessels meterhoch. Es schien, als machte Väterchen Frost ganz bewusst einen Bogen um diesen Flecken Erde.

Ja, mehr noch, es sah so aus, als hätte in der Enklave gerade der Sommer Einzug gehalten, denn die riesigen, uralten Kastanien, die gleich einer Allee in die Stadt hineinführten, standen in voller Blüte, ebenso wie die dichte, haushohe Wildrosenhecke, die sich wie eine natürliche Stadtmauer um das Innere der Enklave zog, was umso erstaunlicher war, da in der Enklave zwar eine andere Jahreszeit zu herrschen schien, der Himmel über Sternental jedoch ebenso finster und wolkenverhangen war wie über dem Rest der Region.

Zara konnte sich auf das Wetterphänomen keinen anderen

Reim machen, als dass die Magiegesetze in Sternental doch nicht so streng eingehalten wurden, wie Jael und die, die hinter ihr standen, bisher angenommen hatten. Doch sie behielt ihre Gedanken für sich; solange die Verbotenen Künste zu nichts anderem verwandt wurden, als schlechtes Wetter abzufangen, war ihr das völlig egal.

Sternental war nicht nur von kargem Stein umschlossen; von drei Seiten her war das Tal von tiefen Wäldern umgrenzt, die bis an die Felsen reichten. Es waren Wälder mit stattgrünen Laubdächern; auch sie zeigten keinerlei Anzeichen des Winters.

„Unglaublich", murmelte Falk fasziniert. Seine Augen leuchteten wie die eines Kindes. „Nie im Leben hätte ich mir träumen lassen, dass es irgendwo in Ancaria solch einen Ort gibt."

Zara konnte ihm nur zustimmen. So weit sie in all den Jahrhunderten, die sie nun schon auf Erden weilte, auch herumgekommen war, nirgends hatte sie etwas Vergleichbares erblickt; egal, wie weit man fortsegelte oder wie hoch man auf irgendwelche Berge stieg, soweit Zara das beurteilen konnte, war die Magier-Enklave Burg Sternental einzigartig.

Fasziniert beobachtete sie das Spiel der tanzenden Lichter rings um die zentrale Burg. Mit ihren unzähligen Erkern und Vorsprüngen und Türmchen aller Art schien sie der überbordenden Fantasie eines größenwahnsinnigen Architekten entsprungen zu sein. Die Lichter bewegten sich wie lebendige Wesen, tanzten in der Luft auf und ab, hin und her, schimmernd in allen Farben des Regenbogens, und Zara spürte, wie sie bei diesem Anblick eine seltsame, fast kindliche Euphorie überkam.

Von solchen Orten hatte sie geträumt, als sie noch ein Mädchen gewesen war, unbedarft und unschuldig, und in ihren Träumen hatten lauter gute, weise Zauberer mit spitzen Hüten und bodenlangen Bärten diese Orte bewohnt, die Steine in weiße Häschen verwandelten und aus heiterem Himmel farbenfrohe Feuerwerke niedergehen ließen; Zauberer, die ihre Künste nur einsetzten, um die Menschen zu erfreuen, ihnen zu helfen und dem Bösen in der Welt die Stirn zu bieten.

Doch das waren nur die unschuldigen Träume eines Kindes gewesen, dies hier war die Wirklichkeit, und *die* war bei weitem nicht so rosarot, denn bei allem Zauber und aller märchenhaften Faszination war da auch etwas unsagbar Dunkles an diesem Ort, etwas, das sich weder recht begreifen noch konkret in Worte fassen ließ. Aber es war ohne Frage da, und je weiter Zara den Blick an der imposanten zentralen Burg nach unten schweifen ließ, desto mehr Belege fand sie dafür.

Es war beinahe, als wäre die Burg in verschiedene Ebenen aufgeteilt; während das Bauwerk in den oberen Bereichen majestätische Erhabenheit und verspielten Zauber ausdrückte, wurde das Gemäuer dunkler und schäbiger, je weiter man hinabstieg, je weiter man sich dem Boden näherte, bis sich schließlich am Fuß der Burg ein Wirrwarr einfacher, windschiefer Häuser mit staubigen Butzenfenstern und spitz aufragenden Schieferdächern ausbreitete, durch das sich ein Labyrinth schmaler verwinkelter Gassen zog wie Venen durch ein Stück marmoriertes Fleisch. Die Gebäude drängten sich wie Schutz suchend an die Mauern der mächtigen Burgen, nicht wirklich verwahrlost, aber doch auf bestem Wege dahin. Aus Hunderten schiefer Schornsteine stiegen grauweiße Rauchsäulen in den Himmel.

Die Gefährten standen eine ganze Weile nur da und genossen wie verzaubert den einzigartigen Anblick, bis sie unvermittelt eine eisige Bö aus ihren Träumerein aufschreckte – hier oben auf dem Pass war von dem Sommer, der unten im Talkessel herrschte, leider nichts zu merken.

Jael war die Erste, die wieder zu sich fand. „Wir müssen weiter", drängte sie und schwang sich – von neuer Energie erfüllt – elegant in den Sattel ihres Pferdes. „Von jetzt an wird uns der Berg wohlgesonnen sein."

Sie hatte Recht: Im Gegensatz zum Aufstieg bereitete ihnen der Weg vom Felskamm hinab in den Talkessel kaum Mühe. Der Pfad, der auf der anderen Seite des Berges so steil und beschwerlich in die Höhe führte, verwandelte sich vor ihnen in einen breiten, seicht abfallenden Weg, der sich in sanft gewundenen Serpentinen hinab in die Tiefe wand, und so, wie es immer kälter geworden war, je näher sie dem Gipfel kamen, wurde es jetzt stetig wärmer, als sie sich dem Fuß des Felsens näherten. Bald waren die letzten Reste Schnee auf ihren Schultern geschmolzen, und als sie schließlich drei Stunden, nachdem sie Burg Sternental ansichtig geworden waren, zum ersten Mal seit fast einer Woche wieder Erde und Gras unter den Hufen ihrer Pferde hatten, war es so warm, dass sie ihre dicken Wintermäntel ausziehen konnten; an diesem betörenden Frühsommerabend hatten sie dafür keine Verwendung mehr.

Froh darüber, den eisigen Klauen von Väterchen Frost auf so wundersame Weise entronnen zu sein, folgten sie dem Pfad durch duftende blühende Wiesen voller Sommerblumen bis zur Siedlung am Fuße der Burg. Ein Stadttor gab es nicht; dafür befand sich in der imposanten, wild wuchernden Hecke, die die Stadt wie eine natürliche Mauer umgab, ein von zwei haushohen steinernen Obelisken flankierter Durchlass. Als sie zwischen den riesigen Steinsäulen hindurchtrabten, stellte Zara fest, dass die Säulen über und über mit eingemeißelten kryptischen Schriftzeichen in einer uralten Sprache versehen waren, die schon tot war, als es Ancaria kaum gegeben hatte.

Jael aber überraschte ihre Begleiter, indem sie mit Blick auf die Zeichen mit respektvoll gesenkter Stimme vorlas: „Nur über verwinkelte Treppen gelangt man in höchste Höhen …"

„Wie poetisch", kommentierte Zara.

„Das ist der Wahlspruch der Magiergemeinschaft von Sternental", erklärte Jael, während sie die Säulen passierten und in die Unterstadt trabten, die nicht im Mindesten so majestätisch und einladend wirkte wie die gigantische Burg, die über ihr aufragte. Die schmalen kopfsteingepflasterten Straßen und Gassen zwischen den windschiefen, aus grobem Backstein und Holzbohlen errichteten Häusern waren ausgetreten und löchrig. Viele Fenster der Häuser waren gesprungen und blind von Staub und Jahren, und hier und da ragten die Giebel der vielfach notdürftig geflickten Schindeldächer so weit auf die schmale, kaum zwei Meter breite Straße, dass sie fast mit denen der gegenüberliegenden Gebäude zusammenstießen und man zuweilen den Eindruck hatte, sich durch einen Tunnel zu bewegen.

Die Hufe der Pferde hallten hohl und klappernd von den schmutzigen Wänden der Gebäude wider, und ein seltsamer, süßlich-bitterer Geruch schwängerte die Luft, den Zara nicht recht einzuordnen vermochte. Erst dachte sie, er käme von den Abfallkübeln, die sich in den Gassen zwischen den Häusern aneinander reihten, doch dann erkannte sie, dass der Geruch aus den Schornsteinen der Häuser stieg, so als würde drinnen etwas auf dem Feuer köcheln, das nicht sonderlich für den Verzehr geeignet war.

Die meisten Häuser, an denen sie vorbeikamen, schienen Wohnhäuser zu sein, aber es gab auch einige Läden, in deren stockfleckigen Schaufenstern alte Folianten, Kräuter, Arzneien und seltsam anmutende Amulette feilgeboten wurden; Dinge, die eindeutig als Zauberutensilien zu erkennen gewesen wären, sahen sie hingegen nicht: keine in Alkohol eingelegten Krähenfüße, keine getrockneten Tollkirschen und auch kein vorgemahlenes Hexenpulver. Doch das hatte Zara auch nicht erwartet. Wenn hier irgendetwas Verbotenes vor sich ging, würde es wohl kaum so offensichtlich zur Schau gestellt werden, dass jeder x-beliebige Reisende sofort mit der Nase darauf stieß – nicht, dass sie annahm, dass sich allzu viele Reisende hierher verirrten. Doch das Böse wirkte meistens im Verborgenen, direkt inmitten der Ahnungslosen, und wenn man es erkannte, war es oft schon zu spät – so wie bei Salieri, dem verräterischen Priester von Moorbruch.

Zara hoffte, dass sie an diesem sonderbaren Ort wirklich einige Antworten fand; die Vorstellung, sich unverrichteter Dinge wieder auf den beschwerlichen Rückweg machen zu müssen, behagte ihr gar nicht. Doch sie war eigentlich überzeugt davon, dass Jael Recht hatte hinsichtlich Salieris Verbindung zum verbotenen Sakkara-Kult und dass sie Iliam Zak hier in Sternental auch ausfindig machen würden.

Während sie hintereinander her durch die schmalen Gassen trabten, schien es, als wären sie die einzigen Menschen in ganz Sternental. Niemand ließ sich auf den Straßen blicken, und wenn nicht hinter den staubigen Fenstern hier und da Feuerschein zu sehen gewesen wäre, hätten sie fast meinen können, die Siedlung wäre vollständig verlassen, eine Geisterstadt.

Nur einmal sah Zara hinter einem Gaubenfenster flüchtig ein Gesicht zwischen vergilbten Gardinen hervorlugen: das einer verhutzelten, faltigen Alten mit Geiernase und vorspringendem Spitzkinn, die sich – so schien es zumindest – mit ihren langen, scharfen Fingernägeln einen Apfel schälte. Doch als Zara noch einmal den Kopf hob, um sich zu vergewissern, dass sie sich nicht geirrt hatte, war das Fenster dunkel und leer.

Dann kamen sie an einer Schenke vorbei. Über der wuchtigen Tür hing an einer rostigen Kette ein Holzschild, auf dem der Name der Taverne geschrieben stand: *Zum räudigen Köter*.

Zwar drang aus der Schenke kein einziger Laut – kein Gläserklirren, keine Musik, kein Stimmengemurmel –, doch dafür stieg den drei Reisenden der Duft von gekochtem Fleisch und warmem Honigbier in die Nase, und Falks Magen knurrte wieder einmal so laut, dass Thor die Ohren spitzte. Der atemberaubende Anblick der Enklave hatte den jungen Falschspieler und Abenteurer seinen Hunger für eine Weile vergessen lassen, doch nun rief Falk mit fast hysterischer Stimme: „Hier gibt's was zu essen!"

Er blickte Zara an und fügte hinzu: „Ich sterbe vor Hunger. Ich finde, wir sollten uns erst einmal stärken und den einen oder anderen Humpen heben, zur Feier des Tages. Weil wir Sternental erreicht haben, ohne draufzugehen und so."

„Später", sagte Jael, und ihr Blick glitt die Gasse hinab. „Erst müssen wir noch jemandem einen Antrittsbesuch abstatten …"

Dieser Jemand war Godrik, der Enklavenvorsteher, der im höchsten Turm der höchsten Burg von Sternental residierte. Eine imposante, wenn auch kurze Allee riesiger knorriger Eichen mit ausladenden, sattgrün leuchtenden Kronen führte über einen kopfsteinbelegten Ring, der die Burg umgab, hinauf zum riesigen, bogenförmigen Portal. Es war dreimal so groß wie ein Mensch und breit wie ein Scheunentor.

Auf dem Sims darüber kauerten links und rechts zwei gewaltige Wasserspeier, in grauen Stein gemeißelte Wächter mit Löwenkörpern und Dämonenfratzen, die Schwingen von Fledermäusen hinter dem Rücken gefaltet, doch jederzeit bereit, sie auszubreiten, sodass sich die grauenvollen Mischwesen in die Lüfte erhoben. Die Steinfiguren waren das Werk eines echten Meisters, so lebensecht, dass Falk beim Anblick ihrer wie zum Schlag erhobenen Klauen und den weit aufgerissenen zähnestarrenden Mäulern ein kalter Schauer überlief. Er hatte das Gefühl, die pupillenlosen steinernen Augen würden ihm bei jedem Schritt folgen, und vielleicht, so dachte Falk schaudernd, taten sie das tatsächlich. An einem Ort wie diesem, musste man da nicht mit allem rechnen?

Sie stiegen von den Pferden, banden die Tiere an einem der Bäume fest und näherten sich unter den wachsamen Blicken der Wasserspeier dem riesigen geschlossenen Portal aus eisenbeschlagenem schwarzen Eichenholz. In die Steinplatte zu Füßen der Tür waren ähnliche altancarianische Symbole eingemeißelt wie in die Obelisken, die den Eingang zur Enklave flankierten. „Der Weg, der uns weiterbringt, ist auch der Weg, der nach innen führt", las Jael vor.

Falk rümpfte die Nase. „Irgendwie haben die's hier mit solchen Sprüchen", brummte er missmutig, noch immer pikiert darüber, dass sie nicht erst in die Taverne eingekehrt waren, um sich nach den Entbehrungen der letzten Tage endlich mal wieder satt zu essen.

Da tat sich das gewaltige Portal plötzlich wie von Geisterhand vor ihnen auf. Die beiden riesigen Torflügel schwangen mit einem verhaltenen Knarren nach innen, um den Blick auf eine riesige, fensterlose Halle freizugeben, die vom Schein mehrerer Fackeln, die in Ösen an den schwarzen Wänden steckten, erhellt wurde. Im Hintergrund der Halle befanden sich die breiten Stufen einer Wendeltreppe, die sich in weiten Spiralen in die Höhe wand. Ehrfurchtsvoll und auch ein wenig zögerlich traten die drei Gefährten über die Schwelle und schauten sich staunend um.

Die Wände und der Fußboden der Halle bestanden aus poliertem schwarzen Onyx, in dem sich ihre Spiegelbilder abzeichneten; wie geisterhafte Zwillinge ihrer selbst begleiteten sie das Trio auf dessen Weg in die Halle, während sich das gewaltige Portal ebenso geisterhaft wieder hinter ihnen schloss, wie es sich aufgetan hatte, ohne dass irgendwo irgendwelche Mechanismen oder Lebewesen zu sehen waren, die dafür verantwortlich gewesen wären.

In regelmäßigen Abständen brannten die Fackeln entlang der Wände, deren flackernder Schein die Halle in ein warmes ruhiges Licht tauchte und im Gegensatz zu den Spiegelbildern der Gefährten nicht von dem Onyx reflektiert wurden, so als würde sich das Licht auf mysteriöse Weise in den schimmernden schwarzen Tiefen des Steins verlieren. Kein Laut war zu vernehmen außer ihren Schritten, die trotz der Größe der Halle seltsam gedämpft klangen, als schritten sie über Teppiche statt über nackten Stein.

Doch das Imposanteste an der Halle war zweifellos die Wendeltreppe, die sich spiralförmig an der Innenwand des Turms nach oben schraubte, immer höher und höher hinauf, so hoch, dass es fast schien, als würden die stetig im Kreis verlaufenden Stufen bis in den Himmel führen. Allein nach oben zu blicken bereitete Falk bereits Schwindel; er wollte gar nicht daran denken, wie es war, von dort oben hinab in die Tiefe zu schauen – oder wie lange es dauern würde, bis sie oben wären …

„Hölle und Teufel", murmelte er. „Wie viele Stufen mögen das sein?"

„Sechstausendsiebenhundertdreizehn", sagte Jael prompt, auch wenn Falk es eigentlich gar nicht so genau hatte wissen wollen.

Zara warf der Seraphim einen fragenden Seitenblick zu. „Woher weißt du all diese Dinge über Sternental? Fast könnte man meinen, du warst schon einmal hier."

„Das war ich auch", gab Jael zu. „Vor sehr langer Zeit, als die Inquisition gerade zu greifen begann und hier noch nichts war außer der Großen Burg. Meine Schwestern und ich waren es, die dieses Tal als geeigneten Ort für die Enklave auswählten. Es schien uns ein sicheres Plätzchen zu sein, weit genug entfernt vom Rest des Reichs, als dass sich jemand hierher verirrt, und isoliert genug, dass diejenigen, die hierher verbannt werden, nicht ohne weiteres ihrer Wege ziehen können."

Als Jael ihre „Schwestern" erwähnte, zuckte Zara unmerklich zusammen, und für eine Sekunde fiel ein dunkler Schatten über ihr Antlitz, wie eine Wolke, die plötzlich an einem Sommertag den Himmel verdüstert. Doch dieser Schatten war so schnell wieder verschwunden, wie er gekommen war.

„Seit damals hat sich hier viel getan", fuhr Jael fort. „Ob immer zum Guten, wird sich zeigen." Mit diesen Worten setzte sie sich wieder in Bewegung, durchquerte mit zügigen Schritten die große Halle und begann, die endlosen Stufen der Wendeltreppe hinaufzusteigen.

Zara und Thor folgten ihr unverzüglich; Falk hingegen verharrte noch einen Augenblick in der Mitte der riesigen schwarzen Halle, drehte sich mit großen Augen einmal um sich selbst und schüttelte den Kopf, als könnte er nicht glauben, dass es so etwas überhaupt gab. Dann rief Zara am Fuße der Treppe ungeduldig seinen Namen und stapfte die ersten Stufen empor. Nach kurzem Zögern folgte er ihr.

Die Treppe schraubte sich in die Höhe, und die Halle unter ihnen wurde zunehmend kleiner, je mehr Stufen sie hinter sich brachten. Und dann geschah etwas, das Falk einfach nicht begreifen konnte, auch dann nicht, als er versuchte, es sich mit Magie zu erklären: Er war in Gedanken noch mit der Frage beschäftigt, wie er diese sechstausendsiebenhundertdreizehn Stufen überstehen sollte, da er doch jetzt schon vor Hunger auf dem Zahnfleisch kroch, da mündete die

Treppe vor ihnen auch schon in einen weiten Korridor, ebenso schwarz und spiegelnd wie die Halle. Am Ende des Korridors, weit in der Ferne, befand sich eine weitere schwere Doppeltür. Und während sich Falk noch verwirrt fragte, wie sie so schnell die Treppe hochgekommen waren und ob es sich nur um Einbildung handelte oder die Burg von innen *tatsächlich* um einiges größer war, als sie von außen wirkte, standen sie auch schon vor der großen Doppeltür, die sich vor ihnen ebenso geisterhaft auftat wie das Hauptportal der Großen Burg.

Nur dass dem Phänomen seine Entmystifizierung diesmal sogleich folgte, denn kaum hatte sich der linke der deckenhohen Türflügel einen Spaltbreit geöffnet, huschte eine Gestalt in einem weiten grauen Gewand in den Korridor, verstimmt – so schien es – vor sich hinbrummelnd. Es handelte sich um einen älteren Mann mit einem langen, zu mehreren Zöpfen geflochtenen Vollbart und einem mannshohen knorrigen Gehstock. Als er die Gefährten vor der Tür stehen sah, verstummte er abrupt und hielt einen Moment lang überrascht inne, bevor er sich sogleich wieder in Bewegung setzte und mit weit ausholenden Schritten den Korridor entlangeilte, auf die Treppe zu, jeder Schritt begleitet vom Klacken der Stockspitze auf dem Onyxboden.

Zara sah dem Mann einen Augenblick lang nach, während der Türflügel vor ihnen noch weiter nach innen aufschwang. Durch sie gelangten die drei in einen quadratischen Saal mit hoher stuckverzierter Decke und einem fugenlosen Fußboden aus nachtschwarzem Marmor, der von einem Netzwerk feiner weißer Äderchen durchzogen war.

Im ersten Moment wusste Zara damit nichts anzufangen,

doch dann erkannte sie, dass die weißen Linien auf dem schwarzen Grund ein feines, meisterhaft herausgearbeitetes Muster auf dem Boden bildeten: einen riesenhaften Greif mit dem Körper eines Löwen und dem Kopf eines Adlers, auf dem Haupt eine Krone wilder Rosen, in den Pranken eine zweiköpfige Schlange, und sofort kam Zara Salieris Siegelring mit dem Symbol des Sakkara-Kultes in den Sinn, auf dem ebenfalls eine zweiköpfige Schlange zu sehen gewesen war, die sich um die Hörner eines Widderschädels wand.

Eine tiefe, volltönende Männerstimme erklang: „Bitte, so tretet näher!" Der fensterlose Saal hatte die Ausmaße eines großen Bankettsaals und war leer bis auf einen massiven, mindestens acht Meter langen Schreibtisch aus Eichenholz direkt gegenüber der Tür, hinter dem in gleichmäßigem Abstand drei massige Stühle mit hoher lederbezogener Lehne standen, und auf diesen Lehnstühlen wiederum saßen drei ältliche bärtige Männer, die eine Macht und Autorität ausstrahlten, die nahezu körperlich spürbar war.

Zara nahm an, dass es sich um die Administration von Sternental handelte, um den Rat der Bruderschaft, und als die Gefährten nebeneinander näher an den Tisch herantraten, gestand sich die Vampirin ein, dass sie sich Zauberer doch ein wenig anders vorgestellt hatte. Irgendwie *märchenhafter*, mit langen weißen Bärten, spitzen Zauberhüten und Umhängen voller Sterne und Monde darauf. Aber abgesehen von den Bärten, die in diesen Kreisen offenbar so etwas wie ein Statussymbol waren, hatten die drei Männer hinter dem Tisch so gar nichts mit ihrer romantischen Vorstellung von Zauberkundigen gemein. Tatsächlich wirkten sie eher wie königliche Beamte oder Steuereintreiber.

Indes die beiden Männer links und rechts kleine kreisrunde Lederkappen trugen, die wirkten, als würden sie eine Tonsur bedecken, fiel dem mittleren Zauberer das lange schlohweiße Haar offen über die Schultern. Sein hageres, ausgezehrtes Gesicht mit den deutlich vorstehenden Wangenknochen hatte etwas bedrückend Asketisches, was durch die nachtschwarze Lederklappe, die das linke Auge verbarg, noch verstärkt wurde. Alle drei Männer waren in einfache graue Kapuzengewänder gekleidet, und neben jedem von ihnen lehnte ein mannshoher Stab am Tisch, genau wie jener Mann einen besessen hatte, der den Saal verlassen hatte. Zara fragte sich, ob es sich dabei um die berühmten Zauberstäbe handelte, von denen in all diesen Geschichten über Magier immer wieder die Rede war, doch die Vorstellung, dass man mit Hilfe dieser knorrigen Stöcke Ratten in Kaninchen verwandeln oder jemandem einen Schweineschwanz anzaubern konnte, erschien ihr zu unglaublich.

Nun standen sie nebeneinander vor dem wuchtigen Tisch, hinter dem die Zauberer saßen wie Könige, und der mittlere der Magier, der sie vorhin aufgefordert hatte, näher zu treten, ergriff wieder das Wort.

„Willkommen, Reisende", sagte er, und obwohl er seine Stimme nicht erhob, hallten seine Worte in dem großen Saal ehrfurchtgebietend wider, wie ein Echo zwischen Berghängen. Beiläufig bemerkte Zara, dass die Iris seines verbliebenen Auges nicht ein-, sondern zweifarbig war: braun und grün. „Ich bin Godrik, der Enklavenvorsteher, und auch wenn ich mir kaum vorzustellen vermag, was ausgerechnet eine Seraphim nach so langer Zeit wieder hierher verschlagen hat, so freut es mich doch, zu sehen, dass Ihr die Fährnisse Eurer Reise gut überstanden habt."

„Dann wisst Ihr also, wer wir sind?", fragte Jael; wenn sie erwartet hatte, dass ihre Worte in dieser seltsamen Umgebung ebenfalls so eindrucksvoll widerhallten wie die des Zauberers, irrte sie. Ihre Stimme klang vollkommen normal, beinahe ein wenig verloren in der großen Halle.

Godrik nickte bedächtig, und seine Rechte schloss sich um seinen Stock, der im Gegensatz zu denen seiner „Beisitzer" nicht aus knorrigem Baumholz bestand, sondern ein schnurgerader Stab aus polierter weißer Eibe war, der obere Teil mit filigranen Schnitzereien verziert. „Euer Ruf ist Euch vorausgeeilt, Jael, Wächterin des Lichts, Tochter der Delara. Schon seit einiger Zeit rechnen wir mit Eurem Besuch. Was uns hingegen überrascht ist die Gesellschaft, in der Ihr vor uns tretet." Der Blick seines zweifarbigen Auges heftete sich auf Zara, und seine Stimme sank ein paar Oktaven tiefer, als er sagte: „Ein Kind der Nacht in diesen Hallen … allein das ist bereits so abwegig, dass ich es selbst kaum glauben kann. Aber Seite an Seite mit einer Seraphim … das ist führwahr äußerst erinnerungswürdig!" Nicht so sehr seine Worte, sondern vielmehr der Tonfall, in dem er sie sprach, zeugte von Vorsicht, Widerwillen – und Sorge. *Vor allem* von Sorge.

Jael klang überraschend unbekümmert, ja, fast ein wenig trotzig, als sie dagegenhielt: „Noch erinnerungswürdiger wird es, da diese Nosferatu hier die Einzige ihrer Art ist – das einzige Kind der Nacht mit einer *Seele*."

Die beiden schweigsamen Beisitzer links und rechts des Enklavenvorstehers wirkten überrascht, Godrik hingegen verzog keine Miene. „Ist das so?", sagte er und legte leicht den Kopf schief, als könne er Zaras Seele in dieser Haltung besser erkennen. Dann sah er den Wolf an, der neben Zara stand und ihr fast bis zur Hüfte reichte, bevor sein Blick weiter zu Falk und schließlich zurück zu Jael schweifte. „Nun, wie dem auch sei, Ihr seid hier. Jetzt stellt sich die Frage: warum? Was erwartet Ihr, in Sternental zu finden?"

„Antworten", erklärte Jael knapp.

„Und auf welche Fragen?"

„Hauptsächlich auf die, ob Iliam Zak noch in der Enklave weilt."

Die buschigen Augenbrauen des Enklavenvorstehers rückten über der Nasenwurzel zusammen. „Zak?" Er sprach den Namen mit einer Abneigung aus, die vermuten ließ, dass er und der ehemalige Führer des Sakkara-Kults nicht unbedingt die besten Freunde waren. „Darf man erfahren, was eine Hüterin des Lichts von unserem berüchtigtsten Einwohner will?"

„Informationen", antwortete Jael ausweichend. „Also lebt er noch?"

„Zak? O ja, Zak lebt noch", sagte er düster, und es klang, als wäre er über diesen Umstand nicht allzu glücklich. „Er muss inzwischen so alt wie die Welt selbst sein, aber er weilt noch immer unter uns. Er haust allein in einem Turm am Rande eines der Wälder, ein Stück außerhalb der Stadt. Allerdings hält er von der Bruderschaft der Magier ebenso wenig wie wir von ihm, und so gehen wir uns geflissentlich aus dem Weg. Es ist Jahre her, seit ich ihn das letzte Mal gesehen habe – oder sonst einer. Doch wir sind nicht böse darüber; Zak war in unserer Mitte nie willkommen. Zu schwer hat sein Verrat unsere ganze Zunft in Misskredit gebracht."

„Welcher Verrat?", wollte Zara wissen.

Godrik warf ihr einen Blick zu, als wollte er sie zurechtweisen, was sie sich einbildete, das Wort an ihn zu richten. Doch dann antwortete er ihr, wenn auch in einem Ton, als müsse die Antwort jeder in Ancaria wissen. „Natürlich sein Verrat an den Hohen Künsten. Dadurch, dass er versuchte, mit Hilfe der Magie und der Unterstützung der anderen Seite Einfluss zu erlangen, ohne Rücksicht auf das natürliche Gleichgewicht der Mächte. Dadurch, dass er sich am Ende sogar anschickte, den Thron des Königs an sich zu reißen. Damit verriet er unsere gesamte Zunft. *Uns* ging es nie darum, uns mit Hilfe der Hohen Künste persönliche Vorteile zu verschaffen. Vielmehr war uns wichtig, die Elemente zu ergründen, um besser zu verstehen, was wir sind, woher wir kommen und wohin wir gehen."

„,Der Weg, der uns weiterbringt, ist auch der Weg, der nach innen führt'", zitierte Jael den Sinnspruch auf der Schwelle der Großen Burg.

Godrik nickte bedächtig. „Was wir taten, taten wir zum Wohl der Menschen. Leider gibt es seit jeher einige, die uns und die Hohen Künste fürchten, weil sie dem Irrglauben verfallen sind, wir stünden mit Dämonen im Bunde." Er seufzte bitter. „Unwissenheit ist die größte Angst der Menschen; sie fürchten, was sie nicht kennen, und lehnen es deshalb ab."

„Womöglich haben sie Grund dazu", sagte Jael. „Nicht all den Brüdern und Schwestern eurer Zunft lag das Wohl der

Allgemeinheit stets so am Herzen wie Euch, von dem Magier Zak ganz zu schweigen."

Godrik nickte. „Ich muss zugeben, dass dies leider stimmt. Im Laufe der Jahrtausende gab es immer wieder Abtrünnige – Zauberkundige, die sich von den dunklen Mächten verführen ließen. Und die dunklen Mächte dienen nun mal nicht den Menschen, noch lassen sie sich von unsereins kontrollieren. Diese Abtrünnigen haben aus ihrem widerwärtigen Egoismus heraus der Welt und sich selbst Schaden zugefügt – wenn auch keiner so sehr wie Iliam Zak, dessen verbotenes Handeln schließlich den Ausschlag dafür gab, dass wir alle hier sind, in Sternental, wo wir auf ewig bleiben werden." Er versuchte, die Verbitterung in seinen Worten unter dem Deckmantel der Wut zu verstecken, doch es gelang ihm nicht recht.

„Und nun?", fragte Zara. „Womit beschäftigt sich die Bruderschaft jetzt tagaus, tagein, da euch die Zauberei bei Höchststrafe untersagt ist?"

„Mit dem Gleichen wie vor tausend Jahren", erklärte Godrik, „nur in der Theorie statt in der Praxis. Wir haben uns der Wissenschaft verschrieben, mit dem Ziel, das Unerklärliche zu erforschen, statt damit zu experimentieren, in der Hoffnung, eines Tages den Quell der Magie zu finden und ihn für alle Menschen auf friedliche Weise nutzbar zu machen."

„Mit anderen Worten", entgegnete Zara, „ihr versucht die Magie erklärbar zu machen, um irgendwann rehabilitiert zu werden und da weiterzumachen, wo ihr damals unterbrochen wurdet, nur mit offizieller Genehmigung – und natürlich zum Wohle der Menschheit."

Der leichte Spott in ihrer Stimme ließ Godrik zusammenzucken. Er bedachte sie mit einem scharfen Blick und wandte sich demonstrativ wieder Jael zu. „Jetzt, da Ihr wisst, wo Ihr Iliam Zak findet, wäre es da nicht angebracht, mir als dem Enklavenvorsteher zu sagen, was Ihr von ihm wollt? Immerhin trage ich die Verantwortung für die Enklave und alles, was hier geschieht, und ich bin gern darüber informiert, was in meiner Ägide vor sich geht."

Jael ließ sich nicht einschüchtern. „Wie Ihr wisst, genießt Iliam Zak seit Jahr und Tag die besondere Aufmerksamkeit der Königlichen Inquisition. Unser viel geliebter König ist ein vorausschauender Mann, der gern weiß, wo seine Feinde sitzen. Und Ihr habt selbst gesagt, dass Ihr Zak schon seit langem nicht mehr gesehen habt und …"

Godrik unterbrach sie: „Wollt Ihr damit andeuten, er wäre vielleicht aus der Enklave *geflohen*?" Der Gedanke schien ihn zu erheitern.

Jael zuckte mit den Schultern. „Dieses Gerücht ist zumindest dem König zu Ohren gekommen. Es gibt einige, die behaupten, Zak an den verschiedensten Orten des Reichs gesehen zu haben: in Hohenmut in der Kräutergasse; in Mascarell, wo er auf dem Friedhof die Grabstätten seiner Vorväter besuchte; auf einem Markt in Tyr-Fasul." Sie brachte ihre Lügengeschichte derart glaubhaft vor, dass selbst Falk darüber staunte. „Sternental ist kein Gefängnis, und jeder, der gehen will, kann gehen. Zwar wird er dadurch zum Vogelfreien, aber könnte das jemanden wie Iliam Zak von seinen Plänen abhalten?"

Godrik und seine beiden Beisitzer wechselten einen Blick. Dann winkte Godrik ab, vielleicht ein wenig heftiger, als angebracht war. „Iliam Zak geflohen? Unmöglich! Noch nie hat jemand der Enklave den Rücken gekehrt, und wenn er es *versucht* hätte, wüsste ich davon. Wir haben hier zwar keine Mauern und Tore, aber wir haben gewisse Mög…" Er unterbrach sich selbst mitten im Wort, offenbar weil er zu der Ansicht gekommen war, dass es nicht ratsam war, weiterzusprechen. Stattdessen erklärte er: „Zak ist in seinem Turm, seit fünfhundert Jahren, und dort bleibt er bis zu seinem Ende, wann auch immer das kommen mag."

„Euer Wort in allen Ehren", sagte Jael, „aber es wäre dem König gewiss lieber, aus vertrautem Munde zu erfahren, dass das Gerücht, das am Hofe Kreise zieht, unzutreffend ist."

„Gerücht, Gerücht …" Godrik vollführte erneut eine Geste mit der Hand, als wolle er Jaels Worte vom Tisch wischen. „Nichts weiter als Gerede! Wenn Ihr tatsächlich glaubt, hier in Sternental sei etwas im Gange, das gegen die Magiegesetze verstößt, dann irrt Ihr! Selbst wenn ich meine Hand bestimmt nicht für Iliam Zak ins Feuer lege, für die Bruderschaft tue ich es – und auch dafür, dass alles in Sternental so ist, wie es sein soll! Merkt euch meine Worte: Es gibt immer einen Esel, der hofft, durch das Verbreiten eines Gerüchts interessant zu werden!"

„Man sagt auch, dass das Gerücht stets denjenigen als Letzten erreicht, mit dem es sich beschäftigt", entgegnete Jael schlagfertig.

„Wie auch immer", brummte Godrik, nicht bereit, auf Jaels Worte weiter einzugehen, auch wenn es in ihm brodelte, „natürlich steht es Euch frei, Euch im Namen des Königs in Sternental umzuschauen, sodass Ihr Seiner Majestät versichern könnt, dass all seine Sorgen unbegründet sind." Er nickte den dreien mit arrogantem Wohlwollen zu. „Brutus im *Räudigen Köter* hat Quartiere zu vermieten. Ich bin überzeugt, dass er Euch einen guten Preis machen wird. Und nun entschuldigt uns bitte."

Damit war die Unterredung für den Enklavenvorsteher beendet. Ohne ein Wort des Abschieds winkte er in Richtung Tür, die sich daraufhin scheinbar von selbst auftat. Dann beugte er sich zu einem seiner Beisitzer, um ihm leise etwas ins Ohr zu flüstern; für die drei Gefährten hatte er keinen Blick mehr.

Einen Moment lang stand Jael unschlüssig da. Dann drehte sie sich um und durchquerte mit schnellen Schritten den Saal; die anderen folgten ihr. Sobald sie draußen im Korridor waren, schloss sich die Tür hinter ihnen, und endlich konnte Zara ihrem Zorn Luft machen; sie hatte ihn die ganze Zeit über mühsam unterdrückt, um der Seraphim nicht in die Parade zu fahren. „Liebe Güte, was für ein arroganter Kerl! Seine Überheblichkeit wird nur noch übertroffen von seiner Ignoranz!"

Jael schien im Gegensatz zu Zara nicht im Mindesten aufgebracht über die kaltschnäuzige Abfuhr, die der Zauberer ihnen erteilt hatte. Als sie durch den schwarzen Korridor zurück zur Treppe gingen, wirkte sie beinahe erleichtert, als hätte sie damit gerechnet, dass die Unterhaltung noch weit unangenehmer hätte verlaufen können.

Sie hatten das obere Ende der Treppe erreicht, als Zara ihre Neugierde nicht länger zügeln konnte. „Warum hast du ihn angelogen?", fragte sie die Seraphim.

Die schaute sie fragend an. „Wen angelogen?"

„Na, diesen Zauberer! Warum hast du ihm nicht gesagt, warum wir hier sind?"

Jael gab ihr keine Antwort darauf, sondern sagte: „Es gibt Dinge, die wir besser anderswo besprechen sollten. Hier haben die Wände Ohren." Daraufhin blinzelte sie Falk verschwörerisch zu. „Da wir jetzt den offiziellen Teil hinter uns haben, können wir ruhigen Gewissens den einen oder anderen Happen zu uns nehmen. Vielleicht finden wir bei dieser Gelegenheit auch jemanden, der uns den Weg zu Zaks Turm erklärt."

Falk rieb sich mit beiden Händen über den Bauch und grinste Jael breit an. „Na, endlich! Ich dachte schon, ich müsste am Ende doch noch den Hungertod erleiden!"

Die Aussicht auf einen vollen Teller und einen ebensolchen Magen beflügelte seine Schritte. Von neuem Elan erfüllt, spurtete er die Wendeltreppe nach unten, und erneut war der Weg nach unten erheblich kürzer, als man auf Grund der zahlreichen Treppenstufen annehmen musste. Doch Falks Gedanken konzentrierten sich jetzt aufs Essen, und Zara hatte es mittlerweile aufgegeben, nach Erklärungen für diese Dinge zu suchen; hier war Magie im Spiel, das war die einzige Erklärung, die es gab.

Sie traten durch das große Portal ins Freie, wo bereits eine weitere Überraschung auf sie warteten …

Seit sie die Große Burg betreten hatten, war die Nacht über Sternental hereingebrochen. Nun brannte auch hier in einigen Fenstern der Unterstadt Licht, aber in den schmalen Gassen zwischen den Häusern nisteten tiefschwarze Schatten. Der Mond kam hin und wieder hinter den schnell dahinziehenden Wolken am Himmel zum Vorschein, doch er spendete kaum Helligkeit.

Das war nicht das Einzige, das sich verändert hatte. Zara spürte, dass es merklich kühler geworden war. Als sie sich umschaute, sah sie, dass die Blätter an den Ästen der alten Eichen, die den Weg zum Portal der Burg säumten, nicht mehr grün, sondern rotgolden waren, und noch während sie hinsah, fiel ein Eichenblatt zu Boden, blieb zu ihren Füßen liegen, ein zweites folgte kurz darauf und dann ein drittes. Zugleich kam ein leichter Wind auf, der ihre Begleiter frösteln ließ und den Geruch von Regen und feuchter Erde mit sich trug. Im vagen Lichtschein, der aus den Fenstern der Gebäude fiel, glänzte das Kopfsteinpflaster vom Nieselregen, der kalt und klamm aus den Wolken fiel.

Der Sommer in Sternental war vorüber.

Es war Herbst geworden …

V.

Die Tür des Gasthauses *Zum räudigen Köter* hing schief in den Angeln und kreischte wie eine gefolterte Katze, als Falk sie nach innen drückte. Lediglich drei Männer in weiten Mänteln und mit den obligatorischen langen Bärten saßen an einem Ecktisch und beäugten die Neuankömmlinge voller Misstrauen. Zwischen den Männern lagen ein paar Kupfermünzen auf dem Tisch, in diagonalen und waagerechten Linien aneinander gereiht, doch das Spiel war vorübergehend vergessen.

Brutus, der Wirt – ein riesiger, massiger Kerl mit der Statur eines Orks und ebenso kahlem Schädel – stand hinter der Theke und wischte sich die Hände an seiner schmutzigen Schürze ab. Er schien die drei Gefährten misstrauisch zu beobachten, wie sie sich an einen der freien Tische setzten, so weit wie möglich weg von den drei Bärtigen in der Ecke. Irgendwie konnte Zara sich des Eindrucks nicht erwehren, dass Brutus noch einiges mehr mit einem Ork gemein hatte als nur seine Statur und seinen Kahlkopf. Nach einem Zauberer sah er jedenfalls nicht aus, eher wie der *Fehltritt* eines Zauberers mit einer Orkin …

Sie nahmen an einem runden Tisch am Fenster Platz. Zara setzte sich so hin, dass sie die Tür und die Gasse draußen im Auge behalten konnte – sicher war sicher –, während Falk bereits ungeduldig mit den Fingerkuppen auf der verschrammten Tischplatte zu trommeln begann und unruhig den Kopf hin und her drehte, als würde er sich fragen, wo zum Teufel der Wirt nur steckte. Doch Brutus war offenbar einer von der gemächlichen Art; er ließ sich Zeit, bevor er sich schließlich ächzend in Bewegung setzte, um die Theke herumkam und schwerfällig zu ihrem Tisch schaukelte. Er war so groß, dass sein Kanonenkugelschädel die Öllampe unter der Decke streifte und in leichte Schwingungen versetzte, doch er achtete nicht darauf – womöglich hatte er es nicht mal gemerkt –, blieb neben ihrem Tisch stehen und kratzte sich beiläufig im Schritt. Seine gewaltige Statur verdeckte die schwingende Lampe, und sein Schatten fiel auf die Gefährten wie der eines Riesen. Zara nahm den Geruch von altem Bratfett wahr und rümpfte die Nase.

„Wolltawasham?", sagte Brutus mit unbewegtem Gesicht.

Jael sah ihn verständnislos von unten her an; sie musste fast den Kopf in den Nacken legen, um sein Gesicht zu erkennen, das groß und rund wie der Mond über ihr schien. „Wie bitte?"

„Wolltawasham?", wiederholte Brutus nuschelnd, ein fast unverständliches Kauderwelsch von ineinander übergehenden Silben und Konsonanten, in der man nur mit Mühe einen Sinn erkennen konnte. Seine Lippen bewegten sich beim Sprechen kaum, und das war vermutlich auch besser so, denn als er es noch ein zweites Mal wiederholte, krampfhaft bemüht, etwas deutlicher zu sprechen, stellte Zara fest, dass von seinen Zähnen nur noch abgefaulte Stümpfe übrig waren, die wie dunkle, windschiefe Grabsteine in seinem Mund staken. „Wollt–ihr–was–ham?", chargierte er mit übertriebenen Grimassen, so als wären sie schwer von Begriff.

Endlich verstand Jael. „Oh! Natürlich, natürlich! Bringt uns drei große Humpen von Eurem besten Met …"

Thor, der neben Zaras Stuhl auf dem Dielenboden lag, hob den Kopf von den Vorderpfoten und stieß ein missmutiges Grummeln aus, wie um die Seraphim darauf hinzuweisen, dass das *so* nicht stimmte.

„*Vier* Humpen von eurem besten Met", korrigierte sich Jael, „einen davon in einem Trinknapf, und dazu für uns alle eine ordentliche Portion vom besten Mahl, das Eure Küche hergibt."

Brutus grunzte: „Undasvieh?"

Zara runzelte die Stirn. „Wie meinen?"

„Dasvieh?", sagte Brutus und deutete dabei mit seinem dicken, fleischigen Wurstfinger auf Thor. „Derhun."

„Der Hund?" Die Seraphim verzichtete darauf, ihn darauf hinzuweisen, dass Thor alles andere als ein Hund war. Stattdessen sagte sie: „Fleisch. Jede Menge davon."

Brutus nickte, machte kehrt und schaukelte zur Theke zurück, um sich um ihre Bestellung zu kümmern. Dabei zeigte sich erneut, dass er nicht unbedingt der Schnellste war. Es dauerte zehn Minuten, bis er ihre Biere gezapft hatte, und weitere fünf, um einen passenden Napf für Thor zu finden. Schließlich jedoch schlabberte der Wolf im Liegen seelenruhig sein Met aus dem Napf, während die Gefährten mit der ersten Runde gierig ihren Durst löschten, umgehend die zweite und – vorsorglich – auch gleich die dritte Runde in

107

Auftrag gaben und die neugierigen Blicke der Männer am Ecktisch geflissentlich ignorierten.

Irgendwann verwandelte sich der Nieselregen draußen in richtigen Regen, und dicke Tropfen prasselten gegen das Glas der Butzenfenster. Doch in der Taverne war es warm und trocken, und das war ein Luxus, den man erst richtig zu schätzen wusste, wenn man zehn Tage lang mitten im Winter unter den ungünstigsten Umständen draußen im Freien gelagert hatte, wie Falk feststellte. Er jedenfalls war guter Dinge; nach den Tagen voller Entbehrungen reichte das eine Bier, das er bereits intus hatte, um ihn in eine angenehm entspannte Stimmung zu versetzen, und die Aussicht darauf, sich in kürze über einen dampfenden Teller voller Fleisch und Kartoffeln hermachen zu können, zauberte ein einfältiges Lächeln auf sein Gesicht. Alles, was ihm zur Glückseligkeit noch fehlte, waren ein weiches Federbett, zwanzig Stunden Schlaf und ein warmes Bad, um den ganzen Schmutz und Schweiß der letzten Tage loszuwerden. Wahrscheinlich roch er wie ein Glorb, doch da das bei seinen beiden Begleiterinnen kaum anders war, waren ihre Nasen wohl unempfindlich gegen die Dünste, die womöglich von ihm ausgingen. Nicht, dass es ihn irgendwie gekümmert hätte, wäre es anders gewesen …

„Also", sagte Zara kurz, nachdem Brutus die zweite Runde Honigbier vor sie hingestellt hatte und in die Küche entschwunden war, um sich um ihr Essen zu kümmern. „Haben die Wände hier *auch* Ohren, oder sagst du uns jetzt endlich, was die ganze Geheimniskrämerei bei Godrik sollte? Warum die Geschichte, dass Iliam Zak geflohen sei? Warum durfte Godrik nicht wissen, warum wir wirklich hier sind?"

„Weil diese Angelegenheit diplomatisches Vorgehen erfordert", sagte Jael, hob ihren Krug, trank einen kräftigen Schluck und wischte sich mit dem Handrücken ganz undamenhaft über den Mund. „Wenn Godrik wüsste, was *ich* weiß, bestünde die Gefahr, dass dieses Wissen Kreise zieht. Erst würde es sich hier in der Enklave herumsprechen, danach wäre es nur noch eine Frage der Zeit, bis auch der Rest des Königreichs davon erführe; Angst und Furcht würden sich in der Bevölkerung breit machen. Dies wiederum könnte unserem König nicht gefallen. Nein, diese Angelegenheit ist zu heikel, als dass man sie jemandem anvertrauen könnte, den das Ausüben der Verbotenen Künste auf ewig ins Exil verbannt hat. Im Übrigen", fügte sie nach einer kurzen Pause verschwörerisch hinzu, „war nicht alles gelogen, das ich Godrik gesagt habe; es gibt *tatsächlich* den einen oder anderen, der behauptet, Iliam Zak in den letzten Jahren an den unterschiedlichsten Orten des Reichs gesehen zu haben, und der König *ist* darüber so besorgt, dass er wissen möchte, ob daran etwas Wahres ist, selbst wenn das vermutlich nur Hirngespinste sind. Immerhin wird auch der Geist des großen Elvarius regelmäßig gesehen, obwohl jeder weiß, dass der Barde schon seit Ewigkeiten tot und vermodert ist."

„Oder der Weingeist", sagte Falk spöttisch. Er packte seinen Bierkrug mit beiden Händen, hob ihn an die Lippen und trank ein paar tiefe Züge, bevor er ihn wieder abstellte, zufrieden und laut rülpste und erklärte: „Klingt ja alles entschieden dramatisch." Doch es machte nicht den Eindruck, als fände er das Ganze sonderlich spektakulär.

„Es *ist* dramatisch", behauptete Jael, plötzlich sehr erst.

„Als ich Godrik sagte, der König wäre in großer Sorge, entsprach das der Wahrheit, bloß sind die Gründe für des Königs Sorge ein wenig anders, als ich Godrik dargelegt habe."

Zara legte die Stirn in Falten. „Also ist da *doch* etwas", sagte sie. Es war keine Frage, vielmehr die Feststellung, dass ihr Gefühl sie die ganze Zeit nicht getrogen hatte. Sie beugte sich vor und musterte die Seraphim eindringlich. „Was hat das alles zu bedeuten? Was weißt du, was wir nicht wissen?"

Einen Augenblick lang schaute Jael von einem zum anderen und schien mit sich zu ringen, ob sie ihnen wirklich vertrauen konnte. Sie warf einen raschen Blick zu den Zauberern hinüber, um sich zu vergewissern, dass sie nicht gehört wurde, und sagte schließlich mit leiser, gepresster Stimme, sodass nur Falk und Zara sie verstehen konnten: „Die Bestien … es gibt noch mehr davon."

Falk, der sich gerade anschickte, den Rest seines Krugs zu leeren, war so überrascht, dass er sich das Bier in den falschen Hals kippte. Er verschluckte sich, hustete krampfhaft und starrte Jael fassungslos an. „Du meinst … in Moorbruch? In Moorbruch treiben noch mehr Bestien ihr Unwesen? Dann habt ihr also doch nicht *alle* erwischt?"

Jael winkte ab. „Moorbruch ist lediglich ein Steinchen in einem Puzzle, das wesentlich komplexer ist, als ihr ahnt."

Eigentlich hätte Zara beleidigt sein müssen, dass Jael ihnen die wahren Hintergründe dessen, das sie hierher ans Ende der Welt geführt hatte, trotz mehrfacher Nachfragen so beharrlich verschwiegen hatte. Doch ihr war klar, dass die Seraphim nicht den geringsten Grund gehabt hatte, ihr zu trauen; nicht nach allem, was sie getan hatte. Sie selbst

110

hätte schwerlich anders gehandelt. Also forderte sie lediglich, statt Jael Vorwürfe zu machen: „Erzähl!"

Jael brauchte noch einen Moment, um ihre Gedanken zu sammeln. Dann erklärte sie mit ernster, gedämpfter Stimme: „Moorbruch ist nicht das einzige Gebiet im Königreich, wo in diesen dunklen Tagen sonderbare Dinge geschehen. Etwas ist im Gang, und überall ähneln sich die Umstände derart, dass ein Zufall ausgeschlossen werden kann."

„Die Umstände wovon?", fragte Zara.

„Die Umstände der Morde", sagte Jael. „Blutige, brutale Morde. Junge Frauen, keine älter als zwanzig. Jungfrauen wahrscheinlich."

Zara brauchte einen Moment, um ihre Überraschung zu verwinden, doch sobald der erste Schock abgeklungen war, begann ihr Verstand mit gewohnter Präzision zu arbeiten, und sie sagte knapp: „Wie viele?"

„Drei Dutzend", sagte Jael düster. „Vielleicht mehr, das ist schwierig zu sagen, weil nicht alle Opfer gefunden wurden; einige verschwanden einfach nur spurlos, ohne je wieder gesehen zu werden. Aber denen, die man fand, wurde mit brutaler Gewalt das Herz aus dem Leib gerissen, genau wie in Moorbruch. Die Wunden der Opfer waren in allen Fällen ähnlich, wie von einem wilden Tier, und an mindestens zweien der Leichenfundorte haben wir Pfotenabdrücke entdeckt, die zu den Blutbestien passen."

„Und wo haben sich diese Morde ereignet?"

„In Biberringen, Finsterwinkel und in Galadur, das weit im Norden des Reichs liegt, wo das Eis nie schmilzt."

„Diese Orte sind ziemlich weit von Sternental entfernt", bemerkte Zara. „Viele Tagesreisen."

Jael nickte. „Und jeder davon liegt in einer anderen Himmelsrichtung, zumindest grob. Außerdem haben die Morde alle fast zur selben Zeit begonnen: mit Einbruch des Winters. Deshalb können wir auch ausschließen, dass Salieri seine Bestien auf eine kleine Rundreise durch Ancaria geschickt hat; allein die gewaltigen Entfernungen zu den anderen Tatorten legen nahe, dass der Ein-Gott-Priester allein für die Morde in Moorbruch verantwortlich war."

Als Falk begriff, was das bedeutete, flackerten Unglauben und Entsetzen in seinen Augen auf. „Aber das würde ja heißen, dass es …"

„… überall im Königreich verteilt noch weitere Verblendete wie Salieri gibt, die ihre Blutbestien losschicken, um Jungfrauenherzen zu sammeln", bestätigte Jael düster. „Salieri war kein Einzeltäter, sondern gehörte zu einer Gruppe von Verschwörern, die offenbar die Absicht haben, dem Sakkara-Kult zu neuer Stärke zu verhelfen."

Zara griff nach ihrem Bier. „Dann wusstest du, womit wir es zu tun haben, als du nach Moorbruch kamst? Dass es bei alldem um ein Wiedererstarken des Sakkara-Kults geht?"

Jael schüttelte den Kopf. „Nein. Diese Information haben wir erst durch Salieri und seinen Ring erhalten; bis zu diesem Zeitpunkt hatten wir nicht die geringste Ahnung, womit wir es hier zu tun haben, denn leider konnten wir keinen der anderen Verschwörer dingfest machen oder gar verhören." Wie um Zaras nächste Frage vorwegzunehmen, sagte sie: „Sie sind alle tot; als sie mitbekamen, dass wir ihnen auf der Fährte waren, haben sie ihrem Leben wie Feiglinge selbst ein Ende gesetzt – so wie Salieri. Keiner von ihnen trug etwas bei sich, das uns weitergebracht hätte; offenbar haben sie alles, was uns auf die richtige Spur hätte bringen können, rechtzeitig vernichtet oder verschwinden lassen. Jeder von ihnen hat allein und auf eigene Faust gearbeitet, wenn auch alle ein gemeinsames Ziel verfolgten. Und genau wie auch Salieri waren sie alle unauffällige Bürger. Einer war Bäcker, ein anderer ein zurückgezogen lebender Gelehrter, der dritte ein Küfer. Keinem von ihnen hätte man zugetraut, dass er im Verborgenen den Dunklen Mächten diente."

„Bösewichter, die wie Bösewichter aussehen, gibt es nur in Märchen", sagte Zara, und Falk fragte: „Und die Blutbestien? Was ist aus ihnen geworden, nachdem ihre Herren tot waren?"

„Wir haben sie getötet", erklärte Jael düster, und es war, als würde ihr die Erinnerung daran Kummer bereiten; vielleicht auch der Gedanke an etwas anderes. Sie wandte den Blick ab, setzte den Humpen an die Lippen und ließ das kühle Bier in tiefen Zügen durch ihre Kehle fließen, scheinbar auf der Suche nach Vergessen. „Jede einzelne von ihnen."

„Du sagst ständig ‚wir‘, wenn du von deinen Mutmaßungen sprichst", sagte Zara. „Wer sind ‚die‘, die hinter dir stehen? In wessen Diensten stehst du?"

„Hinter mir stehen die Alten Götter", sagte Jael, „doch ich diene unserem König, so wie meine Seraphim-Schwestern, die vom König eingesetzt wurden, um diesen beängstigenden Vorgängen auf den Grund zu gehen. Wie ich schon Godrik sagte: Unser König ist ein vorausschauender Mann. Er ahnte, dass etwas im Busch ist, sobald ihm Gerüchte über die ersten Morde zu Ohren kamen. Nur ihm sind wir Rechenschaft schuldig, nur ihm gilt unsere Treue." Es klang fast wie ein Schwur. „Sein Wunsch ist es, dass diese Angelegenheit so diskret wie möglich geklärt wird, um zu vermeiden, dass seine Untertanen davon erfahren und Unruhe entsteht. Denn Unruhe ist das Letzte, was der König möchte; er und seine Vorfahren haben zu lange darum gekämpft, ein stabiles Reich zu schaffen."

„Verstehe", murmelte Zara. Dann wollte sie wissen: „Wenn so viele deiner Seraphim-Schwestern hinter dir stehen und versuchen, dieses Rätsel zu lösen, warum bist du dann allein nach Moorbruch gekommen? Wenn du bereits damit gerechnet hast, es mit einem ganzen Rudel Bestien zu tun zu bekommen, wäre da nicht ein wenig göttliche Unterstützung angebracht gewesen?"

„Ich hatte alle Unterstützung, die ich brauchte", sagte Jael. „Ich hatte *euch*!" Dann trat so etwas wie Betrübtheit und Trauer in ihre Züge, als sie nachdenklich fortfuhr: „Die Zeiten haben sich geändert. Auch für uns, die Hüter des Lichts, ist nichts mehr, wie es einst war. Wir Seraphim sind längst eine aussterbende Art. Schon nach den Götterkriegen gab es nur noch zwei Dutzend von uns, und seitdem sind wir aus den unterschiedlichsten Gründen immer weniger geworden." Sie sah davon ab, Zara darauf hinzuweisen, dass auch sie einen nicht unwesentlichen Beitrag hierzu geleistet hatte, damals, vor einem halben Millennium, auf jenem Friedhof in Schönblick. „Der Kampf gegen die Bestien hat weitere Opfer unter meinen himmlischen Schwestern gefordert; jetzt gibt es nur noch eine Hand voll von uns, und da es derzeit mehr als einen Krisenherd in Ancaria gibt, den es zu bewältigen gilt, war es nötig, sich aufzuteilen. *Ich* bin nach

Moorbruch gegangen, auch auf die Gefahr hin, dass es das Letzte ist, was ich tue. Doch anders ging es nicht; es gibt mittlerweile einfach zu wenige von uns."

Jael verstummte, und auch Zara schwieg; sie wusste nicht, was sie darauf erwidern sollte, und beschloss, das Thema zu wechseln.

„Aber warum hat bislang niemand etwas von diesen Vorkommnissen erfahren?", fragte die Vampirin. „Ich meine, wenn so viele Menschen auf so grausame Weise sterben, *muss* sich das einfach rumsprechen, oder nicht?"

Jael antwortete mit einer Gegenfrage: „Wusstet ihr etwas von den Morden in Moorbruch, bevor euch Jahn davon erzählte?" Sie gab die Antwort selbst: „Nein, ihr hattet keine Ahnung davon. Woher auch? Moorbruch liegt weitab aller wichtigen Handelsrouten, abgelegen in einer unwirtlichen, trostlosen Region, in die sich kaum jemand verirrt. Die Verschwörer haben sich ganz gezielt abgelegene Landstriche für ihr grausiges Treiben ausgesucht, sodass sie davon ausgehen konnten, dass ihre Taten eine ganze Zeitlang vom Rest des Reiches unbemerkt blieben und es auch eine ganze Weile dauerte, bis man erkannte, dass ähnliche Verbrechen an mehreren Orten gleichzeitig geschahen. Wir hatten in dieser Hinsicht noch Glück, dass wir so schnell davon erfuhren, doch am Ende hat es nichts genützt. Genau wie in Moorbruch waren auch an jenen anderen Orten die Rituale bereits vollzogen. Jetzt können wir nur noch dafür sorgen, dass das, was auch immer die Verschwörer mit ihrem Zauber bewirkt haben, nicht ganz Ancaria in den Abgrund reißt. Da wir jedoch nach wie vor im Dunkeln tappen, was der Zweck all dessen sein mag, ist es ratsam, sich bedeckt zu halten, bis wir Näheres wissen; *dann* können wir Godrik sagen, was vorgeht, und ihn gegebenenfalls um Unterstützung bitten. Doch bis es soweit ist, sind wir auf uns allein gestellt."

Sie verstummte, als Brutus ihnen ihr Essen an den Tisch brachte.

„Vorsichisheiß", nuschelte er unverständlich, stellte einen dampfenden Kupferkessel zwischen sie auf die Tischplatte, warf drei grobe Holzlöffel daneben und verschwand noch einmal in der Küche, um eine große Schüssel knorpeliger, sehniger Fleischbrocken zu holen, die er ohne jede Furcht vor Thor abstellte. Er tätschelte dem Wolf unbeholfen den Kopf und brummelte dabei dämlich grinsend: „Jagudehun. Biseingudehun." Dann wackelte er wieder zur Theke zurück, um die nächste Runde Met zu zapfen, während Thor sich gierig über den Fleischhaufen hermachte.

Seine Begleiter waren da zurückhaltender. Jael, Zara und Falk sahen erst den Kupferkessel, dann einander und dann wieder den Kessel an, in dem eine undefinierbare, dickflüssige grüne Brühe schwappte, die aussah wie etwas, das ein Oger verschlungen und danach wieder erbrochen hatte. In der dampfenden Brühe schwammen Fleischbrocken, Gemüsestückchen, Pilze und noch ein paar andere, schwerer identifizierbare Zutaten.

Gleichwohl, der Duft, der von dem Eintopf – oder was immer das sein mochte – ausging, ließ Falk alle Scheu vergessen. Achselnzuckend griff er nach einem Löffel, tauchte ihn in den Topf, nahm einen Fäden ziehenden Löffel voll und stopfte ihn sich in den Mund. Zara und Jael sahen ihm entgeistert zu, wie er einen Löffel nach dem anderen

116

mampfte, und als Falk auch nach dem fünften noch wohlauf war, kamen sie zu dem Schluss, dass es so schlimm nicht sein konnte, und begannen ebenfalls zu essen, erst widerwillig und zögernd, dann mit immer größerem Heißhunger, denn wider Erwarten war der Fleischtopf durchaus schmackhaft.

Möglicherweise lag es nur daran, dass der Hunger den Fraß schon irgendwie reintrieb, doch es dauerte nicht lange, bis sie den Kessel bis zum Boden geleert hatten.

Falk löffelte sogar noch die letzten Reste heraus und kratzte die Kesselwände ab, ehe er den Löffel ableckte, ihn sorgsam beiseite legte, als würde er ihn noch brauchen, und sich mit einem zufriedenen Seufzen auf seinem Stuhl zurücksinken ließ.

„Bei allen Göttern", brummte er, rülpste und hielt sich den Bauch. „Ich weiß nicht, was das für ein Zeug war, aber es macht satt." Er griff nach seinem Krug und spülte mit dem Bier nach, um erneut zu rülpsen, nun mit einem zufriedenen Grinsen. „Nun noch ein kleines Nickerchen, und die Bösewichter können sich auf was gefasst machen!"

„Ich fürchte, dazu ist keine Zeit", sagte Jael und holte aus ihrem Rock einen kleinen Lederbeutel hervor, der verräterisch klimperte. „Wir müssen zu Iliam Zak; die Sache duldet keinen Aufschub." Sie warf eine Hand voll klimpernder Münzen auf den Tisch und steckte den Beutel wieder ein. Ihr Blick fiel auf Brutus hinter der Theke, und sie zog eine Grimasse. „Die Frage ist bloß, ob wir hier jemanden finden, der uns den Weg zu Zaks Turm mit *verständlichen* Worten erklären kann ..."

Wie sich zeigte, brauchten sie sich deswegen keine Sorgen zu machen; auch wenn Brutus' Geplapper im ersten Moment wie eine vollkommen andere Sprache klang, konnte man ihn durchaus verstehen, wenn man seinen Worten ganz genau lauschte und zwischen den einzelnen Silben an den richtigen Stellen im Geiste eine kleine Pause einfügte. Zudem war der Wirt – anders als die anderen Bewohner von Sternental, die zu treffen sie bislang das Missvergnügen hatten – zwar ein simpler Tropf, aber zumindest einer, mit dem man auskommen konnte. Selbst als Jael sich den Weg zu Iliam Zaks Turm ein drittes und – nur zur Sicherheit – ein viertes Mal erklären ließ, wiederholte er mit Engelsgeduld seine Wegbeschreibung, bis sie ganz sicher waren, alles richtig verstanden zu haben.

Als die Seraphim ihm für seine Hilfe eine zusätzliche Münze in die Hand drückte, lächelte Brutus dümmlich, entblößte grinsend seine Zahnruinen und tätschelte Thor wieder das wuschlige Haupt, als wäre er ein Schoßhündchen. „Jaaaagudehundsoeingudehun …"

Die drei bärtigen Zauberer in der Ecke beäugten sie beim Hinausgehen ebenso misstrauisch wie beim Hereinkommen; obwohl das Essenfassen annähernd eine Stunde in Anspruch genommen hatte, hatte keiner von ihnen in dieser Zeit auch nur ein einziges Wort gesagt. Dafür, dachte Zara, als sie die Tür der Taverne hinter sich zuzog und kühle Nachtluft sie umfing, würden die drei Bärtigen jetzt vermutlich umso mehr zu besprechen haben.

Sie hatten die Pferde draußen vor dem *Räudigen Köter* an einer der wenigen gusseisernen Gaslaternen festgebunden, die ihr schummriges Licht auf das vom Regen feuchte Kopfsteinpflaster warf. Zum Glück hatte der Regen nachgelassen und war zu einem klammen Nieseln geworden, das beinahe wie Nebel durch die dunklen Gassen von Sternental wehte.

Auf dem Platz am Ende der Gasse ragte das Burgenkonglomerat düster und Ehrfurcht gebietend in den Nachthimmel, an dem sich dicke graue Wolken zusammenballten. Ein eisiger, schneidender Wind pfiff durch die Stadt und trieb die toten Blätter des Herbstes vor sich her, der die Enklave fest in seinem Griff hielt. Nicht mehr lange, und Väterchen Frost würde Einzug in Sternental halten. Die Frage war nur: für wie lange? Wenn sich die Jahreszeiten weiter mit diesem Tempo änderten, war der Schnee wohl bereits geschmolzen, bevor er den Boden berührte ...

Satt und von neuem Tatendrang erfüllt, saßen die Gefährten auf und ritten durch das Wirrwarr der Gassen zum Ortsausgang. Hinter den beiden Obelisken zeichneten sich in der Ferne unter den ziehenden Wolken die weißen Gipfel des Ripergebirges ab, doch ihr Ziel lag in der anderen Richtung – zumindest, wenn sie Brutus richtig verstanden hatten. Seiner genuschelten Wegbeschreibung folgend, kehrten sie der Enklave den Rücken und ritten an der hoch aufragenden immergrünen Rosenhecke in südwestlicher Richtung um die Stadt herum, bis links von ihnen ein Bach auftauchte, über den eine überdachte Holzbrücke führte.

Das Geräusch der Hufe hallte hohl in dem kurzen hölzernen Tunnel, der vom trägen Rauschen des Wassers unter den Planken erfüllt war wie eine Muschel vom Geräusch der Meeresbrandung. Dann trabten sie auf der anderen Seite wieder heraus, das Murmeln des Bachlaufs blieb hinter ihnen zurück, und dafür breitete sich vor ihnen ein dichtes Kiefernwäldchen aus, das bis zum Rand der Talsenke reichte.

Ein Trampelpfad wand sich zwischen den Bäumen, so voller Moos und kniehohem Unkraut, dass Zara sich fragte, wie lange es wohl her sein mochte, seit zum letzten Mal jemand diesen Weg benutzt hatte. Der dicke Nadelteppich auf dem Boden dämpfte das Geräusch der Hufe zu einem monotonen Klopfen.

Hintereinander hertrabend, folgten sie dem Pfad eine gute Meile in den Wald, der mit jedem Meter, den sie weiter vordrangen, düsterer und bedrohlicher zu werden schien; die immer dichter stehenden Bäume wiegten sich im Wind, überall im Unterholz schien es zu knacken und zu rascheln, als würde jemand durchs Dickicht schleichen, und schließlich begann es tatsächlich zu schneien.

Der unheimlich säuselnde Wind blies ihnen Pulverschnee ins Gesicht, erst kleine Flöckchen, dann dicke, flauschige Flocken. Bald bedeckte eine feine weiße Puderschicht den Pfad und die Kiefern links und rechts des Weges, und innerhalb von Minuten hatte sich der dunkle Forst in eine Winterlandschaft verwandelt, deren weißer Glanz die Düsterkeit dieses Ortes nicht zu mindern vermochte.

Es war nichts wirklich Greifbares, nur die Ahnung von etwas Bösem, das in diesen Wäldern hauste, doch die genügte, dass sich Zaras Nackenhaare sträubten. Thor schien es ebenfalls zu spüren; er hielt sich dicht bei Kjell und hatte die Ohren aufmerksam gespitzt, als würde er auf Laute horchen, die Zara nicht hören konnte. Auch seine Nackenhaare hatten sich bürstengleich aufgestellt, und als irgendwo im Unterholz unversehens ein Käuzchen seinen unheimlichen

Ruf ausstieß – *Komm mit! Komm mit!* –, ließ der Wolf ein leises, warnendes Knurren hören.

Hier lag irgendetwas im Argen, daran gab es keinen Zweifel.

Schließlich wichen die Bäume nach einer weiteren Meile vom Pfad zurück, der Weg vor ihnen öffnete sich zu einer kleinen kreisrunden Lichtung, und Zaks Turm tauchte wie ein krummer, dürrer Finger aus dem Schneegestöber auf, ein dunkler, missförmiger Schatten im wirbelnden Weiß, errichtet aus kantigen schwarzen Bruchsteinen, drei Etagen hoch und mit einem runden, fast pilzförmigen Schindeldach. Hier und da waren schmale, hohe Fenster in die Mauern eingelassen, doch hinter keinem davon schimmerte Licht. Alles war dunkel, wie verlassen.

„Vielleicht schläft Zak schon", mutmaßte Falk, als sie über die Lichtung langsam auf den düsteren Turm zutrabten. „Wäre doch möglich; immerhin ist Mitternacht nicht mehr fern."

„Wir werden sehen", erwiderte Zara, doch sie war skeptisch. Irgendetwas sagte ihr, dass Iliam Zak nicht schlief; oder zumindest *nicht hier*.

Rings um den Turm wehte der Schnee ungehindert über die Lichtung und türmte sich zu kniehohen Wellen auf. Sie stiegen ab, stapften zur grobgezimmerten Tür des alten Turms, und nach kurzem Zögern griff Jael nach dem patinabeschichteten Löwenschädel, der als Türklopfer diente. Das Krachen hallte hohl und unheimlich über die Lichtung.

Bumm! Bumm! Bumm!

Als der Klopfer das Holz beim dritten Schlag berührte, schwang die Tür mit dem leisen Quietschen schlecht geölter

Angeln einen Spaltbreit nach innen auf; dahinter dräute Schwärze.

Jael wandte sich mit gefurchter Stirn zu ihren Begleitern um, ehe sie leicht gegen die Tür drückte, die daraufhin noch weiter aufschwang; offenbar war sie nur angelehnt gewesen, nicht geschlossen. Aus dem Innern des Turms drang ein Schwall abgestandener, staubiger Luft, als wäre drinnen schon seit längerem nicht mehr gelüftet worden.

Jael beugte sich halb über die Schwelle. „Hallo?", rief sie nach drinnen. „Ist da jemand? Iliam Zak? Seid Ihr da?"

Keine Antwort.

„Iliam Zak?", versuchte sie es erneut. „Wir müssen mit Euch reden."

Erneut keine Reaktion.

Jael versuchte es ein drittes Mal und wartete noch einen Augenblick, doch als sich im Innern des Turms auch dann nichts tat, schob sie die Tür ganz auf und trat vorsichtig über die Schwelle, um sich in der unteren Ebene umzusehen. Die anderen folgten ihr, Zara und Thor neugierig, Falk mit einem unguten Gefühl in der Magengrube. Er war nicht der Held in diesem Stück, sondern der Hofnarr, und den Narren erwischte es immer zuerst …

Im Innern des kreisrunden Turms herrschte düsteres Zwielicht, doch weder Jael noch Zara hatten Mühe sich zurechtzufinden. Schweigend nahmen sie die untere Ebene des Turms in Augenschein, die nichts weiter war als ein einziger kreisrunder Raum, vielleicht zehn Schritte im Durchmesser.

Offenbar war dies so etwas wie die Küche; es gab einen rußgeschwärzten alten Ofen, über dem mehrere Pfannen hingen, einen steinernen Spülstein und einen klobigen Holztisch, auf dem noch schmutziges Geschirr stand. Auf dem Teller wucherte dichter weißer Schimmelflaum, in dem Blechbecher zeigte sich der eingetrocknete schwarze Rand von Mohnkaffee, und das Besteck lag so auf dem Tellerrand, als wäre jemand nur kurz vom Tisch aufgestanden, in der Absicht, sein Mahl gleich zu Ende zu bringen. Doch wie es schien, hatte ihn irgendetwas davon abgehalten, und das – dem Schimmel auf den Essensresten nach zu urteilen – bereits vor einer geraumen Weile; die Speisereste stanken nicht einmal mehr.

Zara fuhr mit dem Finger über die Tischplatte; grauer Staub blieb an ihrer Fingerspitze haften. Doch das musste alles noch nichts bedeuten. Vielleicht hielt Iliam Zak einfach nicht viel vom Reinemachen – oder davon, seine Tür ordentlich zu verschließen …

In der Mitte des Raums führte eine eiserne Wendeltreppe hoch in die nächste der drei Etagen. Die unterschied sich vom Grundriss her in nichts von der Küche unten, wie die Gefährten feststellten, als sie nacheinander und in erwartungsvollem Schweigen die schmale knarzende Stiege emporgingen: eine kleine, runde Kammer mit einem Bett, einer Waschkommode, einem Schrank und einem Nachttisch, auf dem eine dicke Kerze stand. Das Bett war zerwühlt, und auf dem Boden daneben lag ein Stapel Bücher: *Die Wassermagie-Fiebel – Das Matriarchat der Tiefe – Über Elfen, Vampyre und andere Schattenwesen – Die Lebensweisheiten des Ritters Markus Marian* … und noch andere Werke in wasserfleckigen Einbänden, die wirkten, als wären sie zu einer Zeit gefertigt worden, in der der Buchdruck mit beweglichen Lettern noch als revolutionäre neue Errungenschaft galt.

Obwohl auch das zerwühlte Bett wirkte, als sei derjenige, der darin gelegen hatte, gerade erst aus den Federn gekrochen, fehlte von Zak jede Spur. So richteten sich die Blicke der Gefährten schließlich unisono auf die Wendeltreppe, die hoch in die dritte und letzte Etage des Turms führte, direkt unter das Dach.

Als Jael behutsam einen Fuß auf die unterste Stufe setzte, knarrte es hörbar, und die Seraphim zuckte zusammen, wenn auch nicht so sehr wegen des Geräuschs, sondern weil ein eisiger Windhauch vom oberen Ende der Wendeltreppe drang und wie die frostige Berührung eines Toten über ihr Gesicht strich; offenbar war dort oben ein Fenster offen.

Einen Moment lang war sie unschlüssig und sah die Treppe hinauf, doch die Stufen wanden sich spiralförmig und überlappend in die Höhe, sodass man nichts erkennen konnte. So setzte sich Jael schließlich fast widerwillig in Bewegung, eine Hand auf dem staubigen Geländer, und stieg langsam die gewundene Treppe hinauf. Zara folgte ihr auf dem Fuße, danach kam Falk, während Thor das Schlusslicht bildete; seine Pfoten klackten vernehmlich auf dem alten, rissigen Holz, während sie in der Dunkelheit in die Dachkammer hinaufstiegen, voll banger Erwartung, was sie dort oben erwarten mochte.

Ganz oben unter dem Dach befand sich das Arbeitszimmer – oder besser: das, was davon noch übrig war. Auf dem langen Arbeitstisch, der den Großteil der Kammer einnahm, herrschte ein einziges Durcheinander: zersprungene Petrischalen und Kolbenflaschen, Bechergläser und Stößel und die Überreste einer seltsamen Versuchskonstruktion aus gläsernen Röhren, Bögen und Spiralen, die offenbar dazu gedient hatte, Flüssigkeiten aus anderen Gegenständen zu destillieren. In den Tisch eingelassen war eine Ofenplatte; die Wand dahinter war von Ruß geschwärzt, und vor dem Tisch lag ein umgestürzter Holzstuhl auf dem mit Schmutz, Trümmern und Glassplittern übersäten Boden.

Das Fenster über dem Tisch war in der Mitte gespalten; ein gezackter Riss, wie ein Blitz, zog sich von oben nach unten durch das milchige Glas, dessen rechte Hälfte fehlte.

Durch die Öffnung trug der Wind in Böen Schnee herein, der sich als weiße Schicht über die unzähligen Folianten, Bücher und Wälzer breitete, die wild verstreut überall in der Kammer lagen. Bei ihrer Ankunft hatten sie das kaputte Turmfenster nicht gesehen, weil es sich auf der abgewandten Seite des Gemäuers befand, mit Blick auf den Rand der Enklave, wo sich die Wolken über den Baumwipfeln zu einem riesigen Gebirge türmten, das mehr als Schnee in seinem Inneren barg.

Jael machte zwei Schritte in die Kammer, weg von der Treppe. Dann blieb sie so plötzlich stehen, als wäre sie gegen eine unsichtbare Mauer gelaufen, und sie sog hörbar den Atem ein.

„Was ist?", zischte Zara hinter ihr, doch als sie neben die Seraphim trat, sah sie sofort, was los war; sie hätte den Verwesungsgeruch eigentlich längst wahrnehmen müssen, doch genau wie das verschimmelte Essen unten in der Küche war auch der halb unter dem Tisch hervorlugende Leichnam schon seit einer ganzen Weile nicht mehr frisch, und die kalte Luft, die durchs Fenster drang, tat ein Übriges, um den Verwesungsgestank zu vertreiben.

Die Leiche lag in verkrümmter Haltung halb unter dem

Tisch, auf dem Bauch, umgeben von einem Wirrwarr von Trümmern. Der Tote war ein Mann, groß und von relativ kräftiger Gestalt, in schlichter, zweckmäßiger Kleidung. Sein Gesicht war nicht zu erkennen, und statt nachzusehen, stand Jael einfach nur da und rührte sich nicht; offenbar hatte sie mit allem gerechnet, nur nicht damit, dass Zak womöglich längst das Zeitliche gesegnet hatte – und darauf deutete im Moment alles hin.

Als sich Jael einen Moment später immer noch nicht rührte, brummte Zara missmutig, drängte sich an der Seraphim vorbei und ging neben dem Toten in die Knie. Seine Hände wiesen Brandspuren auf. Der kleine Finger der rechten Hand fehlte; es sah aus, als wäre er unmittelbar über dem Handballen abgerissen worden. Am Ringfinger der linken Hand steckte ein Siegelring.

Ein Widderkopf, um dessen Hörner sich eine zweiköpfige Schlange wand.

So einen Siegelring hatte auch Salieri getragen.

Das Symbol des Sakkara-Kults …

Zara beugte sich über den Toten, packte ihn an der Schulter und drehte ihn um, doch wenn sie angenommen hatte, jetzt Iliam Zak ins Gesicht zu sehen, irrte sie. Nicht, weil es nicht Zak war, sondern weil das Gesicht … *fehlte*. Da war nur noch eine verbrannte und bereits verweste Masse.

Die Haare waren versengt, und am Gesicht und an der Brust sah man teilweise die blanken Knochen. Auch wies seine Kleidung überall Brandspuren auf, die vermutlich irgendwie mit dem unerfreulichen Ableben dieses Mannes in Zusammenhang standen.

„Bei allen Göttern …", raunte Jael hinter ihr fassungslos.

Falk drängte sich neugierig an ihnen vorbei – und zuckte so heftig zurück, als hätte ihn jemand geschlagen. Seine Gesichtsfarbe wurde um einige Nuancen blasser, doch nachdem er ein paar Mal krampfhaft schluckte, hatte er sich wieder halbwegs gefasst. „Ist das …" Er stockte, verbesserte sich. „*War* das …"

„… Iliam Zak." Jael nickte düster. „Ja, das war er."

„Egal, wo er sich in den letzten Jahren herumgetrieben haben mag", sagte Zara, „*künftig* wird er jedenfalls nur noch an einem Ort zu finden sein: auf dem Friedhof." Sie schritt am Tisch entlang und betrachtete die Überreste der verschiedenen Substanzen zwischen den Trümmern der Versuchsanordnung. „Sieht so aus, als hätte er gerade irgendetwas Explosives zusammengebraut, als es ihn erwischte", sagte sie. „Schwefel … Salpeter … Holzkohle … Alles Dinge, die man für die Herstellung von Schwarzpulver braucht."

Falk runzelte die Stirn. „Dann hat Iliam Zak versucht, einen Sprengsatz zu bauen? Eine … Bombe?"

„Nicht unbedingt", sagte Jael, ohne den Blick von der Leiche zu wenden. „Man benutzt diese Dinge ebenfalls zum Zaubern, zum Herstellen von Zaubertränken und Zauberpulver, beispielsweise. Wahrscheinlich hat er dabei irgendwelche Zutaten verwechselt oder sie in der falschen Reihenfolge gemischt – und dann …"

„Bumm", kommentierte Zara.

Jael nickte düster.

Falk trat zu Zara an den Arbeitstisch; seine Neugierde, wie man wohl eine Bombe baute, war größer als seine Abscheu vor der Leiche zu seinen Füßen. Er ließ den Blick über den verwüsteten Tisch schweifen, griff wissbegierig nach einem Buch, das umgekehrt und aufgeschlagen inmitten der Trümmer lag, fast so, als hätte es jemand so hingelegt, um die betreffende Stelle nicht zu verblättern, und nach einer Weile ließ er einen leisen Pfiff hören.

„Was ist?", sagte Zara.

Falk hielt das Buch hoch. „Interessante Lektüre", erklärte er. „*Magische Portale und wie man sie öffnet …* Klingt für mich irgendwie nicht so, als hätte der verehrte Verblichene der Magie den Rücken gekehrt, nachdem man ihn ins Exil verbannte."

„Schon möglich", brummte Jael missmutig; man merkte deutlich, dass sie sich von ihrer Reise nach Sternental mehr erhofft hatte, als Zaks verstümmelten Leichnam zu finden. „Jedenfalls können wir wohl ausschließen, dass er der Drahtzieher hinter den Morden ist. Nach dem Zustand des Leichnams zu urteilen ist Zak seit mindestens sechs Monden tot, also schon lange, bevor die Bestien zu Beginn des Winters das erste Mal in Moorbruch zugeschlagen haben."

„Woher willst du wissen, dass *er* es ist?", fragte Zara skeptisch. „Schau ihn dir doch mal an. Von seinem Gesicht ist nicht mehr viel übrig, und so einen Siegelring hat Salieri schließlich auch getragen …"

„Er ist es", sagte eine Stimme hinter ihnen.

Zara wirbelte herum. Im einen Moment starrte sie noch auf die Leiche zu ihren Füßen hinab, im nächsten ruhte ihr Blick auf dem kleinwüchsigen Kerl mit dem weiten Umhang, den geflochtenen Bartzöpfen und dem knorrigen alten Eisenholzstock. Er war unbemerkt die Treppe in die Turmkammer heraufgekommen.

Ohne sich um die verwunderten Blicke der Gefährten – oder das warnende Knurren von Thor – zu kümmern, tat der Mann ein paar Schritte in die Dachkammer und musterte die sterblichen Überreste unter dem Tisch in einer Mischung aus Abscheu, Gleichmut und Genugtuung. Schließlich ließ er ein müdes Seufzen hören, stützte sich mit beiden Händen auf seinen Stock und wiederholte noch einmal, eher traurig als erleichtert: „Er ist es."

„Wer seid Ihr?", wollte Jael wissen. Dann erkannte sie den Mann. „Wir haben Euch vorhin schon einmal gesehen, in der Großen Burg … Ihr kamt vor uns aus dem Sitzungssaal und …"

„… und Ihr saht nicht besonders glücklich aus", fügte Zara undiplomatisch hinzu.

Der kleine Mann nickte resigniert. „Ich hatte eine Unterredung mit Godrik, dem Enklavenvorsteher, die nicht ganz … nun, *zufriedenstellend* verlaufen ist, um es mal so zu sagen." Sein Gesicht verfinsterte sich, als er daran dachte. Dann blinzelte er, die Resignation verschwand, und er sagte mit einer gewissen Theatralik, die mit diesem ganzen Hokuspokus Hand in Hand zu gehen schien: „Gestattet, dass ich mich vorstelle: Wigalf heiße ich, und ich kann sagen, dass ich hoch erfreut bin, Euch hier zu sehen, denn auch, wenn wir persönlich noch nicht wirklich das Vergnügen hatten, hat sich doch bereits herumgesprochen, weshalb Ihr hier seid."

„Und weswegen?", fragte Jael lauernd, gespannt auf die Antwort.

„Ihr seid hier, weil Ihr fürchtet, dass Iliam Zak den Sakkara-Orden neu formiert und dort weitermacht, wo er damals unterbrochen wurde", sagte Wigalf ruhig. „Nun, was den Sakkara-Orden angeht, habt Ihr sogar Recht, aber Iliam Zak – die Götter seien ihm gnädig – trug dafür keineswegs die Verantwortung."

Jael blinzelte überrascht. „Woher ..." Sie wollte fragen, wie zum Teufel er wissen konnte, was sie *wirklich* hierher verschlagen hatte, doch dann wurde ihr klar, dass der Rest dessen, was Wigalf so geradeheraus gesagt hatte, von viel größerer Bedeutung war. Sie musterte den Zauberer. „Was soll das heißen, wir haben Recht, was den Sakkara-Orden betrifft? Dann formiert sich diese Sekte tatsächlich neu?" Sie zog in Erwägung, dass der Zauberer womöglich bloß einen Schuss ins Blaue abgegeben hatte, um dahinter zu kommen, was sie hier wollten, doch irgendetwas sagte ihr, dass Wigalf keine Spielchen mit ihnen trieb. Er *wusste* etwas – und sie wollte herausfinden, was das war.

Wigalf machte es ihr nicht schwer. Jael hatte ihre Frage kaum formuliert, als Wigalf bereits nickte. „Das Gerücht, dass der Magier-Orden von Sakkara neue Anhänger um sich scharrt und wieder erstarkt, ist hier in der Enklave bereits seit Jahren im Umlauf. Anfangs hielten es alle für Unfug; keiner glaubte daran, dass ausgerechnet diese machtgierigen Verbrecher wieder auf dem Vormarsch sein sollten, nach all den Jahrhunderten, in denen unsere Kaste sämtlichem Bösen abgeschworen hat. Eine Zeitlang taten wir so, als wäre alles wie immer. Doch das Ungeheuerliche verlangte Gehör, und irgendwann ließ es sich nicht mehr länger leugnen."

„Was?", hakte Zara nach. „Was ließ sich nicht länger leugnen?"

„Dass in Sternental dunkle Mächte am Werk sind", erklärte Wigalf düster. „*Sehr* dunkle Mächte. Und starke dazu. Sie sind mitten unter uns. Viele sind ihnen schon zum Opfer gefallen."

„Ihr meint Blutopfer?"

Wigalf schüttelte düster den Kopf. „Von Blutopfern weiß ich nichts, es sei denn, Ihr meint damit meine Zunftbrüder und -schwestern, die in den letzten Wochen und Monaten durch die Klingen verblendeter Sakkara-Jünger den Tod fanden." Seine Worte klangen bedrückend in der kleinen Turmkammer, doch noch bedrückender war die Resignation in seinen Zügen, die sich mit scharfen Furchen in seine Stirn und um seine Augen eingegraben hatte. Es war unmöglich zu sagen, wie alt der Zauberer war – er *wirkte*, als wäre er Ende Fünfzig, Anfang Sechzig, ein rüstiger älterer Herr, dem man ansah, dass es das Leben nicht immer gut mit ihm gemeint hatte. Doch wenn das Alter für Iliam Zak keine Bedeutung gehabt hatte, mochte das durchaus auch für andere Zauberer gelten.

„Der Kult hat in Sternental Opfer gefordert?", fragte Jael skeptisch.

Wigalf nickte düster. „Als sich die Magiergemeinschaft offiziell weigerte, die Bedrohung durch den sich neu formierenden Sakkara-Kult anzuerkennen und etwas dagegen zu unternehmen, öffneten wir dem Kult damit Tür und Tor. Die verräterischen Gedanken und trügerischen Doktrinen der Sekte breiteten sich still und schleichend wie eine Seuche in der Enklave aus, und auf einmal gab es überall um uns herum Infizierte. Nicht wenige sind den Verlockungen des Kultes erlegen. Denn auch Zauberer sind nur Menschen –

zumindest die meisten von uns –, und die langen Jahre der Verbannung haben in vielen den Wunsch nach freier Entfaltung ihrer Künste geweckt. Der Sakkara-Kult stellt ihnen dies in Aussicht. Das – und noch viel mehr. Und wer nicht bereit ist, dem Kult seine Kräfte zur Verfügung zu stellen, oder sogar soweit geht, seinen Mitgliedern die Stirn zu bieten, wird ohne Gnade aus der Gleichung des Lebens getilgt."

„Wie viele Opfer gab es?" Zara bückte sich, griff nach dem umgestürzten Stuhl, drehte ihn um und setzte sich rittlings darauf. Wigalf indes zählte die Opfer des Kults halblaut an den Fingern ab, während er die – erschreckend lange – Liste im Geiste durchging. „Neun", sagte er schließlich. „Und alle wurden auf die gleiche grausige Weise ermordet: Man überfiel sie im Schlaf, in ihren eigenen Betten, und stach ihnen mit einem langen, scharfen Messer die Halsschlagader auf; sie starben in ihrem eigenen Blut." Er schauderte, als er daran dachte. „Anfangs war mir nicht ganz klar, welchen Zweck der Kult damit verfolgte, derart öffentlich zu agieren, statt weiter im Verborgenen zu wirken wie all die Jahre zuvor. Doch als die Morde immer weniger wurden, begriff ich es."

„Einschüchterung", sagte Zara. „Sie haben die anderen eingeschüchtert, und die haben sich allein schon aus Furcht auf die Seite des Kults geschlagen."

Wigalf nickte düster.

„Hat der Kult auch versucht, Euch zu rekrutieren?", fragte Jael.

Wigalf schüttelte den Kopf. „Nein. Ich weiß von vielen, die sie kontaktiert und auf ihre Seite gezogen haben, aber *mich* haben sie in Ruhe gelassen."

„Warum?", wollte Falk wissen.

Wigalf zuckte mit den Schultern. „Meine Kräfte sind begrenzt; ich nehme an, ich war ihnen einfach nicht mächtig genug, um an mich heranzutreten. Denn das ist es, worum es bei alledem geht."

„Worum?", fragte Falk.

„Um Macht", sagte Wigalf knapp. „Unendliche, alles umfassende Macht. Danach strebt alles intelligente Leben *wirklich*. Nicht Geld, nicht Wohlstand, nicht Frauen – Macht … und all die Privilegien, die damit verbunden sind. Die Freiheit, ohne Rücksichtnahme oder Einschränkung alles tun und lassen zu können, wonach einem der Sinn steht. Wenn man diese Freiheit genießt, ist man göttergleich."

Jael runzelte die Stirn. „Diese Kerle wollen wie Götter sein?"

„Will das nicht jeder?", fragte Falk. Als seine beiden Begleiterinnen ihn daraufhin grimmig ansahen, fügte er kleinlaut hinzu: „Zumindest, bis man in die Pubertät kommt?"

Der Zauberer tat so, als hätte er es gar nicht mitbekommen. „Nicht alle in Sternental sind für sie von Interesse. Sie nehmen nur die Mächtigsten und Einflussreichsten in ihre Reihen auf, Zauberer, die ihnen noch mehr Stärke und Kraft geben. Wir anderen sind für sie nicht mehr wert als der Schmutz unter ihren Nägeln. Doch wenn man ihnen in die Quere kommt oder ihren Interessen zuwiderhandelt …" Er vollführte mit der flachen Hand eine Geste, als würde er sich die Kehle aufschneiden. „Diese Bestien schrecken vor nichts zurück, um ihre Ziele zu erreichen. Nichts ist ihnen heilig. Selbst er …" Sein Blick glitt zu den Überresten von Iliam Zak. „Sogar vor der Ermordung des Gründers und langjährigen Führers der Sekte haben diese Verrückten nicht Halt gemacht." Er seufzte. „So zu enden, das hat selbst jemand wie Iliam Zak nicht verdient …"

Jael runzelte die Stirn. „Aber warum sollte der Kult seinen eigenen Führer töten?", fragte sie. „Das ist doch Wahnsinn!"

Wigalf nickte zustimmend. „Ob Ihr's glaubt oder nicht, aber Zak war alles andere als erfreut, als er erfuhr, dass der Kult neue Mitglieder um sich scharte; das ging nicht von ihm aus, sondern von seiner ehemaligen rechten Hand, Ishmael Thurlak, einem machtgierigen Egomanen, der Zaks Umsturzpläne seinerzeit nach besten Kräften unterstützte, weil er hoffte, wenn Zak erst auf dem Thron säße, würde auch für ihn ein ordentliches Stück vom Kuchen abfallen. Doch dann kam statt Thron und Zepter Exil und Verbannung, und Thurlak war gezwungen, sich von seinen Machtfantasien zu verabschieden."

„Doch damit gab er sich nicht zufrieden", mutmaßte Jael.

„Nein", bestätigte Wigalf. „Er hat sich nie wirklich damit abgefunden, dass ihr Vorhaben gescheitert war, und irgendwann fing er an, die Fühler nach möglichen Verbündeten auszustrecken. Und er brauchte nicht lange zu suchen. Die Enklave ist voll von solchen, die nur auf jemanden wie Thurlak gewartet haben, der gegen all das, was man unsereins tausend Jahre lang aufgezwungen hat, aufbegehrt." Er knetete mit zwei Fingern seine Knollennase. „Dort, wo Unmut und Unzufriedenheit regieren, findet Widerstand schnell Anhänger. Das war schon immer so, seit Anbeginn der Zeit. Nur, dass nicht aller Widerstand gut und sinnvoll ist."

„Und als dieser …“

„Ishmael Thurlak“, sagte Wigalf.

„Ishmael Thurlak“, wiederholte Zara. „Als dieser Kerl eines Tages bei Zak anklopfte und ihn bat, da weiterzumachen, wo er damals aufgehört hatte, da weigerte sich Zak?“

Wigalf nickte. „Zak und Thurlak hatten eine schlimme Auseinandersetzung deswegen. Zak wollte, dass Thurlak die Vergangenheit ruhen ließ und sein Leben nach den neuen Doktrinen der Magierbruderschaft ausrichtete, so wie er selbst es in den letzten Jahrzehnten getan hatte.“

„‚Der Weg, der uns weiterbringt, ist auch der Weg, der nach innen führt‘“, murmelte Jael.

Wigalf nickte. „Das hatte Iliam Zak begriffen. Er war nicht mehr der große Buhmann, als der er gern hingestellt wird. Ohne Frage, er hat Fehler begangen – viele Fehler, und einige davon sind unverzeihlich –, doch er hatte ein halbes Millennium Zeit, über seine Untaten nachzudenken und Läuterung zu erfahren, und auch, wenn er nie ein Heiliger geworden wäre, so war er doch auf dem Weg der Besserung.“ Sein Blick richtete sich auf die verstümmelte Leiche. „Zak hatte seinem ehemaligen Irrglauben schon seit langem abgeschworen. Er war zu dem Schluss gekommen, dass freier Wille das höchste Gut ist in dieser oder einer anderen Welt. Als Ishmael Thurlak herkam und ihm erklärte, er hätte ihm, Iliam Zak, den Weg geebnet, um endlich seinen göttergegebenen Platz an der Spitze der bekannten Welt einzunehmen, hatte Zak nur Abscheu und Verachtung für seinen ehemaligen Novizen übrig. Zak sagte Thurlak gerade heraus, er solle sich in den Orkus scheren und seine irregeleiteten Anhänger dorthin mitnehmen, doch so erbost Ishmael Thurlak über diese Ablehnung im ersten Moment gewesen sein mag, so sehr gefreut haben muss es ihn später, als ihm bewusst wurde, dass sich Zak damit sein eigenes Grab geschaufelt hatte und er, Thurlak, nicht mehr als Bittsteller der Macht auftreten musste, sondern selbst die Macht haben konnte – die *ganze* Macht, keine Almosen von der Tafel seines Mentors Iliam Zak. Und so ließ er ihn ebenso aus dem Weg räumen wie die anderen Missliebigen, auch wenn er in diesem Fall offenbar der Meinung war, es wäre ratsamer, es wie einen Unfall aussehen zu lassen."

Wieder schweifte Wigalfs Blick zu Zaks verstümmeltem Leichnam. „Vielleicht musste es so enden", murmelte er, „nach allem, was er auf sich geladen hat. Und doch … er hat versucht, hier in der Enklave in ein ehrbares Leben zurückzufinden. Doch er war ein Ausgestoßener, ein Gebrandmarkter, und da niemand etwas mit ihm zu tun haben wollte, um nicht selbst in Verruf zu geraten, zog sich Zak hierher in seinen Turm zurück, bis er sich schließlich gar nicht mehr in Sternental blicken ließ. Ich glaube, ich war der Einzige, der sporadisch Kontakt mit ihm hatte."

„Warum?", fragte Jael.

Wigalf wiegte den Kopf. „Nun, in gewisser Weise führe auch ich ein Leben, wie Zak es tat – zurückgezogen und mit Abstand zur übrigen Enklave –, bloß dass ich dieses Schicksal freiwillig wählte, als ich die Überheblichkeit und Arroganz des Rates der Bruderschaft nicht mehr ertragen konnte. Doch jeder Mensch braucht hin und wieder jemanden, mit dem er reden und sich austauschen kann, und da auch Iliam eine einsame Seele war, führte uns das zusammen. Anfangs war ich skeptisch, da auch ich all die Geschichten über seine Gräueltaten kannte, doch in dem Maße, wie ich spürte, dass er wirklich versuchte, die Vergangenheit hinter sich zu lassen, lernte ich seine Gesellschaft mehr und mehr zu schätzen, und am Ende trafen wir uns hin und wieder. Doch der Weg hierher ist weit, und ich bin nicht der Beste zu Fuß." Er klopfte mit dem Stock auf, und das Dröhnen hallte hohl in dem verlassenen Turm wider. „Hätte mich mein Weg häufiger hierher geführt, hätte ich ihn wohl schon vor Monaten gefunden."

Jael gab ein nachdenkliches, missmutiges Brummen von sich. Die Seraphim schien über die neuesten Erkenntnisse alles andere als erfreut. Kein Wunder. Als sie hierher gekommen waren, hatten sie angenommen, dass Iliam Zak der Drahtzieher der Verschwörung wäre, womöglich unterstützt von einer Hand voll versprengter, von der Macht geblendeter Einzeltäter. Doch jetzt zeigte sich, dass er von seinen eigenen Anhängern ermordet worden war, weil er ihnen bei ihrem aberwitzigen Vorhaben im Weg gewesen war. Da draußen hatten womöglich Dutzende von Zauberkundigen unter einem neuen, scheinbar noch skrupelloseren Führer den Weg eingeschlagen, dem Iliam Zak im Exil abgeschworen hatte. Alles wies darauf hin, dass diese Verschwörung noch weit größere Kreise zog, als sie zunächst angenommen hatten – *viel größere*. Die Blutbestien waren nur der Anfang gewesen.

Doch noch immer wussten sie nicht, wie dieser Ishmael Thurlak und seine Anhänger ihr Ziel erreichen wollten, die Macht in Ancaria an sich zu reißen. Die Dunklen Künste zu beherrschen, war eine Sache; sie gezielt einzusetzen, eine ganz andere.

Jael dachte eine Weile schweigend darüber nach. Schließlich sah sie den Zauberer an und sagte geradeheraus: „Warum erzählt Ihr uns das alles?"

„Ja", murmelte Zara, „das wüsste ich auch gern."

„Weil irgendjemand etwas dagegen unternehmen muss", antwortete Wigalf. „Von Godrik und seinem Rat der Bruderschaft ist keine Hilfe zu erwarten; gerade vorhin, als wir uns in der Großen Burg getroffen haben, war ich beim Rat und habe versucht, sie dazu zu bewegen, endlich aktiv zu werden, doch vergebens. Godrik will davon nichts hören. Sie verschließen weiterhin ihre Augen vor der Wahrheit – wahrscheinlich, weil sie sie einfach nicht sehen wollen oder um zu verhindern, dass etwas über die verderblichen Vorgänge in Sternental nach außen dringt und so auf einen Schlag all die Jahrhunderte langen Bemühungen der zaubernden Zunft, sich zu rehabilitieren und wieder in die Gesellschaft von Ancaria aufgenommen zu werden, zunichte gemacht werden. Vielleicht stellen sie sich aber auch nur blind, weil sie längst selbst treue Anhänger des Sakkara-Kults sind. Seine Mitglieder sind mitten unter uns, und nicht bei allen ist ihre Gesinnung offensichtlich. Inzwischen könnte jeder dem Orden anhängen, wirklich jeder. Und genau das macht es so schwierig, etwas gegen diese Verräter der Magie zu unternehmen; es ist unmöglich zu sagen, wem man noch vertrauen kann und wem nicht. Man kann niemandem hier mehr trauen, am allerwenigsten den Mächtigen. Denn Macht, das hat die Geschichte uns mehr als einmal gelehrt, verlangt immer nur nach noch mehr Macht."

Zara verlagerte auf dem Stuhl ihr Gewicht; Glassplitter knirschten unter den Stuhlbeinen. „Ihr redet die ganze Zeit von Macht und davon, dass der Kult die Herrschaft an sich reißen will. Aber was genau führen die Sakkara-Anhänger im Schilde? Wie wollen sie dieses Ziel erreichen?"

Wigalf zuckte mit den Schultern. „Bislang weiß ich es zwar nicht konkret, aber es muss etwas Gewaltiges sein, etwas, das nicht einfach das aufgreift, bei dem Iliam Zak gescheitert ist, sondern noch darüber hinausgeht. Hier geht es nicht um Sternental oder Hohenmut oder den Thron; Thurlak will die ganze Welt unterjochen, und kaum einer in der Enklave ist bereit, ihm entgegenzutreten und ihm die Stirn zu bieten. Zwar hat sich im Verborgenen mittlerweile so etwas wie eine Gegengruppierung zum Sakkara-Kult gebildet, eine Gruppe von Zauberern wie ich selbst, denen es nie darum ging, sich mit ihrer Kunst persönliche Vorteile zu verschaffen, sondern darum, dem Leben selbst zu Diensten zu sein. Doch wir sind wenige, und viele haben Angst, sodass wir im Grunde nichts gegen den Sakkara-Kult ausrichten können. Der Kult ist längst so mächtig, dass er uns leicht in den Abgrund befördern könnte."

Er schnippte mit den Fingern. „Wir allein sind ohne die Unterstützung der Bruderschaft nicht in der Lage, den Kult aufzuhalten. Und so ist es nur eine Frage der Zeit, bis er sein Ziel erreicht hat, und wenn es erst einmal soweit ist …"

Wigalf verstummte düster, als wäre es nicht notwendig, das Offensichtliche auszusprechen.

„Niemand wird seines Lebens mehr sicher sein", fuhr er dann fort, und jetzt trat zum ersten Mal seit seinem Auftauchen so etwas wie Furcht und Unbehagen in seine Züge. „Nicht Mensch, nicht Ork, nicht Elf … niemand, in ganz Ancaria nicht. Auch *ich* nicht. Mit jedem Tag, der vergeht, mit jedem Wort, das ich zu Euch sage, rückt mein Ende näher, wenn nicht jemand etwas gegen diese Verschwörer unternimmt. *Deshalb* rede ich mit Euch: Weil Ihr die Einzigen seid, die Willens sind, sich der Gefahr zu stellen, wenn ich mir auch nicht sicher bin, ob Ihr fähig seid, ihr auch Herr zu werden. Aber ich fürchte, das wird sich schnell zeigen."

Zaras Stirn legte sich in Falten. „Was meint Ihr damit?"

„Der Kult verliert allmählich seine Scheu vor Entdeckung", erklärte Wigalf. „Jetzt, da praktisch jeder weiß, dass es sie gibt, geben sie sich kaum noch Mühe, ihre üblen Praktiken im Verborgenen zu treiben. Im Gegenteil; inzwischen ist es bereits so weit, dass sie ihre verderbten Rituale in unser aller Mitte praktizieren, nur einen Steinwurf von der Großen Burg entfernt, die ihre Augen angeblich überall hat und doch blind ist gegen die Bedrohung direkt vor ihrer Nase."

„Ihr wisst, wo sich die Verschwörer aufhalten?", forschte Jael.

„Ich weiß, wo sie sich *treffen*", sagte Wigalf. „Es gibt da einen Friedhof, ein wenig außerhalb von Sternental, wo sie sich inzwischen jede Nacht zu Schwarzen Messen zusammenfinden und ihre verderbte Magie praktizieren. Dann erhellt der Lichtschein ihrer Fackeln die Nacht über dem Totenacker, und seltsame Gesänge liegen in der Luft, so alt und Grauen erregend, dass sie einem das Blut in den Adern gefrieren lassen. Niemand weiß genau, was sie dort treiben, da keiner den Mut hat, nachzusehen, aber es müssen grausige, barbarische Rituale sein, so jenseits der Grenzen des Bösen, dass wir es uns nicht einmal vorzustellen vermögen."

Jael war sofort voller Tatendrang; die Möglichkeit, aus

erster Hand mehr über die Praktiken des Sakkara-Kults zu erfahren und ihm womöglich so schnell auf die Spur zu kommen, ließ ihr Misstrauen verfliegen. „Und wie weit ist es von hier bis zu diesem Friedhof?", fragte sie.

„Nicht weit", erwiderte Wigalf, hob seinen Stock und deutete damit grob in westliche Richtung. „Gleich außerhalb der Stadtmauern, am Rande des Forsts; nah bei der Enklave, aber doch abgelegen genug, dass man ungestört ist." Sein Blick heftete sich erst auf die Seraphim und glitt dann weiter zu ihren Begleitern, und so etwas wie verzweifelte Hoffnung lag in seinen Worten, als er sagte: „Dann seid Ihr also gewillt, der Bedrohung die Stirn zu bieten?"

„Deswegen sind wir hier", sagte Jael knapp. „Im Übrigen: Wenn wir es nicht tun – wer dann?"

VI.

Der Friedhof lag eine gute halbe Stunde von Iliam Zaks Turm entfernt am Rande der dichten, dunklen Nadelwälder, die an den Grenzen des Talkessels zu den Hängen hin zunehmend dichter und undurchdringlicher wurden. Düster und unheimlich schoben sie sich an den steil abfallenden Hängen des Tals in die Höhe.

Umgeben von einer mannshohen Bruchsteinmauer, die hier und da in sich zusammengefallen war, erstreckte sich ein nahezu quadratisches Gräberfeld, durch das sich ein schachbrettartiges Netz verschneiter Wege zog. Links und rechts des doppelflügeligen Friedhofstors ragten aus rotem Bruchstein gemauerte Säulen empor, auf denen steinerne Fantasiewesen saßen wie stumme steinerne Wächter, und über dem Portal spannte sich ein moosbewachsener schmiedeeiserner Bogen, in den in kunstvoll schwungvollen Lettern ein Sinnspruch eingearbeitet war:

Das ist nicht tot, was ewig liegt,
Bis dass die Zeit den Tod besiegt

Die Gräber selbst waren schlicht: keine Blumen, keine Verzierungen, kein Schnickschnack. Da gab es bloß die Erdhügel unter der weißen Schneedecke und grobe Grabsteine, in die lediglich die Namen und Daten der Verstorbenen eingemeißelt waren, und hier und da auf einigen Gräbern kleine rote Glasgefäße mit Ewigen Lichtern, die den Nebel in waberndes Rot tauchten. Zuweilen ragten auch die Umrisse schlichter Holzkreuze auf, dort, wo Angehörige der Ein-Gott-Religion begraben waren. Der Nebel sickerte aus den umliegenden Wäldern und waberte in dichten, milchigen Schwaden über dem Totenacker, und im hinteren Teil des Friedhofs, wo sich im Schatten mehrerer riesiger verkrüppelter Trauerweiden die älteren Grabstätten befanden, sah man die Silhouetten zwar massiger, aber nichtsdestotrotz sehr ärmlich wirkender Krypten zwischen den Gräbern; vermutlich hatten dort die Vorgänger des Enklavenvorstehers Godrik ihre letzten Ruhestätten gefunden.

Obwohl Zara Friedhöfe, seit sie eine Vampirin war, stets als etwas Heimeliges empfunden hatte, bereitete ihr dieser Totenacker Unbehagen. Vielleicht lag es an dem Wissen, dass alle, die hier in der kalten, harten Erde lagen, Zauberer gewesen waren, die den Verbotenen Künsten nachgegangen waren und deren Geheimnisse womöglich nicht halb so tot waren wie sie selbst. Womöglich hatte es aber auch damit zu tun, dass von Ishmael Thurlak und seinen Mitverschwörern ebenso wenig zu sehen war wie von einer Schwarzen Messe.

Wigalf hatte sie von Zaks Turm durch die Wälder hierher geführt, und sie hatten erwartungsvoll die eisernen, mit scharfen Eisenspitzen gekrönten Torflügel des Friedhofstors aufgeschoben und den Totenacker betreten. Sie waren kampfbereit und auf alles gefasst. Doch statt schauriger Gesänge und Opferrituale im Fackelschein erwartete sie lediglich dräuende, allumfassende Stille. Das neblige Gräberfeld lag leer und verlassen vor ihnen im Zwielicht der Nacht; alles, was sich regte, war der Nebel, der in milchigen Schwaden zwischen den Gräbern umherkroch.

Gleichwohl, die Anspannung blieb, ein flaues Gefühl in Zaras Magengrube, das sie gemahnte, vorsichtig zu sein, als sie die Gräber Reihe für Reihe abschritt, um sich zu vergewissern, dass nirgends böse Überraschungen auf sie lauerten. Ihre Vorsicht war unbegründet: Sie waren allein auf dem Friedhof – allein mit den Toten.

Jael ließ ihren Blick über den verwaisten Friedhof schweifen und wandte sich missmutig zu Wigalf um, der noch immer unter dem Tor des Friedhofs stand, so als hätte er Angst, das Reich der Toten zu betreten. „Hier ist keine lebende Seele", sagte sie. „Seid Ihr sicher, dass wir hier richtig sind? Vielleicht sind wir zu spät, oder Ihr habt Euch im Friedhof geirrt."

„O nein, nein, nein – wir sind genau da, wo wir hinwollten!", versicherte Wigalf eifrig, seinen Stock in der linken Hand.

Plötzlich ging eine seltsame Veränderung mit ihm vor; auf einmal fiel der traurige, leicht schwächliche Ausdruck von ihm ab und machte einem breiten, diabolischen Grinsen Platz, das so gar nicht zu diesem schüchternen, beinahe linkisch wirkenden Mann passen wollte.

„Oder zumindest *ich* bin da, wo ich hingehöre!", rief er. „Ihr hingegen habt jetzt noch eine Reise vor Euch – Eure *letzte* Reise!"

Mit diesen Worten reckte der Zauberer die Arme gen

Himmel, legte den Kopf in den Nacken und rief mit lauter, weithin hallender Stimme Worte in einer toten Sprache zum sternenlosen Firmament empor, gutturale, abgehakte Silben, die sich zu einem grausigen Kauderwelsch vereinten, das keiner Sprache glich, die Zara je vernommen hatte:

„Ph'nglui mglw'nafh Sakkara A'ncarya wgah'nagl fhtagn! Ph'nglui mglw'nafh Sakkara A'ncarya wgah'nagl fhlogn!"

Und dann noch einmal, in einer tieferen, irgendwie vielstimmigen Tonlage, fast so, als würden auf einmal viele Stimmen aus Wigalf sprechen, nicht bloß seine eigene:

„Ph'nglui mglw'nafh Sakkara A'ncarya wgah'nagl fhtagn! Ph'nglui mglw'nafh Sakkara A'ncarya wgah'nagl fhlogn!"

Sobald die letzte Silbe des Zauberspruchs über seine Lippen war, zuckte ein gewaltiger, gezackter Blitz über den Himmel, begleitet von einem krachenden Donnerschlag, den man ebenso in seinen Eingeweiden fühlte wie hörte; flackerndes weißes Licht tauchte das verwaiste Gräberfeld einen Moment lang in blendende Helligkeit; die Umrisse der Grabsteine und Bäume traten schlaglichtartig hervor, grelle Impressionen in der allumfassenden Helligkeit.

Dann senkte sich von neuem Dunkelheit über den Friedhof, doch es schien, als wäre die Nacht auf einmal schwärzer als zuvor, und der Nebel über den Gräbern glomm plötzlich in einem matten, kranken Grün, nur hier und da vom Rot der Ewigen Lichter in waberndes Blut verwandelt.

Zara brauchte einen Moment, um ihre Überraschung zu überwinden. Das Grollen des Donners noch in den Ohren, starrte sie Wigalf beim Tor finster an. Der Zauberer hatte die

Arme sinken lassen, stützte sich mit beiden Händen auf seinen Zauberstock und erwiderte Zaras grimmigen Blick mit ungerührtem Gleichmut, als sie grollte: „So viel dazu, dem Leben selbst zu dienen, hm?"

Wigalf grinste breit und zuckte gleichgültig mit den Schultern. „Wie ich schon sagte: Man kann niemandem in Sternental mehr trauen!" Seine Worte troffen vor Spott und Häme.

In Zara wallte unbändiger Zorn auf. Sie wollte sich gerade auf Wigalf stürzen, der keine zehn Meter entfernt stand – drei, vier lange Schritte, mehr nicht –, als mit einem Mal eine halb verweste Hand mit Wucht die Erde des Grabs durchstieß, neben dem Zara stand.

Die schmutzigen knochigen Finger packten zielsicher ihren rechten Knöchel, um sich mit der Kraft eines Schraubstocks darum zu schließen.

Zara stieß einen überraschten Laut aus, und bevor sie reagieren konnte, folgte der halb skelettierten Hand bereits ein halb verwester Kopf mit leeren Augenhöhlen. Die Reste alter Haut spannten sich straff und gelb wie altes Pergament über den teilweise frei liegenden Schädel, und als sich der Tote Stück für Stück aus seinem Grab wühlte, rieselte Erde aus den schulterlangen verfilzten Strähnen, die von seiner einstigen Haarpracht noch übrig waren. Der Tote stieß abgehackte Laute aus, die ähnlich klangen wie die des Zauberers. Es schien, als würde er dem Ruf Wigalfs antworten, der ihn zu untotem Leben erweckt hatte.

„Grundgütiger …", raunte Falk irgendwo hinter ihr fassungslos.

Zara achtete nicht auf ihn. Mit ekelverzerrtem Gesicht

wich sie hastig einen Schritt zurück, doch der Untote hielt mit seiner Knochenhand ihren Fuß fest, während er sich ungelenk aus seinem Grab wühlte; schon war er bis zur Hüfte frei. Der „Blick" seiner leeren Augenhöhlen richtete sich auf die Vampirin, und die Kiefer öffneten und schlossen sich, und jedes Mal, wenn die Zähne aufeinander schlugen, gab es ein klackendes Geräusch.

Gut möglich, dass dieser Bursche schon eine ganze Weile tot war, doch es steckte noch immer jede Menge unseliges Leben ihn ihm – und seine Kiefer verlangten nach etwas zu beißen!

Fluchend zog Zara ein paar Mal heftig an ihrem Fuß, um ihn aus der Klaue des Untoten zu befreien, der sich grunzend aus seinem Grab wand, doch der Griff des Zombies war eisenhart; erst als Zara statt zu ziehen mehrmals mit voller Wucht gegen den Knochenschädel des Untoten trat, stieß der Zombie ein irgendwie unwilliges, erdiges Grummeln aus, und die unbarmherzige Klammer seiner Finger öffnete sich soweit, dass Zara ihren Fuß freibekam.

Sie stand fassungslos da, starrte den Toten schockiert an und versuchte zu begreifen, was sie da sah, genau wie ihre Begleiter, die nicht minder geschockt waren als die Vampirin. Selbst Jael, die in ihrem langen ereignisreichen Leben schon viel Absonderliches gesehen hatte, verschlug es die Sprache.

Dann war der Untote seinem Grab entstiegen, schüttelte sich wie ein Hund, der aus dem Wasser kommt, und schleuderte Erdklumpen und Gewürm von sich, ehe sich die untote Fratze wieder Zara zuwandte, so zielsicher, wie sich ein Kompass immer nach Norden ausrichtet. An seinem ausgezehrten verwesten Körper hingen noch die schmutzigen Überreste des Umhangs, in dem man ihn beigesetzt hatte.

Der Untote stieß ein wütendes feuchtes Fauchen aus und schlurfte in seltsam verkrümmter Haltung auf Zara zu, ein Bein wie gelähmt hinter sich herziehend, eine Hand gierig nach der Vampirin ausgestreckt, die spinnenartigen Finger zuckend vor Verlangen.

„Bei allen Göttern", raunte Falk hinter ihr. Er war starr vor Entsetzen. „Was ... was ist das für ein ... *Ding?*"

Niemand antwortete ihm. Stattdessen griff Zara mit der rechten Hand über ihre linke Schulter und zog mit einer raschen Bewegung eines ihrer Schwerter aus den Lederschneiden, indes sich der durch schwärzeste Magie wieder zum Leben erweckte Tote gierig näherte. Seine Zähne klappten unablässig aufeinander – *Klapp-klapp! Klapp-klapp!*

Als er Zara fast erreicht hatte, riss er sein Maul weit auf und fauchte; ein Ekel erregender Verwesungsgestank schlug der Vampirin entgegen. Seine Finger zuckten vor, auf Zaras Gesicht zu, doch bevor seine langen, schmutzigen Nägel ihr Antlitz berühren konnten, schlug Zara zu – und trennte dem Untoten mit einem einzigen wuchtigen Hieb den Kopf vom Rumpf.

Der Schädel wackelte noch einen Moment auf dem durchtrennten Hals, als wüsste er nicht recht, ob er wirklich fallen sollte; dann kippte er vornüber, schlug mit einem widerlich fleischigen Laut auf die hart gefrorene Erde und rollte noch ein paar Schritte weiter. Der kopflose Leib wankte ungelenk ein Stück nach vorn, bevor die Beine schließlich unter der

Leiche nachgaben und der Untote zu Boden ging, um reglos zu Zaras Füßen liegen zu bleiben.

Das Schwert halb erhoben, die schimmernde Klinge befleckt mit einem widerlichen öligschwarzen Schleim, stand Zara da und starrte voller Abscheu auf die ungeheuerliche Abnormität vor sich herab. Natürlich wusste sie, dass es mehr Dinge zwischen Himmel und Erde gab, als die ancarianische Schulweisheit sich träumen ließ – sie selbst war der wandelnde Beweis dafür –, doch so unmittelbar damit konfrontiert worden wie in den vergangenen Tagen war sie noch nie. Es war eine Sache, zu wissen, dass es solche Monstren wie die Blutbestien, die Monsterspinne oder jetzt diesen Untoten hier gab – aber sie mit eigenen Augen vor sich zu sehen und sogar zu *riechen*, das war etwas vollkommen anderes.

Falk schien es ähnlich zu ergehen. Er trat vorsichtig neben Zara, als hätte er Angst, der kopflose Rumpf könne nach ihm greifen, und sagte wieder: „Was, zum Geier, ist das für ein *Ding*?"

„Ein Zombie", sagte Jael endlich. „Ein lebender Toter, allein von dem Drang beseelt, zu fressen und seinem Meister zu gehorchen." Bei der Erwähnung des „Meisters" warf sie unwillkürlich einen Blick hinüber zum Tor des Friedhofs, wo Wigalf noch immer seelenruhig auf seinen Stock gestützt stand, und noch immer hatte er dieses böse, selbstgefällige Grinsen auf den Lippen. „Ich habe davon gehört, dass die Dunklen Götzen während der Götterkriege ganze Armeen dieser seelenlosen Geschöpfe ins Leben zurückgerufen haben, um sie für sich kämpfen zu lassen, doch ich hätte niemals gedacht, dass noch jemand anderes als die

Götter selbst die Macht besitzen, Tote aus den Gräbern zu rufen." Ihr Blick wich keine Sekunde von Wigalf. „Wenn diese Kerle *dazu* im Stande sind, ist nicht auszudenken, wozu sie sonst noch fähig ..." Sie verstummte, als hinter ihnen plötzlich ein vertrautes Geräusch erklang.

Klapp-klapp! Klapp-klapp! Klapp-klapp ...

Jael runzelte verwirrt die Stirn, drehte sich zu dem abgeschlagenen Kopf des Untoten um – und sog scharf die Luft ein, als sie sah, dass die Kiefer des Schädels wieder aufeinander schlugen, als wäre noch immer Leben in dem abgetrennten Kopf.

Und dann begann sich auch der kopflose Torso des Toten auf einmal wieder zu regen; erst zuckten seine dürren, spinnenbeingleichen Finger mit den schartigen gelben Nägeln über die Erde. Dann stützte sich der Untote auf dem Boden ab, rappelte sich schwankend, mit zittrigen Beinen auf und tastete sich kopflos und mit ausgestreckten Armen auf sie zu, während die Kiefer des Schädels ein paar Schritte weiter immer wieder aufeinander schlugen.

Klapp-klapp! Klapp-klapp! Klapp-klapp ...

Zara blinzelte unmerklich. Dann glitt die Schwerklinge beinahe wie von selbst in die Höhe. Doch gerade, als sie erneut zuschlagen und den Rumpf des Untoten mit einem waagerechten Hieb in zwei Hälften spalten wollte, nahm sie in den Augenwinkeln eine Bewegung wahr.

Plötzlich tauchte ein deformierter, halb verwester Schädel aus dem grün wabernden Nebel auf, die Haut fleckig und schwarz, die Augäpfel wie Gelee aus den Höhlen quellend, und wie bei dem ersten Untoten richtete sich der Blick der verfaulten Augen sogleich auf die Gefährten und war voller

Gier. Sein Mund schnappte auf und zu, wobei sich die verschrumpelten Stränge der Kaumuskeln wie Würmer unter der stockfleckigen Haut bewegten.

Auch die Erde anderer Grabstätten geriet in Bewegung. Kleine Hügel wuchsen auf den verschneiten Grabflächen wie Vulkane, die kurz vor dem Ausbruch standen. Bei einem Grab stießen zwei skelettierte Hände gleichzeitig an die Oberfläche, gefolgt von einem beinahe vollkommen blanken Totenschädel, der nur noch von den kläglichen Überresten verfaulten Gewebes auf dem Hals gehalten wurde, und Falk machte: „O–oh …"

Drüben beim Friedhofstor begann Wigalf zu lachen, ein hohes, gehässiges Gackern, das seine ganze Bosheit beinhaltete. Er lachte, lachte sie aus, weil sie ihm so blauäugig hierher gefolgt waren.

Ehe Zara ihrer Wut nachgeben und sich auf ihn stürzen konnte, spürte sie die Klauen des Kopflosen an ihrem Arm, hart und kalt wie der Tod selbst, und dann hörte der abgetrennte Kopf des Untoten mit einem Mal mit dem Kieferklappern auf und stieß einen hohlen, gurgelnden, irgendwie wütenden Laut aus, und die anderen Untoten folgten seinem Ruf!

Begleitet vom vielstimmigen Seufzen und Stöhnen verwester Stimmbänder und abgefaulter Zungen entstiegen zwei Dutzend Tote ihren Gräbern, vermoderte Gestalten in unterschiedlichen Stadien der Verwesung. Während einige aussahen, als hätten sie noch keinen Monat in der Erde gelegen, gab es andere, an deren Skeletten bloß noch zerfetzte fleckige Reste von Fleisch und Haut hingen; teuflische knöcherne Fratzen mit abgefaulten Nasen und abgefressenen

Ohren; leere und weniger leere Augenhöhlen unter scharf hervorspringenden Stirnknochen; ledrige Arme mit zu Klauen gekrümmten Fingern, unter deren schartigen langen, gelben Nägeln noch Reste der Friedhofserde klebten, durch die sie sich an die Oberfläche gegraben hatten; seelenlose Kreaturen, einzig und allein vom Wunsch nach dem Fleisch der Lebenden erfüllt …

Der Grauen erregende Anblick der ihren Gräbern entsteigenden Toten lenkte Zara einen Moment lang ab. Dann griff der Kopflose blind und dennoch mit erschreckender Genauigkeit nach ihrer Kehle, und als wären die knochigen, kalten Skelettfinger an ihrem Hals nötig, um sie zum Handeln zu bringen, schüttelte Zara ihre Lethargie ab, zog ihr zweites Schwert aus der Scheide hinter ihrer rechten Schulter und ließ die Klinge in einer einzigen fließenden Bewegung nach unten sausen, ohne Übergang, ohne Verzögerung.

Der blitzende Stahl trennte den Arm des Zombies in Höhe des Ellbogens ab, doch die Totenhand weigerte sich trotzdem, Zara loszulassen, und die Finger drückten ihr die Kehle zu, während der Untote mit der anderen Hand nach ihr griff, als wäre nichts geschehen.

Zara machte kurzen Prozess, schlug dem Zombie den zweiten Arm knapp unterhalb der Schulter ab, riss den anderen von ihrer Kehle und schleuderte ihn von sich. Der Arm landete ein paar Schritte weiter zwischen zwei Grabsteinen, mit der Handfläche nach oben, und die Finger zuckten wie die Beine einer auf dem Rücken liegenden Spinne, noch immer so lebendig, als säße der Arm nach wie vor am Körper.

„Das gibt's doch nicht!", murmelte Falk fassungslos; seine Bemerkung galt ebenso Zara und dem abgetrennten Arm wie auch den auferstandenen Leichen, die überall aus ihren Gräbern stiegen und über den Friedhof von allen Seiten auf sie zukamen, eine Wand aus toten und doch nicht toten Leibern; Kreaturen des Schreckens, beseelt von finsterster Magie. Falks Kehle wurde eng vor Angst. „Das *kann's* doch nicht geben! Ich kann das einfach nicht glauben ..."

„Glaub es besser!", zischte Jael neben ihm und zog ihr Schwert aus der Schneide. „Glaub es – *und kämpf um dein Leben!*"

Falk starrte sie einen Augenblick lang benommen an, so als habe er sie nicht richtig verstanden. Dann tauchte rechts von ihm ein Untoter mit grotesk eingefallenen Wangen und aschgrauer Haut auf, der Hals gezeichnet von einem wulstigen Schnitt, wo dem Toten die Kehle aufgeschlitzt worden war. Die gallertartigen weißen Augäpfel des Toten starrten Falk mit dem gleichen Ausdruck an, mit dem ein Verhungernder ein saftiges Stück Fleisch betrachtet. Die verfaulte, aufgedunsene Zunge des Untoten zuckte wie ein dicker schwarzer Wurm aus der klaffenden Höhle seines Mundes, als sich der Zombie voller Vorfreude auf sein Mahl die rissigen, aufgequollenen Lippen leckte und knurrend und grummelnd auf Falk zugestolpert kam. Der zog sein Messer aus dem Gürtel und wedelte damit wild vor sich herum.

„Na los, Madenfutter!", rief er. „Kommt her, und ich schlitze euch auf wie Fische!" Doch das, was verwegen klingen sollte, hörte sich allenfalls ängstlich an, und dazu gab es auch allen Anlass, denn als Zara den Blick über den Totenacker schweifen ließ, spürte sie, wie sich in ihr etwas zu regen begann, das sie schon seit langem nicht mehr verspürt hatte: Furcht. Das hier waren keine dahergelaufenen

Attentäter; das hier waren Zombies, Untote, von verderbter Magie zum „Leben" erweckt, die weder Schmerz noch Tod kannten, denen Erbarmen und Gnade ebenso fremd waren wie Reue oder Mitleid. Sie hatten keine Gefühle, gleich welcher Art. Sie konnten nicht denken. Sie waren Kreaturen ohne Verstand, denen alles Menschliche im Augenblick ihres Todes verloren gegangen war.

Überall um sie herum wankten und schwankten die Toten durch den Nebel auf ihre Opfer zu, eine schlurfende, geifernde Horde, die in geistloser Gier ihre Hände nach den Gefährten ausstreckten. Diese drängten sich inmitten des Gräberfeldes Rücken an Rücken dicht zusammen, die Waffen kampfbereit, und versuchten, nicht den Mut zu verlieren.

Thor, zwischen Zara und Falk, zog die Lefzen zurück und enthüllte knurrend sein mächtiges Gebiss, eine Bärenfalle riesiger elfenbeinfarbener Zähne, das dichte Nackenfell gesträubt. Seine Raubtieraugen glitten unermüdlich hin und her, während er die Untoten wütend anknurrte.

Die Zombies kamen näher, ein geschlossener Kreis aus halb verfaulten Leibern, der sich mit jedem Augenblick enger um sie zusammenzog. Noch zehn Schritte trennten sie von den Untoten.

Sieben.

Fünf ...

Es war Thor, der als Erster zum Angriff überging. Sein Knurren wurde zu einem aggressiven, tiefen Brüllen, seine Muskeln spannten sich, und dann sprang er dem erstbesten Untoten mit einem so gewaltigen Satz an, dass er den Zombie durch die Wucht des Aufpralls zu Boden riss. Der Untote stürzte ungelenk auf eines der Gräber und versuchte sich mit steifen, ungeholfenen Bewegungen wieder aufzurappeln. Da schlossen sich die gewaltigen Kiefer des Wolfes um seinen Kopf, der beinahe gänzlich im Maul des Tieres verschwand, und *zermalmten* den verwesten Schädel. Ein lautes Knirschen und Knacken war zu hören, als die morschen Knochen zerbrachen.

Der abgeschlagene Schädel des ersten Toten stieß wieder diese seltsamen gurgelnden Laute aus, beinahe wie einen Schlachtruf, und im nächsten Moment brach die Hölle los!

Plötzlich waren die Untoten bei ihnen, überall um sie herum, Dutzende von toten Körpern, die mit weit aufgerissenen Mündern und wild in den Höhlen rollenden Augäpfeln nach ihnen grapschten. Aus jeder Richtung griffen halb verfaulte Hände nach ihnen, gierige Finger mit bleichen Knochenspitzen, dahinter die verzerrten Gesichter der Toten.

Die Knochenfinger eines Untoten berührten Falks Arm, und er holte unwillkürlich mit seinem Messer aus und schlug mit vor Ekel verzerrter Miene zu. Die Klinge drang tief in die linke Schulter des Untoten. Mit einem Wutschrei riss Falk die Klinge wieder heraus und hieb erneut zu, und noch einmal, indes Zara und Jael mit meisterlicher Präzision ihre Schwerter wirbeln ließen, sirrende metallene Blitze im grünlichen Zwielicht des Nebels, die durch verwestes Fleisch, faulige Muskeln, Sehnen und Knochen schnitten.

Gliedmaßen fielen zu Boden, abgeschlagene Arme, Hände und Köpfe, selbst dann noch von untotem Leben beseelt, als sie abgehackt auf der Erde lagen.

Thor preschte knurrend mitten durch die Reihen der Zombies. Sein gewaltiger haariger Schädel schnappte mal nach links, mal nach rechts, und jedes Mal, wenn sich seine mörderischen Hauer in totes Fleisch gruben, knirschten Knochen, und Muskeln rissen.

Auch Falk kämpfte – vielleicht zum ersten Mal in seinem Leben kämpfte er *wirklich*. Nicht, wie bei einer Kneipenschlägerei, wenn man ihn mal wieder beim Falschspielen ertappt hatte, oder um einem Mädchen zu imponieren – er kämpfte um sein nacktes Leben, und es gab niemanden, der ihm dabei helfen konnte, denn alle anderen hatten genug mit sich selbst zu tun. Er war auf sich allein gestellt, und dieser Gedanke erfüllte ihn mit Furcht, die ihn beinahe verzagen ließ; nun war er selbst für sich verantwortlich, niemand anders. Wenn er leben wollte, musste *er* dafür kämpfen. Und das tat er, so gut er nur konnte!

Anfangs unsicher und auch ein wenig unentschlossen, mit jedem erfolgreich geführten Hieb jedoch zusehends mutiger, stürzte sich Falk in die Schlacht. Bald war die Klinge seines Messers klebrig von geronnenem Blut und einer stinkenden eitrigen Flüssigkeit. Es war schwer, den Überblick zu behalten, denn die Untoten kamen von allen Seiten, und egal, wie viele Falk und seine Gefährten in Stücke hackten, es schienen nicht weniger zu werden.

Bald war sein ganzer Körper bedeckt von kaltem Schweiß, und die Anstrengung ließ ihn keuchen; er war die ganze Zeit über in Bewegung, wirbelte hierhin, wich dort den zuschnappenden Kiefern der Toten aus, und immer wieder schnitt und ratschte und hieb das Messer in untote Leiber. Doch selbst mit abgetrennten Armen und Beinen setzte die grauenvolle Horde weiter vor, und jeder von ihnen – Seraphim, Vampir und Mensch – hatte seine liebe Mühe, sich die greifenden Klauen und die schnappenden Kiefer vom Hals zu halten, indes sie wie Tänzer inmitten eines wilden Durcheinanders herumwirbelten.

Neben Falk hieb Zara mit beiden Schwertern gleichzeitig auf die Untoten ein. Es war ein groteskes, zutiefst furchteinflößendes Bild, das sich bot. Da waren Zombies, deren Arme unter den Schultern in Stümpfen endeten; kopflose Leiber, ohne Augen eigentlich blind, die doch so zielstrebig agierten, als könnten sie sehen; Kreaturen mit gespaltenen Schädeln; Untote mit zerhackten Beinen, die sich über den hart gefrorenen Boden auf die Gegner zuschleppten, die Münder auf- und zuschnappend vor Gier.

Klapp-klapp! Klapp-klapp! Klapp-klapp ...

Als Zara aus dem Nebel zu ihrer Rechten eine staksende Gestalt auf sich zutaumeln sah, wirbelte sie herum, ließ die Klingen parallel zueinander von links und von rechts gleichzeitig in einem flachen Bogen schwingen, wie eine Schere, und der Rumpf des Untoten wurde an Brust und Bauch komplett durchgeschnitten.

Zara schnellte wieder herum und nahm sich einen weiteren Untoten vor, während Thor knurrend zwischen den am Boden liegenden Leichenteilen herumsprang und versuchte, den zuckenden Gliedern endgültig den Garaus zu machen.

Keuchend und schnaubend hackte Falk mit seinem Messer auf die Untoten ein. Einen Zombie stieß er mit einem Tritt von sich und wirbelte keuchend herum, um sich dem nächsten Untoten entgegenzustellen – doch es waren keine mehr da. Oder zumindest keine, die noch auf den Beinen standen.

Außer Atem ließ Falk den Blick über den Friedhof schweifen, der sich in ein Schlachtfeld verwandelt hatte. Ihm bot sich ein groteskes Bild: Überall auf den Gräbern und Wegen verstreut lagen abgetrennte Gliedmaßen, und in allen steckte noch Leben. Die Hände krabbelten wie Spinnen über den Boden, und über allem lag das hohle Klappern, mit dem die Zähne der abgeschlagenen Schädel selbst jetzt noch gierig aufeinander schlugen.

Klapp-klapp! Klapp-klapp! Klapp-klapp ...

Das Geräusch machte Falk wahnsinnig, doch nun, da keine Klauen mehr nach ihm griffen und die Kiefer ihm nicht mehr gefährlich werden konnten, war es nur noch halb so schlimm wie zuvor. Vor Anstrengung keuchend, stützte er sich mit der freien Linken auf einem Grabstein und versuchte, wieder zu Atem zu kommen, während Thor noch immer hier und da an den herumfliegenden Gliedmaßen riss.

Dann erlahmten die Bewegungen auf der schneebedeckten Erde, das Leben wich endgültig aus den Untoten. Starr lagen sie da, als wären sie eingefroren. Das widernatürliche Leben der untoten Kreaturen war endgültig erloschen ...

Zara und Jael hatten ihre Aufmerksamkeit Wigalf drüben beim Tor zugewandt, der noch immer auf seinen Stab gestützt dastand und keinerlei Anstalten machte zu fliehen, einen weiteren Zauber zu wirken oder sonst irgendetwas zu unternehmen. Er stand einfach nur da wie zuvor, bedachte die Gefährten mit diesem fiesen Grinsen und schwieg.

„Irgendetwas stimmt hier nicht", murmelte Zara grimmig, die Schwerter halb erhoben, und ihre Augen verengten sich zu Schlitzen, während sie den Zauberer fixierte. „Das war noch nicht alles ..."

Falk runzelte die Stirn. „*Noch nicht alles?*", echote er. „Was soll das heißen, das war noch nicht a…"

Er brachte den Satz nicht zu Ende; die Erde jener Gräber, die bislang unversehrt waren, begann plötzlich zu beben und sich aufzutürmen, und ihm wurde schlagartig klar, warum der Zauberer so provozierend entspannt wirkte.

Weitere Untote entstiegen ihren Ruhestätten!

Und diesmal waren es nicht nur zwei Dutzend, sondern mindestens doppelt so viele, die sich aus der kalten Umklammerung der Friedhofserde wühlten: verfaulte Gestalten mit bloßliegenden Knochen, denen Fleisch und Haut in Fetzen am Körper hingen wie zerrissene Banner; eine hungrige Armee des Todes, die ihren Gräbern entstieg, um das fortzuführen, bei dem die erste Delegation versagt hatte.

Zara wandte sich halb zu ihren Gefährten um, die hinter ihr standen. Ihre Miene war hart und grimmig, als sie knurrte: „Wenn es irgendwelche Götter gibt, zu denen ihr betet, dann ist jetzt vielleicht die letzte Gelegenheit dazu." Sie verstummte, zögerte einen Augenblick und fügte dann mit einem kleinen, irgendwie resignierten Lächeln hinzu: „Vielleicht könnt ihr dabei ja auch ein gutes Wort für mich mit einlegen …"

Damit warf sich die Vampirin herum, riss die Schwerter mit einem Wutschrei in die Höhe und stürmte über das Gräberfeld auf die Untoten zu. Schon schwirrten die Klingen mit ihrem tödlichen Singen durch die Luft, untermalt vom Knurren des Wolfes, der Zara mit langen Sätzen folgte und sich mit seinem gesamten Gewicht in die Mauer aus Zombies warf, von denen einige ungelenk umfielen wie Kegel.

Jael und Falk warfen sich einen Seitenblick zu, in dem

ebenso Furcht wie Entschlossenheit lag. Dann nickte die Seraphim den Menschen zu, stürzte sich mit gezückter Klinge auf die nächstbesten Untoten und überließ Falk sich selbst, der die näher kommenden Zombies einen Moment lang mit ängstlichem Blick anstarrte, bevor er sich innerlich einen Ruck gab, die Finger fester um den Griff seines Messers krampfte – und entsetzt Augen und Mund aufriss, als sich die Kiefer eines Untoten, der sich unbemerkt und ungesehen aus dem Grab unmittelbar hinter ihm gewühlt hatte, um seine Schulter schlossen.

Falk schrie auf. Der Schmerz schoss durch seinen rechten Arm bis in die Fingerspitzen, und er ließ das Messer fallen. Durch den siedenden Schmerz, der ihn gleichzeitig lähmte und innerlich in Brand steckte, nahm er es kaum wahr. Er wankte benommen, kämpfte um sein Gleichgewicht, während der Untote – ein dicklicher Kerl mit leeren Augenhöhlen und einem mit dunklen Leichenflecken übersäten Schädel – an seiner Schulter hing und nicht von ihm lassen wollte.

Falk hätte nicht für möglich gehalten, dass es einem Menschen möglich war, solche Schmerzen zu ertragen – einem Gott vielleicht, aber keinem einfachen Menschen, wie er einer war. Die Pein war so gewaltig, dass Falk die Tränen in die Augen schossen.

Mit letzter Kraft riss er sich los, schrie erneut gellend auf, als eine weitere Schmerzwelle durch seinen Körper toste, und taumelte vorwärts. Er rang würgend nach Luft, schwarze Schleier vor den Augen, und taumelte weg von dem Toten, der seinem Opfer schlurfend folgte, einzig von dem Wunsch beseelt, zu fressen. Falk versuchte vor dem Untoten zu fliehen, eine Hand auf die schmerzende Schulter gepresst, ohne zu registrieren, wohin er trat, während ihm der Zombie ohne Hast, aber unbeirrbar folgte.

Falk sah sich benommen nach seinen Gefährten um. Zara und Jael kämpfen ein paar Meter weiter gegen die Untoten, unterstützt von Thor, der wie ein Irrwisch zwischen den Zombies umhersprang und seine mächtigen Zähne immer wieder knurrend in untotes Fleisch grub.

Falks Lippen formten bereits einen Hilfeschrei, doch in diesem Moment gaben seine Beine unter ihm nach, und er stürzte zu Boden, direkt auf eins der Gräber.

Seine Lider flatterten, und die Verlockung, einfach die Augen zu schließen und zu vergessen, war so groß und überwältigend, dass man ihr nur nachgeben *konnte*.

Da fiel der Schatten des Untoten auf ihn, der ihn inzwischen erreicht hatte, und Falk riss die Augen wieder auf, als der Zombie knurrend und geifernd die Klauen nach ihm ausstreckte, die knochige Totenfratze eine Maske unbändiger Gier.

Falk hatte nicht mehr die Kraft, wegzukriechen; sein ganzer Körper schien vor Schmerz wie gelähmt. Er hoffte nur noch, dass es schnell gehen würde; allein der Gedanke daran, dass er Ela jetzt nie wieder sehen würde, ihr nie würde sagen können, was er für sie empfand, erfüllte ihn mit einer unsagbaren Traurigkeit.

Doch er tröstete sich damit, dass er sie ohnehin nicht hätte glücklich machen können. Er hätte ihr nie der Mann sein können, den sie verdiente. Es wäre nur eine Frage der Zeit gewesen, bis sie enttäuscht und sie gemerkt hätte, was für ein armseliger schwacher Wicht er war; es war *immer* bloß eine Frage der Zeit gewesen, bis die anderen feststellten, dass hinter seiner großen Klappe nicht viel steckte, sein ganzes Leben lang, seit dem unglückseligen Tag seiner Geburt …

Vielleicht, dachte er resigniert, *ist es so am besten …*

In Erwartung des Todes schloss Falk die Augen.

„Falk!", rief Zara.

Falk schlug die Augen wieder auf und drehte den Kopf schwerfällig in die Richtung, aus der ihre Stimme erklungen war, und er registrierte vage, dass die Vampirin ihm irgendetwas zuwarf, das als schwirrender Lichtreflex durch die Luft wirbelte. Instinktiv streckte er die Hand danach aus, um mehr zufällig als absichtlich genau im richtigen Moment zuzugreifen. Plötzlich hielt er Zaras Jagdmesser mit der langen Klinge zwischen den Fingern.

Im selben Moment ließ sich der Untote mit einem gierigen Knurren, wie ein wütender Köter, einfach vornüber auf ihn fallen, wie ein Baum, und die schnappenden Kiefer stürzten geradewegs auf Falks Gesicht zu.

Es war, als hätte ihm die Klinge in seiner Hand einen Hauch Überlebenswillen wiedergegeben; er war vielleicht kein Held, aber *so* zu sterben – bei lebendigem Leibe aufgefressen von einem Untoten –, das war sogar unter *seiner* Würde!

Im allerletzten Moment gelang es ihm, die Klinge mit aller Kraft, die er noch aufbringen konnte, nach oben zu rammen, direkt in den Hals des Untoten. Doch die widerlichen Zähne des Zombies mahlten weiter, krachten rhythmisch aufeinander.

Falk hielt das Messer mit beiden Händen fest und drückte den Toten keuchend von sich weg, doch die knorrigen Finger des Zombies krallten sich in seinen Rock. Benommen vor Schmerz und Entsetzen riss Falk mit einem heiseren Wutschrei die Beine hoch und stieß den Untoten mit beiden Füßen angewidert von sich.

Als hätte er damit endgültig den letzten Rest Kraft verbraucht, sank Falk stöhnend nach hinten. Der Untote aber wollte sich wieder auf seine Beute stürzen und …

Ein grauer Schatten sprang auf ihn zu, prallte gegen ihn, riss ihn nieder und weg aus Falks Sichtfeld. Der junge Mann hörte Thors wütendes Knurren, das Gurgeln des Untoten, das Zerreißen ledrigen Fleisches und das Knacken und Brechen von Knochen.

Reglos, mit Lidern, die flatterten wie Mottenflügel, lag Falk da und erwartete, dass die Ohnmacht nun über ihn hinwegtosen würde wie eine Woge aus schwarzem Vergessen, doch obwohl er sich nicht rühren konnte und die Welt um sich herum wie durch eine fettige Scheibe wahrnahm, blieb ihm der Segen der Bewusstlosigkeit verwehrt. Benommen, wie von Ferne, sah er, wie Zara und Jael mit wirbelnden Klingen durch die Reihen der Untoten schritten, doch selbst in seinem benommenen Zustand, irgendwo zwischen Wachsein und Ohnmacht, wusste er, dass es sinnlos war; sie *konnten* diesen Kampf nicht gewinnen, denn für jeden Zombie, den seine Gefährtinnen zerhackten, entstiegen zwei weitere Untote ihren Gräbern, um mit ausgestreckten Armen auf den Ort des Gemetzels zuzustolpern.

Beiläufig sah er, wie ein Zombie mit wallendem, speckigem grauen Haar Jael an den Schultern packte, und als sie sich umdrehte, um ihm den Kopf abzuschlagen, grub ein anderer Untoter seine Zähne in ihren linken Arm. Jael schrie auf, brachte ihren Schwerthieb jedoch zu Ende, köpfte den ersten Untoten und rammte seinem Kumpan dann den Griff ihres Schwerts mit solcher Wucht ins Gesicht, dass der Zombie mit zerschmettertem Kiefer zu Boden geschleudert wurde.

Er hatte ihr in den Arm gebissen, aber die Wunde war zum Glück nicht tief; sie blutete kaum.

Im nächsten Moment näherte sich ihr von der anderen Seite bereits der nächste Untote. Ein zweiter kam von rechts. Zwei weitere von hinten. Es war unmöglich, all diese Gegner gleichzeitig abzuwehren und …

Falk wurde abgelenkt, als plötzlich der Schatten eines Toten auf ihn fiel, der riesig wie ein Baum über ihm emporragte. Beim Anblick des am Boden liegenden Mannes stieß der Zombie ein erdiges Brummen aus, stakste näher und streckte die Klauen nach Falk aus, der zwar alles sah und hörte, was geschah, sich aber völlig unbeteiligt fühlte, so als würde es nicht um ihn selbst gehen, als wäre er lediglich Zeuge dessen, was jemand anderem widerfuhr. Wie ein stummer Beobachter verfolgte er seltsam teilnahmslos, wie der Untote auf die Knie fiel, mit beiden Händen Falks rechten Arm umklammerte und gerade seine Zähne hineinschlagen wollte, als plötzlich Zara hinter ihm auftauchte und ihre Schwerter wirbeln ließ.

Dann war auch Jael da, und gemeinsam drängten sie den Untoten von Falk weg. Sie stellten sich neben ihrem verletzten Kameraden, um ihn gegen die stetig nachrückenden Zombies zu verteidigen. Falk sah seine Gefährtinnen vage – wie durch Nebel – über sich aufragen, und ihre Stimmen drangen gedämpft an sein Ohr.

„Es geht nicht", keuchte Zara angestrengt, während sie einem weiteren Gegner den Schädel vom Rumpf trennte. „Wir können sie nicht besiegen!"

Sie hatte Recht: Die Untoten waren überall, und es wurden einfach nicht weniger. Sie waren vielleicht nicht schnell und nicht besonders klug, aber sie waren zahlreich, und sie würden einfach immer weitermachen, bis sie ihr Ziel erreicht hatten. Jael und Zara *konnten* nicht gewinnen!

„Wir *können*", widersprach Jael, mit dem Rücken zu Zara. „Und wir *werden*!"

Die Seraphim schlug noch einmal mit ihrem Schwert zu, um sich ein wenig Bewegungsfreiheit zu verschaffen, und dann tat sie etwas Seltsames, ja, Unbegreifliches: Sie rammte ihr Schwert vor sich in den Boden, sodass der Schwertgriff ein wippendes Kreuz bildete, das Symbol jener Ein-Gott-Religion, die in Ancaria immer mehr Anhänger fand. Jael fiel auf die Knie, schloss die Augen, faltete die Hände – und begann wortlos zu beten!

Falk sah aus seiner verzerrten Perspektive, wie Zara verblüfft blinzelte. Die Vampirin wollte Jael gerade anbrüllen, was, bei allen Göttern, sie da eigentlich tat, doch dann hielt sie plötzlich inne, als sie sah, dass mit Jael irgendetwas vorging. Ihre Lippen bewegten sich, als würde sie sprechen, doch kein Laut drang aus ihrem Mund; dafür war es, als würde feiner weißer Nebel daraus hervorquellen, der irgendwie zu *strahlen* schien, zumindest kam es Falk so vor. Der Nebel war von einem hellen Weiß, als wäre es eher nebelförmiges Licht, das aus Jaels Mund floss und geistergleich um ihren Kopf wallte, während die Zombies von allen Seiten heranrückten, doch Jael ließ nicht erkennen, dass sie davon überhaupt etwas mitbekam. Sie kniete einfach nur da und betete mit gefalteten Händen und geschlossenen Augen, während dieser seltsame weiße Lichtnebel aus ihrem Mund drang – und dann, gerade, als die ersten der Untoten die Hände nach ihr ausstreckten, lief plötzlich ein heftiger Ruck durch ihren Körper, Jael versteifte, und als sie ihre Augen plötzlich wieder öffnete, war es, als wäre von einer Sekunde zur anderen helllichter Tag. Grelles weißes Licht toste durch die Gräberreihen.

Falk starrte in die Helligkeit, und die Schleier der Benommenheit vor seinen Augen wurden förmlich *weggebrannt*, um einer Erschöpfung Platz zu schaffen, wie er sie noch nie empfunden hatte. Sein Blick verschwamm, sein Verstand flackerte wie eine Kerze im Wind, die jeden Moment zu verlöschen drohte. Er stöhnte. Alles, was danach geschah, nahm Falk nur noch in Fragmenten wahr, wie einen bruchstückhaften Traum – oder vielmehr so, als würde er immer wieder für kurze Zeit aus einem traumlosen Schlaf erwachen und flüchtig mitbekommen, was vorging, schlaglichtartige Bilder und Eindrücke, auf die er sich keinen rechten Reim machen konnte.

Da war dieses alles umfassende weiße Licht, das die ganze Welt in grelle Helligkeit zu tauchen schien wie ein Blitz in dunkler Nacht, der am Himmel einfror. Alles wurde weiß und unwirklich, und in diesem Weiß zeichneten sich die Schemen der Untoten als vage Silhouetten ab, Schatten innerhalb der Helligkeit, die irgendwie von Jael auszugehen schien, die noch immer auf dem Boden kniete und die Hände wie zum Gebet gefaltet hatte. Doch da, wo einmal ihre Augen gewesen waren, waren jetzt strahlende Gruben; gleißende weiße Lichtbalken schossen aus ihren Augenhöhlen wie Speere. Ihr Gesicht strahlte so hell wie die Sonne, und dann riss sie den Mund auf, und eine weitere Woge Helligkeit brandete über den Friedhof, eine Welle aus Licht, die über die wieder auferstandenen Toten hinwegspülte und sie mit sich fortriss.

Benommen sah Falk, wie die Zombies in dem weißen Licht *schmolzen* wie Kerzen, so als würde die Helligkeit sie verbrennen.

Das, was von ihrem Fleisch und ihren Muskeln noch übrig war, schien sich wie bei großer Hitze zu verflüssigen. Die unheimlichen Totenfratzen zerliefen wie Honig in einem Tiegel. Sogar die Knochen lösten sich auf. Einer nach dem anderen stürzten die Untoten zu Boden und schmolzen an Ort und Stelle.

Das alles bekam Falk mit, doch *begreifen* konnte er es nicht. Es war schon nicht zu fassen, dass er in dieser gleißenden Helligkeit überhaupt sehen konnte, dass seine Netzhäute nicht verbrannten.

Auch Zara konnte trotz des grellen Lichts alles sehen und war nicht weniger fassungslos. Mit trotz der Fluten aus Helligkeit weit aufgerissenen Augen sah sie, wie die Zombies dahinschmolzen.

Das Licht, das aus Jaels Augen und ihrem Mund drang und den ganzen Friedhof erfüllte, verbrannte die Untoten, von denen nun keiner mehr aufstand!

Zaras Blick glitt zu Jael, die inmitten des Gleißens kniete, ihre Gestalt umstrahlt von göttlichem Licht, das Antlitz zugleich so schrecklich entstellt und so überirdisch schön, dass es nicht in Worte zu fassen war. Für einen kurzen Moment glaubte die Vampirin, über Jaels Schultern Schwingen aus sphärischer Helligkeit zu erblicken. Dann lief plötzlich ein Zittern durch Jaels Körper, und genauso abrupt, wie sie stocksteif geworden war, schwand schlagartig alle Spannung aus ihr. Jael war mit ihrer Kraft am Ende. Mit einem resignierten Stöhnen schloss sie die Augen, und das strahlende weiße Licht war weg – wie abgeschnitten, so als habe sie die göttliche Helligkeit, die in ihr wohnte, wieder dort eingesperrt, wohin sie gehörte. Tröstliche Dunkelheit senkte sich über den Friedhof, während die Seraphim entkräftet in sich zusammensackte.

Zara schaffte es gerade noch, sie aufzufangen, und ließ sie sanft zu Boden gleiten, wo Jael reglos, mit unbewegtem Gesicht, liegen blieb. Ihr porzellanweißes Antlitz war noch blasser geworden, und aus ihren Nasenlöchern schwebten letzte Schwaden weißen Lichts wie Nebel, der langsam in der Schwärze der Nacht verging. Und dann war das Licht fort, und sie waren allein.

Neben Jael kniend, hob Zara den Kopf und ließ ihren Blick über den jetzt friedlich daliegenden Totenacker schweifen.

Drüben beim Tor erregte eine hastige Bewegung ihre Aufmerksamkeit: Wigalf hatte seine arrogante Überheblichkeit verloren und machte sich davon, so schnell er konnte; offenbar hatte er keine weiteren Zaubertricks mehr im Ärmel. Er griff nach Kjells Zügeln, doch der Hengst wieherte wütend, stieg auf die Hinterläufe und trat nach dem Zauberer aus, der fluchend einige Schritte zurückwich und hinüber zum Friedhof starrte, das Gesicht eine Fratze der Wut und Enttäuschung.

Dann wirbelte er herum und eilte mit wehendem Mantel

und wippendem Stock davon. Zumindest hatte er vorhin bei *einer* Sache nicht gelogen: Er *war* schlecht zu Fuß.

Jael starrte Wigalf mit müdem Blick nach; mit dem Licht schien auch alle Kraft aus ihrem Körper gewichen zu sein. „Er darf … nicht entkommen …", sagte sie schwach, die Worte kaum mehr als ein Murmeln.

„Das wird er nicht", knurrte Zara, stemmte sich mit einem Ruck in die Höhe, schob ihre Schwerter in die Scheiden zurück und nahm die Verfolgung auf, indes Thor bei Jael und Falk blieb, um sie zu beschützen, falls sich neuer Ärger regen sollte.

Als Zara das Friedhofstor erreichte, hastete der Zauberer bereits mit ausgreifenden Schritten auf den Waldrand zu, vielleicht hundert Schritte entfernt, doch die Vampirin hatte keine Mühe, ihn einzuholen. Noch ehe Wigalf den Schatten der ersten Bäume erreichte, war sie bei ihm, flink und lautlos wie ein Geist, und ohne jede Warnung gruben sich ihre Finger von hinten in seine Schulter, sodass Wigalf ein gequältes Keuchen ausstieß.

„Wohin so eilig?", zischte Zara ihm ins Ohr und riss ihn zu sich herum. „Ich glaube, wir sollten uns mal unterhalten!"

„Ich … ich habe dir nichts zu sagen!", giftete Wigalf. Seine breiten Nasenflügel bebten, und der Hass strahlte ihm aus den Augen wie Jael das göttliche Licht. Er versuchte sich loszureißen, doch der einzige Erfolg war, dass Zara noch fester zupackte. „Du bist meine Verachtung nicht wert!", zischte Wigalf.

Zara legte in gespielter Betroffenheit den Kopf schief. „Aber, aber … Redet man etwa so mit einer Dame?"

Wigalf wollte etwas darauf erwidern, ihr Flüche und Verwünschungen an den Kopf schleudern, doch er hatte kaum den Mund aufgemacht, als Zara zuschlug. Links und rechts klatschte ihre Hand in sein Gesicht, und jammernd ging er zu Boden.

Zara packte den Zauberer am Kragen und zog ihn wie einen Sack Kartoffeln hinter sich her, zu ihren Gefährten zurück, die noch immer an jener Stelle des Friedhofs warteten, wo die Vampirin sie zurückgelassen hatte, doch beide sahen bereits um einiges besser aus. Falk hatte sich mit dem Rücken gegen einen Grabstein gelehnt, während die Seraphim mit Stofffetzen, die sie aus ihrem Rock gerissen hatte, seine Schulter verband. Die Wunde blutete zwar, war aber nicht tief und – wenn sie sich nicht entzündete – auch nicht lebensbedrohlich. Der plötzliche grauenvolle Schmerz und der Schock darüber, von einem Toten gebissen zu werden, der ihn bei lebendigem Leib fressen wollte, hatten Falk am allermeisten zugesetzt, weniger die Verletzung an sich.

Thor hockte neben den beiden auf den Hinterläufen wie eine Sphinx und knurrte böse, als Zara den Zauberer in ihre Mitte schleifte und ihn losließ, sodass er benommen liegen blieb. Seinen Stock hatte er irgendwo auf dem Weg hierher verloren. Zusammengekrümmt lag er da und stöhnte weinerlich; *so* hatte er sich ihren Besuch auf dem Friedhof wohl nicht vorgestellt.

Zara ging neben ihren Gefährten in die Knie und betrachtete Falks Schulter. „Wie geht's ihm?", fragte sie Jael, doch Falk war schon wieder soweit obenauf, dass er seine große Klappe aufriss.

„Ich werd's überleben", brummte er. „Diesem widerlichen

Zombie wäre ich schlecht bekommen, weißt du, Zara? Ich bin nämlich ein verdammt zäher Brocken!" Er ließ den Blick über den Totenacker schweifen, der ruhig und friedlich dalag, als wäre nichts geschehen, und trotzig fügte er hinzu: „Diesen untoten Pennern haben wir's gezeigt, hm?"

Zara nickte. „Ja, denen haben wir's gezeigt", sagte sie und bedachte Jael mit einem undeutbaren Blick. „Mit ein wenig göttlichem Beistand …" Sie und die Seraphim sahen sich einen langen Moment schweigend an, und selbst Falk bemerkte, dass zwischen ihnen irgendetwas vorging, die nächste Stufe eines Prozesses, der sie schon auf ihrer ganzen Reise begleitete. Was auch immer zwischen diesen beiden so ungleichen Geschöpfen in der Vergangenheit vorgefallen war, nun standen sie auf derselben Seite, kämpften für dieselbe Sache, und da, wo Jahrhunderte lang Abscheu und Vorsicht gewesen waren, entstand allmählich Respekt und Anerkennung. Sie waren keine Freundinnen, und sie würden es vermutlich nie werden, aber sie achteten einander.

Zara warf Jael noch einen letzten Blick zu, bevor sie sich umwandte, sich vor Wigalf aufbaute und ihn auf die Füße zog. Er starrte Zara voller Bosheit an und zischte: „Spart es euch, eure Zeit mit mir zu verschwenden. Kein Wort kommt über meine Lippen! Ich werde euch nicht sagen, was ihr so dringend zu wissen wünscht, selbst wenn euch dieses Wissen nun auch nicht mehr helfen würde – weder euch noch dem erbärmlichen Rest dieser vor Schwäche und Mitleid stinkenden Welt!"

„Dann ist die letzte Stunde nah?", forschte Zara.

Wigalf stockte, und für einen Moment schien sich sein Blick zu verdüstern. Doch dann zogen sich seine Lippen zu einem breiten Grinsen auseinander, und er giftete: „Nichts, was ihr sagen oder tun könnt, wird mich dazu bringen, euch in die Hände zu spielen, ihr verkommenen Maden!"

Zara starrte den Zauberer ein paar Sekunden lang mit seltsam unbewegter Miene an. Dann schlug sie mit der freien Linken zu, ohne ihn loszulassen. Der Zauberer krümmte sich, doch als er den Kopf wieder hob, war sein Wille ungebrochen.

„Mach, was du willst, Schlampe!", zischte er trotzig. „Von mir erfährst du nichts! Ich fürchte weder den Tod noch den Schmerz, den *du* mir zuzufügen vermagst! Töte mich ruhig! Ich habe keine Angst vor dir, Hexe!"

Aus seinen Worten sprach der blanke Hass, doch die Vampirin verzog keine Miene. Sie sah dem Zauberer tief in die Augen, fast so, als wollte sie in ihnen lesen, um herauszufinden, wie ernst es ihm war, und schließlich kräuselten sich ihre Mundwinkel zu einem kleinen sardonischen Lächeln, das Falk einen kalten Schauer über den Rücken jagte. „Vor dem Tod brauchst du keine Angst zu haben", sagte Zara. „Und vielleicht auch nicht vor *mir*. Vor *ihr* aber schon …"

Und mit diesen Worten ließ sie ihre menschliche Maske fallen und zeigte dem Zauberer ihr *wahres* Gesicht!

Plötzlich wölbten sich ihre Augen- und Wangenknochen vor, das Weiß in ihren Augen durchzog sich mit roten Adern, und aus ihrem Oberkiefer wuchsen zwei lange elfenbeinfarbene Hauer. Einen Moment lang schien es, als wären die Muskeln unter Zaras Gesicht in hellem Aufruhr; es sah aus, als würden sie hin- und herwogen. Dann festigte sich der Ausdruck, und Zara zog Wigalf mit einem brutalen Ruck so nah zu sich heran, dass sein vor Schmerz verzerrtes Gesicht nur Zentimeter von ihrer grauenhaften Dämonenfratze entfernt war.

Wigalfs Augen waren groß und weiß wie Taubeneier – offenbar hatte er *damit* nicht gerechnet –, und sein trotziges Gehabe fiel in sich zusammen wie ein Kartenhaus.

„*Jetzt* solltest du Angst haben!", zischte Zara böse. Sie riss Wigalfs Kopf ruckartig zur Seite, ihr Gesicht mit den Fangzähnen zuckte unversehens vor, und ihre langen, nadelspitzen Hauer gruben sich tief in seinen Hals.

„Zara!", rief Jael entsetzt. Die Seraphim wollte aufspringen und die Vampirin von ihrem Opfer wegreißen, doch Falk ergriff Jaels Unterarm und hielt sie zurück.

Einen Moment lang sah es trotzdem so aus, als würde Jael dazwischengehen, um Wigalf aus Zaras Fängen zu retten, doch irgendetwas hielt sie davon ab, und so blieb sie, wo sie war, und verfolgte gebannt und furchtsam, wie Zara den zappelnden Zauberer mühelos in ihrem eisernen Griff hielt und ihm mit tiefen, schlurfenden Zügen das Leben aussaugte.

Schließlich begannen Wigalfs Abwehrbewegungen fahriger und schwächer zu werden, und der Blick seiner weit aufgerissenen Augen umwölkte sich. Seine Mundwinkel zuckten. Sein Antlitz wurde zusehends blasser, je mehr Blut Zara ihm nahm.

Und mit jedem Zug, den sie trank, spürte Zara, wie ihre Gier zunahm, Wigalf bis zum letzten Tropfen auszusaugen. Einen schrecklichen Moment lang drohte die Bestie tief in ihr, die seit dem Massaker im Felskessel nahe Moorbruch ungeduldig an ihren Ketten zerrte, sich loszureißen und auszubrechen, doch Zara zwang sich, nicht die Kontrolle zu verlieren, und trank gerade so viel, wie nötig war.

Dann ließ sie von Wigalf ab, richtete sich auf und grinste den erschöpften Zauberer mit blutigen Fangzähnen an, die Augen rot wie Blut.

„Die Schwelle des Todes liegt nun direkt vor deinen Füßen", sagte sie mit grausamer Gelassenheit. „Du musst sie nur noch überschreiten, und du wirst zu einem Kind der Nacht, so wie ich es bin." Sie schnalzte mit der Zunge, als wäre ihr gerade etwas eingefallen, und sie verbesserte sich spöttisch: „Na ja, *nicht ganz* so wie ich, denn wenn ich dir nicht so viel Blut aussauge, dass du in meinen Armen stirbst, breitet sich der dunkle Keim nur langsam in deinem noch lebenden Körper aus, und je weiter er sich ausbreitet, desto mehr wird sich dein Körper dagegen wehren, jedoch erfolglos; du wirst nach und nach sterben, und dein Verstand wird mehr und mehr in Fetzen gehen und du dem Wahnsinn anheim fallen, und wenn der dunkle Keim schließlich die Herrschaft über dich gewonnen hat, wirst du als lebender Toter durch die Welt wandeln wie diese Zombies hier, eine tumbe, wahnsinnige Kreatur ohne Verstand, einzig getrieben vom Durst nach Blut, so erbärmlich, dass selbst Orks bloß Verachtung und Abscheu für dich übrig haben. So wirst du durch die Welt wandeln bis ans Ende der Zeit – tot und doch nicht tot, lebendig und doch nicht lebendig, ohne Verstand, ohne Seele und doch irgendwie noch immer du selbst."

Wigalf starrte sie mit müdem Blick an. Hätte sie ihn nicht gehalten, er wäre nicht im Stande gewesen, sich auf den Beinen zu halten. Seine Gesichtsmuskeln zuckten träge, und der Ausdruck auf seinen bleichen Zügen zeigte kaum eine Regung, als hätte er Mühe, zu begreifen, was sie sagte. Doch er *hatte* sie verstanden; man sah es an seinen Augen, aus denen alle Arroganz gewichen war.

„Ich allein kann dir dieses Schicksal ersparen", sagte Zara, jetzt sanft und voller Mitgefühl. „Doch nicht einmal dieser Tod ist umsonst. Das ewige Leben hatte schon immer seinen Preis. Wenn du leben willst, wie ich es tue, frei von allen irdischen Banden, stark und jung für immer, unsterblich wie die Götter, dann verdien es dir!"

Wigalfs Körper war durch den Blutverlust zu geschwächt, um den Hass, den er bis dato zur Schau gestellt hatte, weiter aufrecht zu halten. Auch schien sein Verstand nur noch eingeschränkt zu funktionieren. Wigalf blinzelte mehrmals träge, wie um seine Benommenheit abzuschütteln, den Mund halb geöffnet, sodass ein Speichelfaden über sein Kinn rann, und plötzlich kehrte so etwas wie Begreifen in seinen Blick zurück. Er starrte Zara an, und gegen seine Benommenheit ankämpfend stieß er mit brüchiger, leiser Stimme hervor: „Die letzte Stunde … sie ist jetzt nicht mehr fern …"

„Das wissen wir bereits", erwiderte Zara. „Aber wann? Wann ist diese Stunde? Und was passiert dann?"

Einen Moment lang starrte Wigalf sie nur teilnahmslos an, als müsste er den Sinn ihrer Worte erst ergründen. Dann blinzelte er wieder träge und murmelte: „Die letzte Stunde … ist gekommen, wenn sich die Erde zwischen Licht und Schatten drängt. Dann wird sich die Welt … auf ewig verdunkeln … und mit ihr alles, was in ihr ist …"

Zara runzelte verwirrt die Stirn. „Licht und Schatten?"

„Eine Mondfinsternis", erklärte Jael. „Dabei tritt die Erde zwischen Sonne und Mond – Licht und Schatten."

Zara grunzte und wandte sich wieder Wigalf zu, der schlaff in ihrem Griff hing, kaum noch fähig, die Augen offen zu halten. „Wann?", fragte sie. „Wann bricht die letzte Stunde an?"

Doch statt auf die Frage einzugehen, murmelte Wigalf träge: „Die letzte Stunde … für das freie Ancaria. Die letzte Stunde … der erbärmlichen Menschheit …" Er kicherte schwachsinnig, ein jämmerliches Glucksen ohne jede Heiterkeit. Dann wurde er ebenso schlagartig wieder ernst, als er schwerfällig den Kopf hob und zum Nachthimmel emporschaute, wo die Wolken die Gestirne verbargen, als hätte sich das Firmament bereits verdunkelt, wie er es prophezeit hatte.

„Nicht mehr lange", murmelte er, „und alles, was einst war, kommt wieder … wenn die Dunklen Götter durch die Lande Ancarias ziehen, um sich zu nehmen, was ihnen seit Anbeginn der Zeit zusteht – und was *ihr* ihnen genommen habt." Dabei heftete sich sein Blick auf Jael, und für einen Moment schien es, als würde die alte Bösartigkeit wieder aufblitzen. „Seraphim." Er spie das Wort regelrecht aus. „Aus dem Himmel verbannt, von den Mächtigen verachtet … Armselige Kreaturen."

Jael schwieg, doch ihre Miene sprach Bände.

Falk beugte sich ungläubig vor. „Die Dunklen Götter?", sagte er. „Was soll das heißen, die Dunklen Götter werden auf Erden wandeln?" Er sah Jael an. „Und was, zum Geier, hast *du* damit zu tun?"

„Es waren die Götter des Lichts, die einst die Seraphim schufen, um gegen die Handlanger des Bösen zu Felde zu ziehen, die versuchten, die Welt zu unterjochen", erklärte

Jael tonlos. „Die Dunklen Götter – das sind die Dämonen des Chaos, die zu Anbeginn der Zeit mit den Alten Göttern um die Vorherrschaft über die Welt stritten; so kam es zu den Götterkriegen, die tobten, lange bevor der erste Mensch über Ancarias Boden wandelte. Diese Kriege währten viele Äonen, und irgendwann wurden es die Götter müde, die Heerscharen der Dunklen Mächte ein ums andere Mal zurückzuschlagen. So schufen sie die Seraphim, die Hüterinnen des Lichts, auf dass wir diese ehrenvolle Aufgabe fortan für sie erledigten. Mit Schwert gegen Feuer, mit Licht gegen Dunkelheit …"

„Und ihr habt gewonnen", mutmaßte Falk.

Jael nickte. „Nach Äonen des Kampfes gelang es den Seraphim schließlich, die Macht des Bösen zu brechen und die Dämonen des Chaos zu bezwingen. Nur waren die Dämonen so mächtig und stark, dass sogar die Götter selbst nicht im Stande waren, sie endgültig zu bezwingen; alles, was sie tun konnten, war, sie auf ewig an den Ort zu verbannen, aus dem sie stammten: die Hölle."

„Es gibt die Hölle?", fragte Falk fassungslos.

Die Frage entlockte Jael ein kleines Lächeln. „Genauso wie es den Teufel gibt – und Engel wie mich. Alles im Leben hat zwei Seiten. Es gibt für alles eine Entsprechung. Wichtig ist nur, dass das Gleichgewicht erhalten bleibt." Sie richtete das Wort an Wigalf, und das Lächeln in ihrem Gesicht erlosch. „Sag uns alles!", forderte sie. „Sag uns, was du weißt!"

Wigalf erwiderte ihren Blick mit leeren Augen. Erst nachdem Jael ihre Forderung noch einmal wiederholt hatte, murmelte er träge: „Mit Feuer und Schwert … treten sie in die

Welt der Sterblichen … Dämonen… Tausende, Millionen davon!" Wieder dieses glucksende, schreckliche Lachen.

„Die Höllenbrut … wird über Ancaria hinwegfegen und alles vernichten, was einst blühte und voller Leben war …"

„Dann ist es das, was der Sakkara-Kult vorhat?", sagte Zara. „Sie wollen die Dämonen des Chaos aus ihrem Höllengefängnis befreien und ihnen dabei helfen, die Welt zu unterjochen, so wie sie es eigentlich schon damals, in den Tagen der Götterkriege, vorhatten?"

Wigalf nickte grinsend. „Wir werden sein wie Götter", lallte er. „Ja, wie Götter werden wir sein …"

„Aber wie?", drängte Jael. „Die Dämonen sind in der Hölle gefangen. Wie will der Kult sie in die Welt zurückholen?"

„Wir öffnen … das Tor", brummte Wigalf.

„Das Tor?"

„Zur Hölle", sagte der Zauberer. „Wir öffnen das Tor zur Hölle, so wie es damals verschlossen wurde, und lassen alles frei, was drinnen ist."

„Wie? Wie öffnet ihr das Höllentor?"

„Ein Ritual", murmelte Wigalf. Seine Augenlider flatterten, und er schien mit jedem Atemzug schwächer zu werden; gleichzeitig begann die Haut um die beiden Einstichstellen an seinem Hals allmählich die Farbe reifer Pflaumen anzunehmen, von einem Netzwerk schwarzer Adern durchzogen. „Ein Ritual … So viele Jahre haben wir uns darauf vorbereitet, doch … wir waren allein nicht stark genug. Erst jetzt, im Zeichen der Jungfrau, gesegnet mit der gesammelten Kraft ihrer Reinheit, ist es uns endlich vergönnt, ein neues Zeitalter einzuläuten."

„*Dafür* brauchten sie also die Herzen", murmelte Falk.

Wigalf sprach weiter, und mit jedem Wort schien seine Kraft mehr und mehr zu schwinden. „Das Ende …", keuchte er angestrengt, „ist längst angebrochen, und es gibt nichts, was irgendjemand tun könnte, um es abzuwenden … alle Räder drehen sich bereits, und sobald sie ineinander greifen, ist dies das Ende für die Welt, wie ihr sie kennt …" Er verstummte, das Gesicht von schwarzen Adern durchzogen, die sich von seinem Hals aus über den ganzen Leib des Zauberers ausbreiteten. Sein ganzes Antlitz schien im Aufruhr zu sein, und dann verfärbten sich seine Augen, wurden nachtschwarz, als die feinen Äderchen darin beinahe gleichzeitig platzten und Blut in die Bindehaut rann. Der Zauberer würgte, und schwarzer Schaum quoll aus seinem Mund.

Falk verzog angewidert das Gesicht. „Du liebe Güte … Was ist mit ihm?"

„Zara hat die Wahrheit gesagt", murmelte Jael düster, die ihren Blick nicht von dem schrecklichen Schauspiel lösen konnte. Bis zu diesem Moment war sie davon ausgegangen, dass die Vampirin nur geblufft hatte, um den Zauberer zum Sprechen zu bringen. Doch jetzt musste sie erschrocken feststellen, dass dem nicht so war. „Der dunkle Keim ergreift Besitz von ihm …"

Sie packte Wigalf an der Schulter und zog sein sich veränderndes Gesicht mit einem Ruck so dicht zu sich heran, dass sich ihre Nasen beinahe berührten; sein schlechter Atem schlug ihr stoßweise ins Gesicht, erfüllt vom Gestank geronnenen alten Blutes. „Wo ist es?", herrschte sie ihn an. „Wo findet die Zeremonie statt, mit der das Höllentor geöffnet werden soll?"

Doch der Zauberer starrte sie mit seinen schwarzen Augen nur teilnahmslos an und begann im Griff der Kriegerin am ganzen Körper zu zittern, als hätte er Schüttelfrost. Plötzlich wölbten sich seine Augenwülste nach vorn, seine Wangenknochen wuchsen in die Höhe, scharfe Umrisse unter der Haut des Zauberers, die sich zusehends faulig schwarz verfärbte und hier und da aufplatzte. Überall auf seinem Körper bildeten sich Pusteln und Wucherungen.

Doch Jael ließ nicht von ihm ab. „Wo ist der Ort?", fuhr sie ihn immer wieder an, und mit jedem Mal wurde ihre Stimme ein bisschen lauter und verzweifelter, bis ihre Rufe weithin hörbar über den Friedhof schallten. „Wo ist er? Wo ist der Ort? Sag es, verdammt noch mal! Sag es uns!"

Als Wigalf die Lippen bewegte, wie um zu sprechen, schöpfte die Seraphim einen Moment lang Hoffnung, dass sie von ihm die Information erhalten würden, die sie so dringend brauchten. Doch nur ein gutturales Keuchen erklang, und als der Zauberer den Mund öffnete, sah Jael, wie ihm krumme, dolchartige Zähne aus den Kiefern wuchsen, oben und unten. Hinter dem Mund voller langer, gelber Zähne zuckte die Zunge umher, schwarz und geschwollen.

Dann lief plötzlich ein Ruck durch Wigalfs Leib, der Schüttelfrost ließ nach, und als der Zauberer jetzt, erfüllt von neuer Kraft, den Kopf hob, hatte er alles Menschliche verloren. Das Antlitz eine Dämonenfratze, starrte er mit den Teergruben seiner Augen wild um sich, fletschte die Zähne und stieß ein tierisches Fauchen aus wie ein wildes Tier.

Unwillkürlich wichen Jael und Zara vor dem Ungeheuer zurück, das seinen Oberkörper sinnlos hin- und herwiegte und mit Händen, die zu deformierten Klauen mit scharfen, langen Nägeln geworden waren, in die Luft grapschte, als würde es nach ihnen greifen. Es schien, als wären Wigalfs Arme länger als zuvor, und sein Gang hatte etwas seltsam Affenartiges, als er sich knurrend und fauchend in Bewegung setzte und mit weit aufgerissenem Maul nach vorn stürmte, von dem unstillbaren Durst nach menschlichem Blut getrieben, der bloß noch von seinem Hass auf alles Lebende übertroffen wurde.

Doch bevor ihnen der verwandelte Zauberer gefährlich werden konnte, reagierte Zara bereits. Schneller, als man mit dem Auge sehen konnte, wirbelte sie herum, brach mit einer Hand knirschend einen armdicken Ast von einem verdorrten Baum zwischen den Gräberreihen ab, so leicht, als würde sie ein Streichholz knicken – und rammte Wigalf das schartige, scharfkantige Ende in die Brust!

Das Holz drang mit leisem Knirschen in Wigalfs Körper, durchbohrte das noch schlagende Herz und besiegelte das Schicksal des Zauberers, der unter der Wucht des Hiebes nach hinten taumelte, den Holzpflock zwischen seinen Fingern, und instinktiv versuchte, ihn herauszuziehen. Doch es war schon zu spät. Sein gepfähltes Herz schlug noch ein paar Mal unregelmäßig, dann krampfte es sich in Wigalfs Brust zusammen, und mit einem letzten zornigen Fauchen stürzte Wigalf zwischen den Grabsteinen zu Boden, zuckte noch einmal und lag dann still, die Hände immer noch um den Holzpflock in seiner Brust gekrampft, die schwarzen Augen zum sternenlosen Nachthimmel erhoben.

Zara griff nach ihrem Jagdmesser, das neben Falk im Boden steckte, ging zur Leiche des Ungeheuers hinüber und schnitt Wigalf den Kopf vom Hals. Als sie sich umdrehte und sah, dass Falk und Jael sie entgeistert anstarrten, zuckte sie nur mit den Schultern und sagte knapp: „Sicher ist sicher."

Falk wies auf die Leiche zu ihren Füßen und sagte: „Ich dachte immer, Vampire zerfallen zu Staub, wenn man sie pfählt!"

„Das war kein Vampir", sagte Zara. „Nur ein Ghoul."

Er sah sie verständnislos an.

„Ein Leichenfresser", erklärte Zara.

„Ah", machte Falk, auch wenn er um keinen Deut klüger war als zuvor.

Jael setzte sich müde auf einen der Grabsteine, betrachtete die sterblichen Überreste von Wigalf dem Zauberer und seufzte. Man sah ihr an, dass sie nicht sonderlich froh darüber war, dass Wigalf zur Hölle gefahren war, bevor er ihnen verraten konnte, wo sich der Ort befand, an dem die Sekte das letzte Ritual zum Öffnen des Höllentors durchführen würde. Doch sie machte Zara keine Vorwürfe; sie wusste, dass Zaras Vorgehen vielleicht die einzige Möglichkeit gewesen war, überhaupt irgendetwas aus dem Zauberer herauszubekommen, und zumindest wussten sie jetzt, was genau die „letzte Stunde" war: die letzte Stunde des freien Ancaria, bevor das Chaos erneut über die Welt hereinbrach und aller Freundschaft Bande brach. Es war alles von langer Hand geplant und vorbereitet; der Sakkara-Kult wartete nur noch auf die nächste Mondfinsternis, dann würde sich das Tor zur Hölle auftun, wenn es ihnen nicht gelang, den Verrätern Einhalt zu gebieten.

Doch wie, um alles in der Welt, sollten sie das anstellen, da sie doch nicht die geringste Ahnung hatte, wo die Zeremonie stattfand? Es konnte überall sein; womöglich hier in der Enklave, vielleicht aber auch ganz woanders, weit weg von Sternental – wer konnte das schon sagen?

Jael fragte sich nervös, wann die nächste Mondfinsternis sein würde. Auch *das* mussten sie dringend in Erfahrung bringen, doch das würde vermutlich um einiges leichter zu bewerkstelligen sein als herauszufinden, *wo* das Ende der Welt eingeläutet werden würde – denn das war es, da hatte Jael nicht den geringsten Zweifel.

„Wir müssen den Sakkara-Kult aufhalten", sagte sie düster. „Wenn das Tor zur Hölle wirklich geöffnet wird und die Dämonen des Chaos befreit werden, bedeutet das den Untergang. Die Alten Götter werden Ancaria diesmal nicht beschützen, denn sie haben längst das Interesse an euch verloren und sich neuen Welten und neuen Kriegen zugewandt."

Als die Seraphim Falks irritierten Blick sah, schlich sich ein trauriges Lächeln auf ihre Züge. „Ja, so sind die Götter", erklärte sie. „Erst erschaffen sie einen, dann lassen sie einen im Stich, um sich mit etwas Neuem die Zeit zu vertreiben. Sie sind wie Kinder, denen ihr Spielzeug schnell langweilig wird, und dann suchen sie sich eine neue Beschäftigung, um die Ewigkeit zu überbrücken. Das ist der Lauf der Dinge; so und nicht anders war es immer, und so wird es immer sein, bis ans Ende aller Dinge."

„Amen", murmelte Zara sarkastisch und spielte damit auf jene neue Religion an, die seit einiger Zeit überall in Ancaria Fuß fasste; wahrscheinlich weil die Menschen erkannten, dass *dieser* Gott anders war als jene Alten Götter, denen Jael diente.

Wider Erwarten nickte Jael zustimmend. „Wir müssen herausfinden, wo der Kult das Ritual zum Öffnen des Höllentors durchführt", sagte sie. „Nur, wenn wir verhindern, dass sie das Ritual zu Ende bringen, können wir die Katastrophe abwenden."

„Aber wie können wir sicher sein, dass Wigalf die Wahrheit sagte?", fragte Falk. „Er war schließlich nicht mehr ganz bei Sinnen; vielleicht war er verwirrt, oder er wollte uns mit Absicht in die Irre führen. Vielleicht hat der Kult etwas vollkommen anderes vor. Vielleicht wollen sie, statt das Tor zur Hölle zu öffnen und die Welt mit Dämonen zu fluten, ein Heer riesiger weißer Killerkaninchen aufstellen, groß wie Bären, die durch die Lande ziehen und jedem den Kopf abbeißen, auf den sie stoßen." Er schob die Unterlippe vor. „Kann doch sein, oder nicht?"

„Vielleicht klingt es seltsam", erklärte Jael, „aber ich glaube, dass Wigalf die Wahrheit gesagt hat, oben in der Turmkammer und gerade eben auch. Das, was er über den Sakkara-Kult und seine Ausbreitung in der Enklave erzählt hat, stimmt, ebenso wie seine Worte darüber, was der Kult vorhabt, und ich würde mich nicht wundern, wenn es in Sternental tatsächlich eine Gruppe ‚guter' Magier gebe, die versucht, die Verschwörer daran zu hindern, die Welt ins Chaos zu stürzen – bloß dass Wigalf keiner von ihnen war, sondern auf der anderen Seite stand." Sie brach mit einem missmutigen Seufzen ab, und ihr Blick schweifte über die Mauern des Friedhofs hinaus in die Ferne, zum Horizont, wo das Grau der Nacht allmählich wieder heller wurde.

Thor trottete heran und rieb seinen wuchtigen Schädel an ihrem Bein, als würde er spüren, dass Jael Kummer hatte.

Die Seraphim streichelte gedankenverloren sein drahtiges Fell und versuchte sich darüber klar zu werden, was sie tun sollten – was sie tun *konnten*.

Sonderlich viele Möglichkeiten blieben ihnen nicht; um der Wahrheit die Ehre zu geben, gab es unterm Strich eigentlich bloß eine einzige, selbst wenn sie Jael nicht gefiel.

„Wir müssen zurück nach Sternental", sagte sie. „Zur Großen Burg."

Zara runzelte die Stirn. „Um mit Godrik zu reden?"

Jael nickte. „Er ist der Einzige, der uns jetzt noch helfen kann."

„Schon möglich", brummte Zara. „Nur wird er das nicht tun."

„Er *muss*", beharrte die Seraphim. „Wenn wir ihm reinen Wein einschenken und ihm sagen, was vorgeht, dass die Welt am Rande des Abgrunds steht, wird er handeln *müssen*. Niemand, der von dieser Gefahr weiß und klaren Verstandes ist, kann untätig bleiben."

„Und wenn er zu *ihnen* gehört?", warf Falk ein. „Was, wenn er ein Mitglied des Kults ist und nur darauf wartet, seinen Platz in der neuen Weltordnung einzunehmen, als Handlanger der Chaos-Dämonen?"

„Dann", sagte Jael düster, „ist die Welt schon verloren …"

VII.

Als sie sich erneut auf den Weg nach Burg Sternental machten, dämmerte bereits der Morgen herauf, und mit dem ersten blassen Licht des neuen Tages hielt der Frühling Einzug in der Enklave. Schnee und Kälte schwanden wie eine schlechte Erinnerung. Eine warme, sanfte Brise strich durch den Talkessel, zauberte den Frost von Bäumen und Sträuchern und ließ erste zarte Knospen und Blätter sprießen. Krokusse und Osterblumen brachen durch die fruchtbare schwarze Erde, während sich das Grün zusehends ausbreitete und bald hier, bald da vergessen ließ, dass Väterchen Frost je regiert hatte.

Die Allee der Kastanienbäume zum Portal der Großen Burg stand bereits in voller Blüte, als die Gefährten in gestrecktem Galopp durch die menschenleeren Gassen von Sternental preschten, doch keiner von ihnen hatte für dieses neuerliche Wunder mehr als einen flüchtigen Blick übrig. Winter oder Frühling, Sommer oder Herbst – *nichts* in der Enklave war so, wie es sein sollte. Es war alles nur Lug und Trug, nichts als schöner Schein, um von dem abzulenken, was hinter all diesem Zauber verborgen lag. Hier gab es nichts, das so war, wie es aussah, und niemanden, dem man Glauben schenken konnte. Und genau das bereitete Zara

Sorge. Wigalf war es mit Leichtigkeit gelungen, sie in die Falle zu locken. Wie also konnten sie überhaupt jemandem trauen?

Doch sie behielt ihre Zweifel für sich. Jael war fest entschlossen, den Enklavenvorsteher um Unterstützung zu ersuchen, und auch, wenn die Vampirin weit weniger zuversichtlich war, dass Godrik ihnen helfen würde, so hatte Jael doch zumindest mit einem Recht: Niemand, der von dieser Bedrohung wusste und halbwegs klaren Verstandes war, konnte zulassen, dass der Sakkara-Kult das Tor zur Hölle auftat und ein Dämonenheer in die Welt entließ.

Doch wie sich zeigte, hatte das Ganze weniger mit klarem Menschenverstand zu tun, sondern vielmehr damit, ob man ihnen überhaupt Glauben schenkte. Und damit fingen die Schwierigkeiten erst an.

Als sie mit wehenden Umhängen den Korridor zum Großen Saal am oberen Ende der Wendeltreppe entlanghetzten, sagte Jael mit einem Seitenblick auf die Vampirin: „Überlass mir das Reden; ich denke, mit Diplomatie kommen wir hier weiter als mit roher Gewalt."

Zara setzte ihre beste Unschuldsmiene auf, die so viel besagte wie: *Ich und Gewalt? Niemals!* „Wie du meinst", erwiderte sie mit mildem Spott in der Stimme. „Du bist die Seraphim."

Jael runzelte irritiert die Stirn, als wüsste sie nicht recht, ob Zara sie nur auf den Arm nehmen wollte oder es ernst meinte. Doch bevor sie nachhaken konnte, erreichten sie das Portal zum Großen Saal, und die Seraphim beschloss, dass es jetzt Wichtigeres zu klären gab.

Nachdem sie ohne anzuklopfen den linken Flügel des

Doppelportals aufgerissen hatte, stieß sie einen erleichterten Seufzer aus, denn trotz der vergleichsweise frühen Stunde war Godrik, der Enklavenvorsteher, bereits anwesend. Zusammen mit seinen beiden schweigsamen Beisitzern thronte er hinter seinem endlosen Schreibtisch. Doch anders als gestern Abend standen in einem Halbkreis vor dem Tisch zwölf hohe lederbezogene Lehnstühle, und auf jedem dieser Stühle saß ein Zauberer, und jeder von ihnen drehte überrascht den Kopf zum Portal, als die Gefährten in den Saal stürmten, alle Anstandsregeln vergessend.

Noch während sie auf den Tisch des Rats zueilte, schleuderte Zara den deformierten Schädel von Wigalf an den Haaren von sich, geradewegs in den Stuhlhalbkreis. Der abgeschlagene Kopf rollte noch einige Meter über den Boden und blieb reglos inmitten der Zauberer liegen, die schwarzen Augen aufgerissen, der Mund eine gähnende Grube voller Reißzähne. Doch obgleich Wigalf am Ende kaum noch menschlich gewesen war, konnte man nach wie vor erkennen, dass es sein Kopf war, der da lag.

Ein entsetztes Raunen ging durch die Reihe der Versammelten.

Godrik sprang entrüstet auf. „Was zum…"

Jael ließ ihn den Satz nicht zu Ende bringen. „Das", sagte sie und zeigte mit dem Finger auf den abgetrennten Schädel, „ist der Kopf eines Verräters. Eines Verräters an allem, wofür diese Magierbruderschaft steht; an allem, wofür die *Menschheit* steht. Während Ihr hier oben in Eurem Turm hockt und hehre Reden schwingt, wie sehr Euch das Wohl der Gemeinschaft am Herzen liegt, hat sich direkt unter Eurer Nase eine Senkgrube des Bösen gebildet, deren widerwärtiger Gestank sich mit jedem Tag mehr ausbreitet, und Ihr habt *nichts* dagegen unternommen!"

Godrik starrte sie grimmig an. Jetzt, da er seine erste Verblüffung halbwegs verwunden hatte, ließ er sich wieder auf seinen Stuhl zurückfallen. „Wir sind gerade in einer Unterredung", sagte er, bemüht, seine Stimme gleichzeitig ruhig und autoritär klingen zu lassen. „Ich bin gerne bereit, Euch anzuhören, warum Ihr Euch genötigt saht, ein Mitglied unserer Bruderschaft zu entleiben, doch so gespannt ich auf Eure Erklärung für diese ungeheuerliche Tat bin, ist dies doch nicht die rechte Zeit dafür. Ich schlage vor, wir ..."

„Diese Angelegenheit duldet keinen Aufschub!", unterbrach ihn Jael, blieb inmitten des Stuhlhalbkreises stehen und betrachtete reihum die Zauberer, die überrascht und neugierig gleichermaßen dasaßen und die Seraphim und ihre Begleiter voller Argwohn musterten. Wie die Männer, die sie gestern Abend in der Taverne gesehen hatten, waren die Zauberer auf gewisse Weise uniform, als sollte man auf einen Blick erkennen, wen man da vor sich hatte. Doch im Gegensatz zu den neugierigen Spielern strahlten die Zwölf auf den Stühlen genau wie Godrik und seine Beisitzer eine natürliche Autorität aus, wie man es häufig bei Würdenträgern findet, die es gewohnt sind, Macht auszuüben. Es waren ausnahmslos Männer in weiten, teilweise kunstvoll mit Symbolen bestickten Roben, und jeder von ihnen hielt einen Stab in Händen, der ebenso ein Statussymbol der Magierkaste war wie die langen Bärte, die mal struppig, mal glatt, aber niemals übermäßig gepflegt den größten Teil der meist ältlichen Gesichter verbargen. Einige wirkten zudem, als hätte auch ihr Haupthaar seit Jahren keine Schere mehr gesehen, sodass nicht wenige einen Pferdeschwanz trugen. Das verlieh ihnen ein sonderbar jugendliches Aussehen, trotz der Falten und Krähenfüße, die sich wie durch Säure in ihre Gesichter gefressen hatten.

Doch den düsteren Blicken nach zu urteilen, mit denen die zwölf Zauberer Jael und ihre Gefährten bedachten, fanden sie den Anblick des Trios nicht minder seltsam, und das war durchaus nachvollziehbar angesichts der zerrissenen und schmutzstarren Kleidung der drei.

Doch Jael war vollkommen gleichgültig, welchen Eindruck die Zauberer von ihr hatten. Sie war hier, weil die Welt am Rande des Abgrunds stand, und so kam Jael gleich auf den Punkt; sie hatten keine Zeit für lange Vorreden. „Der Sakkara-Kult ist dabei, das Tor zur Hölle zu öffnen", erklärte sie geradeheraus. „Sie haben vor, die Chaos-Dämonen zurück in die Welt zu lassen, um Unheil und Vernichtung über Ancaria zu bringen – und jeder von Euch, der davon Kenntnis hat, ohne etwas dagegen unternommen zu haben, ist entweder ein verdammter Verräter oder ein elender Feigling!"

Unter den zwölf Zauberern brach aufgeregtes Gemurmel aus, doch es blieb unklar, ob die Aufregung auf Grund Jaels Enthüllung über den Kult oder darüber entstanden war, dass sie die Männer gerade pauschal als feige verurteilt hatte.

Als Godrik beinahe gleichmütig einen Arm hob, verstummten die Zauberer schlagartig, und der einäugige Enklavenvorsteher übernahm es, als Sprachrohr zu fungieren.

„Der Sakkara-Kult?", wiederholte Godrik mit diesem süffisanten, arroganten Lächeln in den Mundwinkeln, das Zara bereits bei ihrem letzten Besuch angewidert hatte. „Das Tor zur Hölle? Chaos-Dämonen?" Er schüttelte mitleidig den Kopf. „Verehrte Seraphim, bei allem gebotenen Respekt für Euch und den König, aber was Ihr da sagt, ist so absurd, dass mir schier die Worte fehlen. Was, bei allen Göttern, bringt Euch nur zu diesen Fantastereien?"

„Von Fantastereien kann hier keine Rede sein", erklärte Jael düster und berichtete den versammelten Zauberern mit knappen Worten von den Morden in Moorbruch, Biberringen, Finsterwinkel und Galadur; von den Blutbestien, die Jagd auf Jungfrauenherzen machten; von den Verschwörern, die diese Bestien dirigierten; davon, dass alle Hinweise darauf hindeuteten, dass der verbotene Sakkara-Kult beabsichtigte, dort weiterzumachen, wo Iliam Zak seinerzeit gescheitert war; dass nicht Iliam Zak, sondern seine ehemalige rechte Hand Ishmael Thurlak der Drahtzieher dieses ganzen Wahnsinns war; und dass einiges vermuten ließ, dass Zauberer der Enklave dem Kult angehörten, so wie Wigalf, der versucht hatte, sie zu töten, damit sie dem Kult nicht in die Quere kamen.

Tiefes Schweigen folgte ihren Worten. Eine Weile sagte niemand etwas, so als müssten die Zauberer all diese neuen Informationen erst verdauen – oder sich zumindest damit abfinden, dass die Sache mit dem Sakkara-Kult, die sie so lange ignoriert und klein geredet hatten, eskaliert und ihnen über die Köpfe gewachsen war, wenn auch nur ein Bruchteil der Geschichte stimmte, die Jael ihnen gerade erzählt hatte.

Das Erste, was Godrik schließlich in das dräuende Schweigen sagte, war: „Dann habt Ihr mich also belogen, was den Grund Eures Hierseins betrifft." Das Zweite, im gleichen arroganten, verurteilenden Plauderton vorgetragen, war: „Glaubt Ihr allen Ernstes, dass wir auch nur ein einziges Wort von Eurer Märchengeschichte für bare Münze nehmen?"

Er strafte die Gefährten einen nach dem anderen mit vernichtenden Blicken. „Ich muss zugeben, dass ich von einer Hüterin des Lichts kaum erwartet hätte, dass sie einem offensichtlich geistig Verwirrten aufsitzt." Bei diesen Worten betrachtete er Wigalfs Kopf, der noch immer – grässlich deformiert – auf dem Boden lag. „Gleichgültig, was Wigalf – die Götter seien seiner Seele gnädig – so verunstaltet haben mag und was er Euch erzählte, das alles ist doch weiter nichts als Unsinn!" Jetzt wurde seine Stimme lauter, schneidender, aufgebrachter. „Ein riesiger Haufen Blödsinn und Unfug, der jeder Grundlage entbehrt! Dieser Sakkara-Kult ist tot, und es *gibt* in dieser Enklave *keine* Verschwörung mit dem Ziel, das Tor zur Hölle zu öffnen!"

„Wie könnt ihr Euch da so sicher sein?", forschte die Seraphim, ungerührt von Godriks Ausbruch. „Was ist mit diesem Ishmael Thurlak? Offenbar war er einst Iliam Zaks rechte Hand, bevor er beschloss, selbst an die Spitze des Kults aufzusteigen. Wo können wir ihn finden?"

„Dort, woher Ihr gerade kommt", sagte Godrik düster. „Auf dem Friedhof von Sternental." Als er Jaels verblüffte Miene sah, kräuselten sich seine Mundwinkel zu einem verstohlenen, bösen Lächeln. „Thurlak ist schon seit Jahrzehnten tot und begraben", erklärte er spöttisch, und wie um Jael zuvorzukommen, fügte er hinzu: „Und nein, er wurde *nicht* ermordet. Er starb ganz unspektakulär an einer gewöhnlichen Lungenentzündung. Doch auch, wenn er noch am Leben wäre, könnte er Euch nicht weiterhelfen, denn genau wie Iliam Zak – genau wie wir alle hier – hatte er den Verbotenen Künsten längst abgeschworen und versuchte, im Rahmen seiner Möglichkeiten wieder ein anerkanntes Mitglied der ancarianischen Gesellschaft zu werden. Seine Absichten waren tugendhaft."

Er starrte die Seraphim mit seinem einen Auge durchdringend an, und jede Andeutung eines Lächelns war plötzlich wie weggewischt. „Um es in aller Deutlichkeit zu sagen: Es *gab nie* eine Sakkara-Verschwörung in Sternental. Es *gibt keine* Zauberer in der Enklave, die sich diesem Irrglauben verschrieben haben! Und es wird auch *in Zukunft keinen* geben, der …" Er wollte noch mehr sagen, doch die Vampirin unterbrach ihn.

„Was ist dann mit den toten Zauberern?", rief Zara, die es leid war, Godriks Gerede zuzuhören. Er war so sehr darauf bedacht, sie vom Gegenteil dessen zu überzeugen, was sie mit absoluter Sicherheit wussten, dass Zara längst stutzig geworden war und in ihm einen Feind vermutete.

Godrik blinzelte irritiert mit seinem zweifarbigen Auge, einen Moment lang aus dem Konzept gebracht. Dann hatte er sich wieder gefasst, und er sah Zara scharf an. „Noch so eine Sache, die Wigalf Euch erzählt hat?", fragte er spöttisch.

„Dann stimmt es also nicht, dass es in den letzten Monaten und Jahren immer wieder brutale Morde in Sternental gegeben hat? Morde, die alle nach dem selben Muster verübt wurden?" Zara ließ sich von Godrik nicht aus der Ruhe bringen. Ihr war keineswegs entgangen, dass sich die zwölf Zauberer immer wieder viel sagende Blicke zuwarfen, die zunehmend besorgter geworden waren, je mehr Jael ihnen über die Pläne des Sakkara-Kults enthüllt hatte. „Dass einem Dutzend Zauberern die Halsschlagader aufgeschnitten worden ist, weil sie sich gegen den Kult gewehrt und sich geweigert haben, ihre Kräfte in die Dienste des Sakkara-Ordens zu stellen?"

Godrik machte eine wegwerfende Handbewegung. „Papperlapapp!", brauste er auf, lauter, als notwendig gewesen wäre. „Dummes Geschwätz, nichts weiter! Natürlich, auch hier in der Enklave sterben Menschen – das ist der Lauf des Lebens. Alles, was entsteht, ist wert, dass es zu Grunde geht, sagt man! Das gilt für Sternental wie für den Rest der Welt. Aber niemand wurde hier je *ermordet*!"

Er wollte noch mehr sagen, seine Triade fortsetzen, doch ehe Zara oder Jael ihm über den Mund fahren konnten, ergriff überraschend einer der zwölf Zauberer das Wort.

„Aber was, wenn sie Recht haben?", schnitt der Mann dem Enklavenvorsteher mit leiser, doch ernster Stimme das Wort ab, und sofort wandte sich alle Aufmerksamkeit im Saal ihm zu. Jener Zauberer war ein dicker Patron mit rosa Pausbacken, schlohweißem Zauselbart und einer von geplatzten Äderchen durchzogenen Knollennase, und er war alles andere als erfreut über die plötzliche Aufmerksamkeit, die ihm zuteil wurde. Trotzdem sprach er unbeirrt weiter; vielleicht ahnte er als Einziger, dass sie an einem Scheideweg angelangt waren. „Was, wenn wir unsere Augen die ganze Zeit vor etwas verschlossen haben, vor dem wir sie niemals hätten verschließen dürfen, keine Sekunde lang?"

„*Salman!*", bellte Godrik, um den Zauberer zum Schweigen zu bringen; es klang, als wollte ein Herrchen seinen Hund dazu bringen, mit dem Kläffen aufzuhören.

Doch Salman hatte schon zu lange geschwiegen. Sein Blick glitt in die Runde, und seine Miene war ernst und voller Sorge, als er aufstand und beinahe provozierend vor den Tisch trat, an dem Godrik saß und ihn mit versteinerter Miene anstarrte wie ein Insekt, das es zu zertreten galt. „Wir alle haben die Zeichen gesehen. Über Monate hinweg. Wir haben die Gerüchte gehört. Wir haben unsere Kameraden der kalten schwarzen Erde übergeben, einen nach dem anderen, und dabei haben wir uns eingeredet, dass wir alles unter Kontrolle haben – *Ihr* habt uns eingeredet, dass *Ihr* alles unter Kontrolle habt." Er zeigte mit dem Zeigefinger auf Godrik; wenn der einäugige Blick des Enklavenvorstehers hätte töten können, wäre Salman auf der Stelle zusammengebrochen.

Doch auch, wenn man dem dicklichen Zauberer ansah, dass es ihn große Überwindung kostete, sich Godrik so offen zu widersetzen, sprach er aus, was ihm schon seit langem auf der Seele zu lasten schien. „Wir haben uns mit dem Gedanken beruhigt, dass niemand so dumm wäre, sich mit dem Sakkara-Kult einzulassen; vielleicht wollten wir es aber auch einfach nur nicht wahrhaben, aus Furcht davor, was dies für uns und den Rest der Welt bedeuten würde. Doch jetzt können wir nicht länger die Augen vor dem verschließen, was offensichtlich ist: Der Sakkara-Kult plant Schreckliches, und ich persönlich glaube jedes Wort von dem, was hier gerade gesagt wurde. Es war nur eine Frage der Zeit, bis so etwas geschehen würde. Ein Wunder, dass es nicht schon viel früher dazu gekommen ist."

Er drehte sich langsam um, den Stock in Händen, und sah die übrigen Zauberer einen nach dem anderen an, doch die meisten wichen seinem Blick aus. „Wir müssen eine Entscheidung fällen", sagte er eindringlich. „Nicht nur für uns, sondern vor allem für all die Unschuldigen dort draußen …" Er machte mit dem Stock eine Geste, die nicht nur Sternental einschloss, sondern die ganze Welt. „Wir sind vielleicht die Einzigen, die die Macht haben, die Katastrophe zu verhindern."

„Und warum sollten wir das tun?", fragte Godrik lauernd, in einem Ton, der an Selbstgefälligkeit und Arroganz nicht zu überbieten war, und sofort richteten sich sämtliche Blicke auf ihn.

Godrik wartete, bis er sich der Aufmerksamkeit aller Anwesenden sicher sein konnte, ehe er leise fortfuhr: „Selbst wenn sie Recht haben und dieses Gerede mehr ist als ein Hirngespinst: Warum, bei allen Göttern, sollten ausgerechnet *wir* Ancaria retten? Warum sollten *wir* verhindern, dass der König vom Thron gestoßen und die Welt in eine neue Ordnung gezwungen wird? Wir sind nur hier, weil der König uns wegen dem ablehnt, was wir sind und vermögen. Nur weil wir Kräfte haben, die er nicht kontrollieren und erst recht nicht begreifen kann. Weil wir Dinge wissen, die er nicht weiß. Und weil die Mächtigen alles ablehnen, was sich ihrer Kontrolle entzieht. Weil sie dadurch ihre Macht bedroht sehen. Darum – nur darum! – hat man uns vor tausend Jahren hierher verbannt, in diese Einöde."

Godriks Worte wurden immer geringschätziger, bis er sie ausspie wie Brocken faulen Fleisches. „Was schulden wir dem König? Sein Geschlecht hat uns dieses Leben am Rand der Welt aufgezwungen, weitab von allem, was uns einst lieb und teuer war. Seine Vorfahren haben uns wie Tiere gejagt und eingepfercht, wo immer die Inquisition unsrer habhaft werden konnte. Nur wegen des *Königs* hausen wir hier, am Ende der Welt! Und ausgerechnet *wir* sollen helfen, die herrschende Ordnung aufrechtzuerhalten, in der wir nichts weiter sind als abnormes Menschenvieh?"

Er starrte mit wildem Blick in die Runde. Seine Wangen waren vor Erregung gerötet, und sein Atem ging keuchend, als er voller Zorn und Verbitterung hervorstieß: *„Wir* schulden dem König nicht das Geringste!"

„Es geht hier nicht um den König", hielt die Seraphim dagegen, „sondern um die *Menschen* dieses Reichs."

Godrik starrte Jael hasserfüllt an, und als er sprach, war seine Stimme kalt wie Gletschereis: „Was haben diese *Menschen* je für uns getan, dass sie unserer Hilfe wert wären?"

„Was habt *Ihr* jemals für diese Menschen getan, um Euch ihren Respekt zu verdienen?", fragte Jael zurück. Godriks einäugiger Blick durchbohrte die Seraphim wie ein Dolch des Zorns, doch sie ließ sich nicht einschüchtern. Stattdessen bot sie dem Enklavenvorsteher die Stirn: „Ihr seid voller Verbitterung über die vermeintliche Ungerechtigkeit, die Euch und Euresgleichen hierher gebracht habt. Was ist mit Eurem Geschwafel, dass Ihr der Welt mit Euren magischen Studien und Eurem ganzen Hokuspokus nur helfen wollt? Ihr interessiert Euch in Wirklichkeit nicht im Mindesten für die Welt, nur für Euch selbst!"

Einige der zwölf Zauberer protestieren, doch Jael hob die Hand und brachte sie mit einer barschen Geste zum Schweigen. „Eins ist mir klar geworden", sagte sie, nun ruhiger, und musterte die Zauberer reihum mit ernstem Blick. „Ihr habt vielleicht Macht, doch dass große Macht auch große Verantwortung mit sich bringt, ist Euch offenbar fremd!"

Sie starrte in die Runde, doch keiner der Zauberer wagte es, sie offen anzusehen, auch Salman nicht. Wie die meisten der Zauberer hatte auch er den Blick gesenkt und starrte betreten auf seine Stiefelspitzen. Lediglich Godrik schnaubte voller Zorn, und schließlich stieß er hervor: „Wer seid Ihr, dass Ihr es wagt, so mit uns zu reden?"

Jael antwortete ihm nicht. Stattdessen wandte sie sich an Salman, der noch immer vor dem Tisch des Enklavenvorstehers stand, die Hände um seinen Stab gekrampft wie ein Ertrinkender um einen Rettungsanker. „Wann ist die nächste Mondfinsternis?", fragte sie. „Und am welchem Ort könnte der Sakkara-Kult dieses Ritual abhalten?"

Salman hob den Kopf. „Die nächste Mond…" Er brach irritiert ab und warf Godrik einen ängstlichen Blick zu, doch dann sammelte er sich und sagte angespannt: „Die nächste Mondfinsternis ist in der kommenden Nacht." Er trat nervös von einem Fuß auf den anderen. „Es ist eine besondere Nacht. Die Gestirne werden in einer Konstellation stehen wie schon seit tausend Jahren nicht mehr: im Zeichen der Jungfrau."

Jaels Miene verfinsterte sich. „Dann bricht in der kommenden Nacht die letzte Stunde an", murmelte sie, mehr zu sich als zu den anderen. „Die letzte Stunde der Welt, wie wir sie kennen …"

Salman starrte sie aus großen Augen an.

Jael nickte. „Wenn sich die Erde zwischen Licht und Schatten drängt", sagte sie leise und wiederholte damit, was Wigalf auf dem Friedhof gesagt hatte. „Der Sakkara-Kult wird in der kommenden Nacht das Tor zur Hölle öffnen, aber an einem Ort, den wir nicht kennen, und das, weil Ihr nicht den Mut hattet, etwas gegen diese Bedrohung zu unternehmen, als noch die Möglichkeit dazu bestand!" Sie deutete mit dem Zeigefinger auf Godrik, der mit hasserfüllter Miene auf seinem Stuhl saß und mit weißen Knöcheln seinen Stock umklammert hielt. „Wenn dieses Reich untergeht", knurrte sie, „könnt Ihr Euch das auf die Fahnen schreiben!"

„*Wenn* Ancaria untergeht", hielt Godrik finster dagegen, „dann, weil dieses Land es nicht besser verdient hat!"

Salman holte tief Luft und setzte zu einer Erwiderung an, doch Godrik warf ihm einen Blick zu, der ihn zum Schweigen brachte, dann wandte sich der Enklavenvorsteher wieder der Seraphim zu: „Ich denke, wir haben unseren Standpunkt deutlich gemacht", sagte er, als spräche er für alle im Saal, und keiner wagte es, Einspruch zu erheben oder ihm zu widersprechen, obwohl außer Salman noch zwei oder drei andere der zwölf Zauberer den Eindruck machten, dass sie keineswegs mit Godrik einer Meinung waren. „Ob Ihr nun einem Hirngespinst nachjagt oder nicht, von uns habt Ihr keine Hilfe zu erwarten. Natürlich kann ich Euch nicht zwingen, die Enklave umgehend zu verlassen, aber Euch sollte bewusst sein, dass Ihr von dieser Sekunde an nicht länger unsere Gäste seid. Ihr habt unsere Gastfreundschaft mit Füßen getreten. Ihr seid nicht länger in Sternental willkommen, und ich übernehme keinerlei Verantwortung für etwaige Fährnisse, die Ihr womöglich erleidet, wenn Ihr hier bleibt."

„Natürlich nicht", entgegnete die Seraphim kühl. „Wie Ihr

auch für sonst nichts die Verantwortung übernehmt!" Jael schaute angespannt in die Runde, doch die anderen Zauberer wagten nicht einmal, sie offen anzusehen, geschweige denn, ihr beizupflichten.

„So viel zur Diplomatie", sagte Zara leise. „Besser hätte ich es auch nicht sagen können."

Jael starrte die Vampirin an. Ihre Augen funkelten vor Zorn und Verzweiflung. Erneut suchte sie unter den zwölf Zauberern nach Zustimmung, nach einem Zeichen dafür, dass sie doch nicht allein waren, aber keiner der Zauberer wagte es, gegen Godrik aufzubegehren.

Als Jael das klar wurde, wirbelte sie mit einem wütenden und zugleich resignierten Schnauben herum und eilte mit ausgreifenden Schritten auf das Portal zu, einen Schwall gar nicht himmlischer Flüche und Verwünschungen auf den Lippen. Sie drehte sich nicht noch einmal um. Sie wusste, dass sie hier keine Unterstützung erhalten würde.

Sie wusste nicht, was sie tun sollte. Die „letzte Stunde", die Salieri angekündigt hatte, stand kurz bevor. Sobald die Nacht hereinbrach, würde es keinen Morgen mehr geben. Oder zumindest keinen, für den es sich zu Leben lohnte. Und das alles, weil sich ein ins Exil verbannter Zauberer, den Wut und Verbitterung offenbar um den Verstand gebracht hatten, weigerte, ihnen zu helfen …

Noch nie zuvor in ihrem langen, langen Leben hatte sich Jael so entsetzlich hilflos gefühlt.

VIII.

„So ein verfluchter Kerl!", wetterte Zara, kaum dass sich die Flügeltüren des Zeremoniensaals hinter ihnen geschlossen hatten. Die Seraphim wartete ein paar Meter weiter auf sie und setzte sich wieder in Bewegung, als Zara und Falk sie mit Thor erreichten. Sie ging auf die Wendeltreppe zu, stieg die Stufen hinab; die anderen trotteten hinter ihr her.

Wie Zara hatte auch Falk während der ganzen Unterredung mit Godrik und dem Rat der Bruderschaft versucht, seinen Ärger über die Ignoranz des Enklavenvorstehers im Zaum zu halten, um Jael das Wort zu überlassen. Doch jetzt, da sie wussten, dass sie von den Zauberern keine Hilfe zu erwarten hatten, machte der Zorn bei ihm – ebenso wie bei Jael – einem Gefühl der Hoffnungslosigkeit Platz.

Doch anders als die Seraphim, die allen Ernstes geglaubt zu haben schien, Godrik mit einem beherzten Appell dazu bringen zu können, ihnen in dieser schwierigen Stunde beizustehen, war Falk keineswegs davon überzeugt gewesen, dass die Zauberer ihnen helfen würden. Vielleicht lag es daran, dass er im schlechtesten Sinne *menschlicher* war als die Seraphim, die in allem, was sie tat, doch irgendwie ihren göttlichen Idealen und dem Glaube an das Gute verhaftet war.

Falk hatte angenommen, dass man ihnen nach Jaels letzten Worten folgen und sie noch einmal nachdrücklich dazu auffordern würde, Sternental zu verlassen. Doch niemand hielt sie auf, als sie die Wendeltreppe hinabstiegen, und es war auch keiner in der unteren Halle, der sie daran gehindert hätte, die Burg zu verlassen.

Tatsächlich war es, als wäre die Enklave mit einem Schlag ausgestorben, was nicht so sehr damit zu tun hatte, dass niemand auf den Straßen unterwegs war – das war auch vorher so gewesen –, sondern vielmehr mit der *Atmosphäre*, die die Gefährten beim Verlassen der Großen Burg erwartete. Es war, als wäre die Luft irgendwie *aufgeladen*, wie bei einem Gewitter – knisternd vor negativer Energie, die sich in einem gewaltigen Unwetter entladen würde, und mit jeder Minute, die der Abend näher kam, stieg die unterschwellige Spannung an. Zara glaubte fast, den bitteren Gestank von Schwefel in der Luft zu riechen, als hätte sich das Höllentor bereits einen Spaltbreit geöffnet und seinen stinkenden Odem in die Welt entlassen, als kleinen Vorgeschmack auf das, was da noch kommen würde …

Statt auf ihre Pferde zu steigen und zu reiten, führten sie die Tiere an den Zügeln die frühlingshafte Allee hinab. Einige Knospen waren bereits aufgebrochen und schickten sich an, zu erblühen; das Gras zwischen den mächtigen uralten Kastanien war grün und voll, und die Luft trug bereits den ersten Hauch des Sommers in sich. Doch was sie bei ihrer Ankunft in Sternental mit kindlicher Faszination erfüllt hatte, ließ Jael jetzt völlig kalt. In Gedanken versunken, führte sie ihr Pferd durch das Spalier der Bäume und in das Wirrwarr der verwaisten Gassen; ihre Gefährten folgten ihr.

Sie gingen eine Weile schweigend einher, jeder mit seinen eigenen Gedanken beschäftigt, die sich doch alle um dasselbe Problem drehten. Es war, als müsste jeder von ihnen auf seine eigene Art mit der aussichtslosen Situation fertig werden.

Begleitet vom hohlen Klappern der Pferdehufe auf dem Kopfstein, gingen sie durch die Gasse mit den Kräuterläden, vorbei am *Räudigen Köter*, wo Brutus, der Wirt, hinter dem Tresen stand, und obgleich mit der Mittagsstunde auch der Sommer nahte, schien es, als würden die Schatten in der Gasse länger statt kürzer werden; statt wohliger Wärme verspürte Zara ein eisiges Frösteln, als sie sich dem Ortsausgang näherten, doch sie war sich nicht sicher, ob ihr das bloß so vorkam oder ob dem tatsächlich so war. Vermutlich bildete sie es sich nur ein.

Es war schließlich Falk, der das Schweigen brach. „Und jetzt?", wollte er wissen, als am Ende der Gasse weiter vorn bereits die beiden Obelisken über die windschiefen Dächer aufragten, die den Eingang zur Unterstadt markierten. Er warf seinen beiden Begleiterinnen einen ernsten Blick von der Seite zu. „Was sollen wir jetzt machen? Einfach die Pferde satteln, Sternental den Rücken kehren und die Welt sich selbst überlassen?" Es klang nicht so, als käme diese Option für ihn tatsächlich in Frage.

„Ja", murmelte auch Zara, „was jetzt?"

„Ich weiß es nicht", gestand die Seraphim finster, und dabei sah sie aus, als würde die Last der ganzen Welt auf ihren Schultern ruhen, bloß dass sie dieser Bürde nicht länger gewachsen war und zusammenzubrechen drohte. „Es ist alles so ... so *unwirklich*. Wie ein böser Traum." Sie seufzte, und es klang entsetzlich müde. „Ich fürchte, dies ist wirklich das Ende", sagte sie. „Ich weiß nicht, was wir noch tun können. Solange wir nicht wissen, wo der Sakkara-Kult das Ritual zum Öffnen des Höllentors abhält, haben wir keine Möglichkeit, ihnen Einhalt zu gebieten. Die Zauberer werden uns nicht helfen noch sonst irgendjemand in der Enklave, und einfach auf gut Glück durch die Gegend reiten, in der Hoffnung, den geheimen Platz zu finden, an dem das Ritual stattfindet …" Sie schüttelte traurig den Kopf. „Das ist sinnlos. Es könnte überall sein." Ihr trauriger Blick glitt über die Dächer zum dunklen Waldrand, der jetzt mehr denn je wie eine undurchdringliche Mauer wirkte, und sie sagte noch einmal, dieses Mal mehr zu sich: „Überall …"

„Aber wir *müssen* doch irgendetwas unternehmen!", ereiferte sich Falk. „Wir können doch nicht einfach auf das Ende der Welt warten und *nichts* tun! Wenn wir tatsächlich die Einzigen sind, die den Kult aufhalten können, dann ist es unsere verdammte Pflicht, irgendeinen Weg zu finden! Heißt es nicht, dass die Götter denen helfen, die sich selbst helfen?" Er sah Jael scharf an. „Was ist mit deinen Kontakten nach oben?", fragte er.

Jael blinzelte. Sie verstand nicht recht. „Wie meinst du das?"

Falk deutete zum Himmel empor. „Die Alten Götter", sagte er. „Können *die* uns nicht irgendwie helfen? Uns einen Wink geben, was wir tun sollen?"

Jael schüttelte den Kopf. „Von *dieser* Seite ist keine Hilfe zu erwarten. Wie ich schon sagte: Die Götter haben das Interesse an euch und eurer Welt längst verloren. Ihnen ist es nicht mehr wichtig, was mit dieser Welt oder denen, die darin sind, geschieht. Sie haben mit euch *abgeschlossen*." Das letzte Wort klang so endgültig, wie es gemeint war.

Doch Falk gab sich damit nicht zufrieden. Offenbar wollte es einfach nicht in seinen Kopf, dass es so enden sollte, und je trotziger er darauf beharrte, dass sie *irgendetwas* tun müssten, egal was, desto mehr gewahrte Jael, dass sie *nichts* tun konnten, absolut nichts.

Als Falk einfach nicht den Mund hielt, wirbelte sie schließlich mit zorniger Miene zu ihm herum, deutete drohend mit dem Zeigefinger auf ihn und blaffte böse: „Jetzt hör mir mal zu, du vorlauter Wicht: Wir können keinen Gegner bekämpfen, von dem wir nicht wissen, wo wir ihn finden! Wir haben unseren Teil getan, um das Schlimmste zu verhindern, aber es hat nicht genügt. Wir haben *versagt*, und je eher du das begreifst, desto besser!"

Falk zuckte erschrocken vor ihr zurück, überrascht über die unerwartet heftige Reaktion der Seraphim. Doch Zara hatte vollstes Verständnis für Jael. Die Seraphim war nicht wütend auf Falk – sie war einfach bloß verzweifelt, weil er *Recht* hatte; mit jedem Wort hatte er Recht, und genau *das* war es, das die Seraphim fast wahnsinnig machte.

Sie *mussten* etwas unternehmen, und sie waren *bereit* dazu, gleichgültig, welche Konsequenzen das für sie selbst haben würde – doch es gab einfach nichts, was sie tun konnten.

Diese Erkenntnis war einfach niederschmetternd.

Und es gab keinen Grund, darüber *nicht* frustriert zu sein.

Sie gingen schweigend weiter. Jenseits der Obelisken erstreckte sich die blühende Wiese bis zum Fuße des Gebirges, das grau und stoisch in den Himmel ragte, die Gipfel so wolkenverhangen wie eh und je, und mit einem Mal kamen ihnen die Mühen und Anstrengungen, die es sie gekostet hatte, hierher zu gelangen, so unglaublich vergebens vor. Was hatte das alles für einen Sinn gehabt, wenn sie am Ende doch nichts tun konnten? Wäre es angesichts dessen nicht vielleicht besser gewesen, gar nichts von alldem zu wissen, so ahnungslos zu sein wie der Rest der Bevölkerung? Wissen ist nicht immer ein Segen, das wusste Zara schon lange, doch so deutlich wie in diesem Moment hatte ihr diese Weisheit noch nie vor Augen gestanden.

Sie schickten sich gerade an, die Obelisken und damit die Stadtgrenze von Sternental zu überschreiten, als Zara in den dräuenden schwarzen Schatten der Gasse zwischen den beiden letzten, dicht zusammenstehenden Häusern eine verstohlene Bewegung bemerkte, wie von jemandem, der nicht gesehen werden wollte, und unwillkürlich kamen ihr Godriks Worte in den Sinn: *„Ihr seid nicht länger in Sternental willkommen, und ich übernehme keinerlei Verantwortung für etwaige Fährnisse, die Ihr womöglich erleidet, wenn Ihr hier bleibt …"*

„Achtung!", sagte Zara so beiläufig wie möglich.

Doch es hätte ihrer Warnung nicht bedurft, denn auch den anderen war die Bewegung in der Gasse nicht entgangen. Falk griff instinktiv nach seinem Messer, während sich Thors Nackenhaare zu einer drahtigen grauschwarzen Bürste aufstellten und sich seiner Kehle ein drohendes Knurren entrang. Doch Zara bedeutete Falk mit einem unmerklichen Kopfschütteln, seine Klinge stecken zu lassen, und einen Moment später sah dieser auch, warum.

Der Mann, der unsicher zwei Schritte aus den Schatten

zwischen den beiden Häusern trat, um sich ihnen zu offenbaren, war Salman, der Zauberer. Er sah sich nervös nach allen Seiten um, die Wangen voller hektischer roter Flecken. Er wirkte, als würde er jeden Moment damit rechnen, vom Blitz getroffen zu werden. Er gab ihnen ein Zeichen, dass sie ihm folgen sollten. Sein Blick schweifte einen Moment lang über die Hausdächer zur Burg. Dann zog er sich schnell wieder ins düstere Zwielicht der Gasse zurück, wie um dem allsehenden Blick der Burg zu entgehen.

Die Gefährten folgten ihm in die Gasse, wo Salman niedergeschlagen und mit hängenden Schultern auf einem alten Essigfass saß. Als sich die drei näherten, hob er den Kopf, und obwohl er ängstlich und übervorsichtig wirkte, machte er doch den Eindruck, als habe er für sich selbst eine Entscheidung getroffen.

„Wenn Godrik wüsste, dass ich mit Euch rede, würde man mich in der Enklave fortan wie einen Aussätzigen behandeln", sagte er zur Begrüßung und schaute sich noch einmal ängstlich um, als fürchtete er, der Enklavenvorsteher könnte jeden Moment aus den Schatten in die Gasse springen.

„Ich glaube nicht, dass Ihr Euch *darüber* Sorgen zu machen braucht, angesichts des Umstands, dass das Ende der Welt unmittelbar bevorsteht", sagte Zara spöttisch. Während sie mit einer Hand Kjell am Zügel hielt, lag ihre andere Hand auf Thors wuchtigem Haupt, um den Wolf zu beruhigen, der noch immer leise knurrte; er traute Salman nicht.

Salman schaute sie an, dann wandte er sich Jael zu, und ein Ausdruck ehrlichen Bedauerns trat in seine Züge, als er sagte: „Ihr hattet Recht mit dem, was Ihr oben im Zeremoniensaal gesagt habt – mit allem, auch dem, was Godrik betrifft. Anfangs haben wir einfach nicht wahrhaben wollen, dass der Kult ausgerechnet in unserer Mitte wieder Fuß fasst, nach all den Jahrhunderten, die wir damit zugebracht hatten, statt der Verbotenen Künste der Wissenschaft zu huldigen und uns von dem Ruf reinzuwaschen, uns mit Hilfe unserer Fähigkeiten Privilegien und Macht zu erschleichen, die uns von Rechts wegen nicht zustehen. Keiner von uns wollte die Wahrheit erkennen. Doch spätestens, als wir die ersten Toten aus unserer Mitte zu Grabe tragen mussten, regte sich Misstrauen. Einige von uns – wenn auch nicht viele – waren nicht länger bereit, die Augen vor dem zu verschließen, was sich nicht länger leugnen ließ. Wir wollten der Angelegenheit nachgehen und das Übel ausmerzen. Aber Godrik sprach sich dagegen aus. Er sagte, es wäre dumm, die Pferde scheu zu machen, solange wir nicht die Gewissheit hätten, dass die Gerüchte tatsächlich wahr wären. Er wollte nicht, dass etwas von alldem nach außen drang, wollte unserem Ruf nicht noch mehr schaden, solange es keinen triftigen Grund dafür gab. So behauptete er – doch in Wahrheit, so glaube ich, hat er einfach nur Angst."

Zara runzelte die Stirn. „Angst wovor?"

Salman wiegte den Kopf. „Davor, versagt zu haben, natürlich. Godrik ist nun mal der Enklavenvorsteher – einer in einer langen Reihe von Vorstehern, von denen jedoch keiner je mit solchen Schwierigkeiten zu kämpfen hatte wie Godrik jetzt, und wenn doch, dann wurde immer alles so erledigt, dass es niemand mitbekam. Godrik trägt die Verantwortung für alles, was hier in Sternental geschieht. Sich einzugestehen, dass das Böse allein durch seine Weigerung, es anzuerkennen, wieder erstarkt ist, ist seine größte Schmach."

„Ist das nicht gerade die größte Stärke des Bösen?", murmelte Zara. „Uns glauben zu machen, dass es das Böse gar nicht gibt?"

Statt darauf einzugehen, sagte Jael: „Das erklärt noch nicht, warum ihr – die anderen Zauberer – Godrik so hündisch ergeben seid. Warum hat niemand gegen ihn aufbegehrt, wenn ihr genau *wusstet*, dass seine Entscheidungen falsch sind?"

„Weil Godrik der Enklavenvorsteher ist", erklärte Salman ungeduldig, als müsste das jedem klar sein. „Er ist die oberste Autorität in Sternental. Sein Wort ist Gesetz. Es gibt keine Wahrheit außer der seinen." Er hob mit einem entschuldigenden Lächeln die Schultern. „Wahrscheinlich kann das keiner nachvollziehen, der unser Schicksal nicht teilt, aber wenn man Hunderte und Aberhunderte Jahre im Exil verbracht hat, inmitten derselben hundert Häuser, tagaus, tagein umgeben von denselben Gesichtern, denselben Personen, die man bereits seit Ewigkeiten erträgt, dann ändert sich das Denken, die gesamte Einstellung eines Menschen, und man wird lethargisch." Er seufzte traurig, doch Jael beabsichtigte nicht, ihn weiterhin in Selbstmitleid schwelgen zu lassen – das hatte der Zauberer schon viel zu lange getan.

„Wenn Ihr Informationen für uns habt, die uns dabei helfen könnten, eine Katastrophe zu verhindern, dann sprecht", forderte sie. „Uns läuft die Zeit davon, und wenn Ihr uns nicht helfen könnt, gibt es keinen Grund, die wenige, die wir haben, mit Euch zu verschwenden."

Salman nickte, als hätte er für ihr Drängen vollstes Verständnis, und tatsächlich war die Furcht in seinem Blick einer unsicheren Entschlossenheit gewichen. „Ich will tun, was ich kann", sagte er beherzt. „Was wollt Ihr wissen?"

„Wigalf sprach davon, dass es innerhalb der Enklave zwei Gruppierungen von Zauberern gibt", erklärte die Seraphim. „Die, die sich dem Kult bereits angeschlossen haben, und jene, die dagegen aufbegehren. Wenn das stimmt, würde das bedeuten, dass wir nicht auf uns allein gestellt sind; dass es noch andere wie Euch gibt, die bereit sind, uns zu helfen. Und diese Unterstützung brauchen wir."

Der Zauberer setzte zu einer Erwiderung an, und seine bedrückte Miene ließ darauf schließen, dass er in diesem Punkt nichts Erfreuliches zu verkünden hatte, doch Jael ließ ihn nicht zu Wort kommen. Sie brachte ihn mit einer strengen Geste zum Schweigen und sagte:

„Am wichtigsten jedoch ist für uns im Augenblick die Frage, wo wir die Verschwörer finden." Sie sah Salman durchdringend an. „Wo könnten sie ihr Ritual zum Öffnen des Höllentors abhalten? Es ist vermutlich ein abgelegener Ort, sodass sie ungestört sind. Es ist denkbar, dass diesem Ort eine besondere Magie innewohnt, um die Kräfte der Sakkara-Priester zu bündeln oder zu verstärken. Womöglich hat er für den Sakkara-Kult auch eine besondere Bedeutung; ein historischer Zeremonienplatz, eine Opferstätte oder dergleichen. Ihr, Salman, seid schon so viele Jahrzehnte hier, dass Ihr bestimmt den einen oder anderen Ort kennt, der in Frage käme." Eigentlich klang das eher wie eine Hoffnung als eine Feststellung; Jael *wollte*, dass es so war. Sie klammerte sich daran wie ein Ertrinkender an einen Strohhalm.

Doch obwohl in diesem Augenblick alle Hoffnung auf Salman ruhte, rechnete insgeheim wohl keiner von ihnen ernsthaft damit, dass er ihnen tatsächlich weiterhelfen konnte. So viel Glück schien nach all dem Pech, das sie bislang gehabt hatten, einfach zu unwahrscheinlich.

Umso mehr überraschte es sie, als Salman, ohne lange zu überlegen, sagte: „Eine abgelegene mächtige Stätte, die für den Sakkara-Kult von Bedeutung ist … Eigentlich kommt da bloß ein einziger Ort im gesamten Königreich in Frage."

Alle schauten ihn neugierig an.

„Jetzt redet schon!", drängte Zara den Zauberer, als Salman nicht sofort mit der Sprache herausrückte, so als wolle er es spannend machen.

Salman wiegte den Kopf. „Drakenschanze", sagte er.

Falks Stirn legte sich in Falten. „Drakenschanze?", wiederholte er, als hätte er Salman nicht recht verstanden oder wollte sicher gehen, dass er sich nicht verhört hatte.

Salman nickte. „Man sagt, dass in Drakenschanze die sterblichen Überreste sämtlicher Sakkara-Priester seit Anbeginn des Kults begraben wären. Alle Mitglieder des Kults, die vor und während der Inquisition den Tod fanden, wurden angeblich in der einst vom Hohepriester Iliam Zak mit schwärzesten Riten gesegneten Erde eines abgelegenen alten Friedhofs, der noch aus der Zeit der Alten Götter stammen soll, zu Grabe getragen, um Seite an Seite mit ihresgleichen zu ruhen, bis für sie die Zeit gekommen ist, sich wieder zu erheben und von neuem ihren Platz an der Seite ihres Meisters einzunehmen. Denn im Glauben der Sakkara-Sekte ist der irdische Tod nicht das Ende, sondern lediglich eine Ruhephase, die so lange währt, bis die Zeit gekommen ist, sein altes Leben in einer neuen Ordnung wieder aufzunehmen."

„Wenn die letzte Stunde angebrochen ist", murmelte Falk.

Salman nickte. „Doch seit Zak ins Exil verbannt und die Sekte offiziell zerschlagen wurde, ist es ruhig um Drakenschanze geworden, und niemand weiß genau, ob diese ganzen Geschichten rund um den Sakkara-Friedhof tatsächlich stimmen oder ebenso eine Legende sind wie so vieles, was man sich über den Kult erzählt. Gut möglich, dass nichts von alldem wahr ist – oder auch alles. Wer kann das sagen? Ich selbst kenne niemanden, der je dort war, und auch keinen, der je das Bedürfnis hatte, sich dorthin zu begeben. Wenn es diesen Ort wirklich gibt", sagte Salman, und jetzt wurde seine Stimme leise und furchtsam, „dann muss es die finsterste Stätte sein, die man sich nur vorstellen kann, ein Hort von Grausamkeit und Tod und so schwarzer Magie, dass nur jemand, der nicht bei klarem Verstand ist, sich dorthin begibt."

„Wie dieser Ishmael Thurlak?", fragte Falk. „Ist der Kerl wirklich tot?"

Salman nickte. „Wie Godrik gesagt hat: Er starb schon vor Jahren ganz gewöhnlich an einer Lungenentzündung. Das ist gewiss. Ich war bei seiner Bestattung dabei; ich war einer derjenigen, die den Sarg trugen. Nicht, weil wir uns besonders nahe gestanden hätten", fügte Salman hastig hinzu, wie um jeden möglichen Verdacht zu ersticken, „sondern weil es ja irgendjemand tun musste, und Thurlak hatte in der Enklave genauso wenig Freunde wie Iliam Zak. Zumindest damals; heute sieht die Sache wohl anders aus."

Zara furchte die Stirn. „Aber wer führt den Kult dann, wenn sowohl Iliam Zak als auch Ishmael Thurlak tot sind?"

Salman zuckte mit den Schultern. „Ich habe keine Ahnung", gestand er. „Doch wer immer es ist, er muss unglaubliche Macht besitzen, dass er es überhaupt nur *wagt*, sich mit den Dämonen des Chaos einzulassen. Das sind Kräfte, die so gewaltig sind, dass selbst die gesammelte Magie von Burg Sternental dagegen lächerlich wirkt."

Allein die Vorstellung genügte, um ihn schaudern zu lassen. Er starrte zu Boden, das Gesicht in Schatten versunken, und hing seinen Gedanken nach.

Bis unversehens ein großer, fetter Rabe herbeigeflattert kam, mit einem Gefieder, so schwarz, dass es in einem matten Dunkelblau schimmerte. Der Vogel ließ sich auf der Dachrinne über ihnen nieder, stakste hin und her und blickte auf sie hinab, ein abgehacktes Krächzen ausstoßend.

Kra! Kra!

Der Zauberer zuckte so heftig zusammen, als wäre er geschlagen worden, und starrte den Raben mit ängstlichen, weit aufgerissenen Augen an. Schlagartig war seine ganze Entschlossenheit wie weggewischt; stattdessen hatte er plötzlich den gehetzten Blick eines Beutetiers, das das Nahen seines größten Feindes wittert.

„Ich muss gehen", sagte Salman, ohne den Blick von dem Raben zu wenden.

Er sah aus, als hätte er einen Geist gesehen, und Zara fragte sich, ob es mit dem Raben womöglich mehr auf sich hatte, als es auf den ersten Blick schien. War er in Wahrheit Godrik, der sich in einen Vogel verwandelt hatte, um Salman, dem Aufmüpfigen, nachzuspionieren?

Der Gedanke schien lächerlich, und doch … Noch vor kurzer Zeit hatte Zara geglaubt, sie selbst wäre das Wunderlichste und Absonderlichste, was es auf Ancarias Boden zu bestaunen gab. Doch sie brauchte nur hinüber zur Großen Burg zu schauen, um zu erkennen, wie einfältig diese Annahme gewesen war. Tatsächlich gelangte sie mehr und mehr zu dem Schluss, dass es nichts gab, was es nicht gab; angesichts von Blutbestien, Zauberritualen mit Jungfrauenherzen und einer wahnsinnigen Sekte, die sich anschickte, das Tor zur Hölle zu öffnen, um eine Horde Chaos-Dämonen in diese Welt zu entlasen. Ein Zauberer, der willens und im Stande war, sich in einen Vogel zu verwandeln, war nicht abwegiger als ein Friedhof voller zum Leben erweckter Toter.

Sie besah sich den Vogel genauer, der über ihnen auf der Dachrinne saß und den Blick unstet zwischen ihnen hin- und herzucken ließ, und da fiel ihr auf, dass dem Tier das linke Auge fehlte!

Der Zauberer erhob sich, und einen Moment lang sah es so aus, als wollte er mit seinem Stock nach dem Vogel schlagen, doch dann wiederholte er nur noch einmal: „Ich muss gehen."

Er war schon halb aus der Gasse, als Jael ihn mit zwei schnellen Schritten einholte, ihn an der Schulter packte und zu sich herumdrehte. „Wartet!", sagte sie. „Noch einen Augenblick!"

Salman starrte sie gehetzt an, das Gesicht bleich wie Kalk, und mit hängenden Schultern stand er da.

„Was ist mit den anderen Zauberern?", fragte Jael. „Jenen, die bereit sind, gegen den Kult vorzugehen? Werden sie uns helfen?"

Salman zuckte mit den Schultern. „Bedaure, aber Ihr solltet nicht auf Unterstützung zählen – Eure Hoffnung wäre vergebens."

Jael hatte noch weitere Fragen – Dutzende sogar –, doch ehe sie noch dazu kam, eine einzige zu stellen, wirbelte Salman in einem Anflug von nackter Panik herum, riss sich dabei los und eilte mit ausgreifenden Schritten durch die Hauptgasse davon. Die Seraphim überlegte, ihn erneut aufzuhalten, aber sie ahnte, dass es keinen Sinn haben würde; Salman war durch das Auftauchen des Vogels derart beunruhigt, dass ihm die Angst schier aus den Augen leuchtete. Er ergriff vor dem Raben förmlich die Flucht, der just in diesem Moment krächzend und flügelschlagend von der Dachrinne aufstieg.

Salman beschleunigte seine Schritte, bis er lief. Beinahe konnte man meinen, der Mann hätte Todesangst, und vielleicht stimmte das sogar.

Zara wandte ihre Aufmerksamkeit dem Raben zu, der mit langsamen Schlägen seiner großen schwarzen Schwingen durch die Lüfte schwebte, in Richtung der Großen Burg, und wieder kam ihr in den Sinn, dass das, was sie für einen Vogel hielten, vielleicht etwas ganz anderes – *jemand* anderes – war. Dann verschwand der Rabe hinter den Schornsteinen, und nur noch das Klappern von Salmans Stock auf dem Kopfsteinpflaster, das seinen übereilten Abgang begleitete, war zu hören.

„Was, wenn das wieder eine Falle ist?", sagte Falk nachdenklich. „So wie die Sache mit Wigalf und dem Friedhof? Was, wenn wir bereits von einer Horde Sakkara-Priester oder Höllendämonen oder noch Schlimmerem erwartet werden, wenn wir in Drakenschanze aufkreuzen?"

„Ich glaube nicht, dass wir uns darüber Gedanken machen müssen", sagte Jael, plötzlich wieder so resigniert wie zuvor. Vor Salman hatte sie sich zusammengerissen, um sich den Sturm der Emotionen, der in ihr tobte, nicht anmerken zu lassen. Nun waren die drei Gefährten und der Wolf wieder unter sich, und die Verzweiflung schwappte erneut über Jael hinweg, wenn auch nun aus einem anderen Grund als zuvor. „Selbst wenn das Ritual wirklich in Drakenschanze stattfindet, was in keinster Weise sicher ist … es ist vorbei." Sie stieß ein müdes Seufzen aus und lehnte sich gegen die brüchige Hauswand, als wäre sie mit einem Mal zu schwach, um sich aus eigener Kraft auf den Beinen zu halten. „Das war's. Hier endet unsere Reise – und diesmal endgültig."

Falk sah sie verwirrt an. „Häh?", war alles, was er dazu sagen konnte.

„Drakenschanze ist einen Wochenritt von hier entfernt", erklärte Zara, als sie seinen fragenden Blick bemerkte. „Mindestens. Der Ort liegt jenseits des Gebirges, tief in den Sümpfen der Dunklen Gebiete, noch ein gutes Stück weiter nördlich als Moorbruch, zwischen Schönblick und Finsterwinkel. Wir können niemals rechtzeitig dort sein, um das Ritual zu verhindern! Und deshalb …" Wieder dieses müde, traurige Seufzen. „Deshalb ist es für uns unmöglich, noch einzugreifen. Am besten kehren wir in die Schenke ein, bestellen uns Met, betrinken uns bis zum Umfallen und warten darauf, dass das Ende auch uns erreicht. Denn verhindern können wir es nicht."

„Aber das *kann* es nicht gewesen sein!", widersprach Falk trotzig. „Nach allem, was wir durchgemacht haben, um hierher zu gelangen, *kann* es nicht so enden!" Er sah die Vampirin an, doch Zara zuckte bloß mit den Schultern, als spielte es keine Rolle, was *er* dachte, und auch Jael schwieg, doch ihre niedergeschlagene Miene verriet, dass die Seraphim derselben Meinung war wie die Vampirin.

Sie *konnten* die „letzte Stunde" nicht verhindern.

Aus. Ende. Vorbei …

Der *alte* Falk, der bloß an sich selbst und seinen Schnitt dachte und sich nie um die Belange anderer geschert hatte, hätte sich Zaras Meinung vermutlich angeschlossen und sich schon mal Gedanken darüber gemacht, wie man sich mit der neuen Ordnung am vorteilhaftesten arrangieren könnte. Aber der *neue* Falk – der Falk, der beweisen wollte, dass er *doch* etwas wert war; der Falk, der die Welt retten wollte – war nicht bereit, so schnell aufzugeben.

„Aber irgendwie müssen die Verschwörer auch dorthin gelangt sein", sagte er. „Egal, wie weit Drakenschanze von hier entfernt ist, es muss einen Weg geben, um schnell dorthin und wieder zurückzugelangen. Ich meine, wenn plötzlich einige der Zauberer aus der Enklave zwei Wochen lang fehlten, nur um mal eben an irgendwelchen schwarzmagischen Ritualen in den Sümpfen teilzunehmen, wäre das selbst so einem Ignoranten wie Godrik aufgefallen, und dann hätte Salman vermutlich auch was darüber gesagt." Seine Stirn legte sich in Furchen, als er angestrengt darüber nachdachte. Dabei brabbelte er halblaut vor sich hin: „Aber wie nur? Was ist der Trick? Wie haben sie da gema…" Und dann fiel es ihm plötzlich wie Schuppen von den Augen, und als er den Kopf wieder hob, grinste er über das ganze Gesicht.

„*Magische Portale und wie man sie öffnet*!", sagte er triumphierend.

Jael sah ihn irritiert an. „Wie? Was?"

„Dieses Buch lag in Zaks Turmkammer auf dem Tisch", erklärte Falk, mit einem Mal ganz aufgedreht. „*Magische Portale und wie man sie öffnet.* Ich nehme an, dass das Buch nicht einfach so in der Kammer lag, sondern weil Zak es dorthin gelegt hat; weil Zak es womöglich *benutzt* hat!" Er war so begeistert von seiner Idee, dass seine Augen vor kindlicher Freude leuchteten. „Zak hat mit Hilfe dieses Buchs magische Portale geöffnet, um ohne Zeitverlust von seinem Turm zu jedem beliebigen anderen Ort im Königreich zu reisen. *Darum* haben ihn über die Jahre auch immer wieder Leute in irgendwelchen Regionen von Ancaria gesehen!", hielt er Jael vor, als wollte er sie anklagen, dass die Seraphim nicht selbst schon längst auf diesen Gedanken gekommen war. „Weil er *wirklich* dort war, und zwar mit Hilfe von *magischen Portalen*! Und wenn Iliam Zak dazu im Stande war, durch ein solches Portal an jeden beliebigen Ort des Königreichs zu gelangen, dann können wir das auch!" Falk grinste. „Es ist noch nicht zu spät!", sagte er aufgeregt. „Noch haben wir eine Chance!"

Jael und Zara wechselten einen Blick, und Zara schob die Unterlippe vor und zuckte mit den Schultern, so als wäre sie bereit, Falks Theorie durchaus in Betracht zu ziehen.

Doch Jael schien von dem Gedanken, sich durch ein magisches Portal an einen anderen Ort zu begeben und sich damit Mächten auszusetzen, die jenseits ihrer Vorstellungskraft lagen, nicht im Mindesten angetan. „Selbst wenn Zak tatsächlich wusste, wie man magische Portale zu anderen Orten öffnet, heißt das noch lange nicht, dass wir dazu ebenfalls in der Lage sind", sagte sie ernst. „Magie erfordert nicht nur das Wissen um die Dunklen Künste, sondern von demjenigen, der sie anwendet, auch ein gewisses Maß an natürlichem *Talent*. Das ist nichts, was man erlernen kann. Man muss dafür zaubern können. Man muss bereit sein, sich darauf einzulassen, und zwar mir allen Konsequenzen."

Ihr Blick glitt über die Dächer der Gasse empor zur Spitze der Großen Burg, die jetzt, da sie wussten, dass auch der Zauber von Sternental ein ebenso flüchtiger wie trügerischer war, nicht mehr halb so majestätisch und erhaben wirkte wie bei ihrer Ankunft. „Es geht hier nicht darum, ein Kaninchen aus einem Hut zu ziehen oder irgendwelche Kartentricks vorzuführen", sagte Jael nachdenklich und – so schien es – mehr zu sich als zu ihren Begleitern. „Das hier ist kein Hokuspokus. Man lässt sich mit Kräften ein, die weit jenseits unseres Verständnisses und unserer Vorstellungskraft liegen. Zauberei ist nicht für normale Menschen bestimmt, auch nicht für Vampire oder für ein Wesen wie mich.

In diesem Fall jedoch …", sagte die Seraphim, und als sie sich jetzt ihren Gefährten zuwandte, blitzte zum ersten Mal seit Stunden so etwas wie Hoffnung in ihren Augen. „In diesem Fall scheint es, als hätten wir gar keine andere Wahl, als diesen Weg einzuschlagen, um Schlimmeres zu verhindern. Hoffen wir bloß, dass einer von uns genug *Zauber* besitzt, um dieser Aufgabe gewachsen zu sein!"

IX.

Als die Gefährten Iliam Zaks Turm erreichten, war es Sommer. Jenseits des Waldes blühten die Feldblumen, die Bäume auf den Wiesen fingen an, Früchte zu tragen, und Mücken sirrten über dem Bachlauf, als sie durch die Brücke ritten. Es war angenehm warm – so warm, wie es in Sternental jeden Tag am frühen Nachmittag wurde –, doch selbst die Wärme dieses Sommernachmittags konnte die Gänsehaut nicht vertreiben, die sich beim Anblick von Iliam Zaks Turm unwillkürlich auf Zaras Unterarmen bildete. Es war ein seltsames Bild. Als sie letzte Nacht hierher gekommen waren, schneite es, die Lichtung rings um den windschiefen Turm war weiß, und an den Fenstern des Gemäuers blühten Eisblumen. Jetzt hingegen war die Lichtung grün und voller Blumen.

Doch die Schatten der Nacht hatten auch ihr Gutes gehabt, denn im matten Zwielicht des Tages wirkte der Turm weit mehr wie eine Ruine als in der vergangenen Nacht, als die Dunkelheit ein schmeichelndes Tuch um ihn gebreitet hatte. Das Mauerwerk war spröde und bröckelig, die Schindeln saßen schief auf dem Dach, und die Aura von Trostlosigkeit und Düsternis, die von dem Turm ausging, wurde durch die Helligkeit nur noch mehr betont.

Doch so düster der Ort auch wirken mochte, es gab keinen Anlass zur Sorge – der Bewohner des Turms lag noch genauso tot und verwesend oben in der Turmkammer, wie sie ihn zurückgelassen hatten, als sie zusammen mit Wigalf zum Friedhof aufgebrochen waren. Davon konnten sie sich mit eigenen Augen überzeugen, doch anders als bei ihrem letzten Besuch hatten sie kaum einen Blick für den Leichnam. Das Einzige, was Zara im Zusammenhang mit Zak in den Sinn kam, war, ob sich Godrik und der Rat der Bruderschaft nun, da sie wussten, dass er tot war, um ein angemessenes Begräbnis für Zak kümmern würden oder ob sie vorhatten, ihn hier einfach liegen zu lassen, bis die Natur ihnen diese Aufgabe abgenommen hatte.

Wenn der morgige Tag anbrach, ohne dass es ihnen gelungen war, die „letzte Stunde" abzuwenden, stellte sich nicht einmal mehr diese Frage.

Nicht zuletzt deshalb verloren sie keine Zeit. Mit zielstrebigen Schritten ging Falk hinüber zum Tisch an der Wand, auf dem Zaks Versuchsanordnung stand, schnappte sich das Buch, das noch an derselben Stelle lag wie gestern Abend, und betrachtete kurz den grünlichen stockfleckigen Einband. *Magische Portale und wie man sie öffnet*, stand auf dem Buchrücken und dazu der Name des Verfassers: Abdul Alhazred. Sonst nichts.

Mit einer ungeduldigen Geste wischte Falk den Staub vom Einband, schlug das Buch am Anfang auf und studierte das Inhaltsverzeichnis. „Magische Portale und was sich dahinter verbirgt", las er halblaut, während er mit dem Finger nach unten fuhr. „Magische Portale im Wandel der Zeit ... Magische Portale und ihre Auswirkungen auf das

Raum-Zeit-Kontinuum … Wie man sich magische Portale zu Nutze macht … Ah, hier: Über das Öffnen magischer Portale!"

Er blätterte eifrig zur angegebenen Seite und begann zu lesen. Seine Augen glitten unstet hin und her, hin und her, indes er die Zeilen überflog. Jael schaute ihm dabei über die Schulter und las mit, während Zara ans zerbrochene Turmfenster trat, hinaus auf den Horizont über dem Waldrand spähte und abzuschätzen versuchte, wie lange es wohl noch dauern würde, bis es dunkel wurde und die Nacht hereinbrach. Da die Sonne wie immer hinter einer dichten Wolkendecke verborgen lag, war das nur schwer zu sagen. Es konnten sechs Stunden sein, vielleicht aber auch nur vier.

Doch so oder so, ihnen blieb nicht viel Zeit, um ihren verwegenen Plan in die Tat umzusetzen, zumal wenn man bedachte, dass keiner von ihnen Erfahrung mit Zauberei hatte – oder zumindest nicht damit, selber Zauber zu wirken. Und genau das konnte sich als verhängnisvoll erweisen, denn auch wenn Falk mit seiner Theorie richtig lag und Iliam Zak mit Hilfe dieses unscheinbaren Bändchens tatsächlich im Stande gewesen war, durch ein magisches Portal von einem Ort zum anderen zu gelangen, hieß das noch längst nicht, dass sie ebenfalls in der Lage waren, diesen Zauber zu wirken.

Auf dem Weg hierher hatte die Seraphim ihnen die Problematik des Zauberns noch einmal im Groben dargelegt und dass man mit einer gewissen Veranlagung geboren sein musste, um zaubern zu können. Die Natur hatte einigen Menschen diese mysteriöse innere Kraft gegeben, von der die wenigsten überhaupt wussten, dass sie sie hatten – es war, als hätten sie eine Tür in ihrem Inneren, zu der sie zwar den Schlüssel besaßen, jedoch nicht wussten, dass die Tür überhaupt existierte. Manche Menschen stießen zufällig auf diese Tür und schlossen sie auf, andere suchten ganz gezielt danach, und wieder andere lebten und starben, ohne auch bloß zu ahnen, welche Kräfte tief in ihnen ruhten.

Für sie galt es jetzt, diese Tür in ihrem Innern zu finden, und auch wenn Zara ziemlich überzeugt war, dass sie selbst da lange suchen konnte, hegte sie doch die Hoffnung, dass die Seraphim den Schlüssel zu ihrer Tür besaß. Verdammt, immerhin war sie doch von göttlicher Herkunft. Zu irgendetwas musste das doch gut sein!

Sie betrachtete eine Weile nachdenklich den Himmel über dem Wald, während sie Thor geistesabwesend das dichte Nackenfell kraulte, bis Falk hinter ihr entnervt schnaubte und weit weniger euphorisch als zuvor sagte: „Was für ein Kauderwelsch … Wer, zum Geier, soll denn das verstehen?"

Jael schwieg und las weiter. Die Lektüre war tatsächlich ziemlich schwierig, voller hochtrabender Ausdrücke und Zaubervokabeln, doch anders als Falk konnte sie damit durchaus etwas anfangen. Der erste Abschnitt des Kapitels befasste sich auf eher nüchterne, sachliche Weise mit der Theorie von magischen Portalen: Wie funktionierten sie, welches Mysterium verbarg sich dahinter, was geschah, wenn man eines dieser Tore öffnete, und was, wenn es sich wieder schloss. Wenig davon war wirklich konkret nachvollziehbar.

Die zweite Hälfte des Kapitels jedoch war praktischer Natur. Dort stand beschrieben, wie man ein Portal zu einem bestimmten, beliebigen Ort öffnen konnte. Eigentlich klang es ganz einfach: Man musste mit Kreide einen so genannten Portalkreis auf den Boden malen, in dessen Mittelpunkt das Portal entstehen würde, sobald man ein bestimmtes Ritual durchführte und dazu die entsprechende Zauberformel aufsagte. In dem Buch stand exakt, was wann wie und womit zu tun war, sodass es hier kaum Unklarheiten gab.

Illustriert wurde das Ganze von einfachen, fast kindlichen Zeichnungen, mit denen der Portalkreis und die Anordnung der magischen Symbole im äußeren der beiden Ringe, aus denen der Kreis bestand, grob skizziert waren. Damit wusste die Seraphim alles, was sie wissen musste.

„Ich denke, das ist zu schaffen", sagte sie, nahm Falk das Buch aus den Händen und legte es mit der Zeichnung des Portalkreises aufgeschlagen auf den verwüsteten Werktisch. „Wir brauchen geriebenen Klatschmohn, Wolfsbeeren, Wurmfarm, Tollkirsche, Schwefelsalz, Schafgabe, eine schwarze Kerze aus dem Fett einer tot geborenen Katze und Eisenhut", zählte Jael auf, indes sie daran ging, die Trümmer auf dem Tisch nach den Substanzen abzusuchen, die sie brauchten. „Wenn Falks Theorie stimmt und Iliam Zak tatsächlich – wie in diesem Buch beschrieben – magische Portale geöffnet hat, dann müssten unter den Sachen hier in der Kammer auch die Substanzen zu finden sein, die man braucht, um den Zauber zu wirken."

Als sich ihre Gefährten nicht sofort in Bewegung setzten, fügte sie voller Ungeduld hinzu: „Worauf wartet ihr? Wir haben keine Zeit zu verlieren!"

Falk und Zara warfen sich einen Blick zu. Dann zuckte der junge Mann mit den Schultern, ließ sich auf die Knie nieder und begann, den Boden nach den entsprechenden

Kräutern und Pulvern abzusuchen, indes die Vampirin daran ging, die Regale und Schränke zu durchforsten.

Auch wenn sie anfangs – genau wie Jael – gewisse Zweifel gehegt hatte, dass Falks Portal-Theorie wirklich zutraf, schwanden diese, als sie in der verwüsteten Dachkammer tatsächlich auf Reste der Zauberkräuter stießen, die laut des Buchs von Abdul Alhazred nötig waren, um ein Portal zu einem anderen Ort zu öffnen. Einige Zutaten lagen inmitten der Trümmer auf der Werkbank, andere auf dem Boden.

Da zumindest Falk nicht die geringste Ahnung hatte, wie Wurmfarn oder Eisenhut aussahen und deshalb bei jedem vermeintlichen Fund nachfragen musste, dauerte es eine ganze Weile, die Kammer zu durchsuchen. Doch am Ende fanden sie tatsächlich alle Zutaten, die im Buch aufgelistet waren; einige der Kräuter waren von der Explosion verdreckt und halb vertrocknet, schmutzige Pflanzenstrunken, die nicht den Eindruck erweckten, als wären sie zu *irgendetwas* gut, schon gar nicht zum Zaubern, und das Schwefelsalz mussten sie quasi in einzelnen Krümeln vom Boden aufklauben, da der Tegel, in dem Zak das Salz aufbewahrt hatte, bei der Explosion zu Boden gefallen und zerbrochen war. Dann jedoch hatten sie alles beisammen – so hofften sie.

Falk hielt eine bereits halb niedergebrannte schwarze Kerze in der Hand, beschaute sie sich prüfend und murmelte: „Ob die aus dem Fett einer tot geborenen Katze ist? Wie kriegt man das raus? Kann man das schmecken?"

Zara nahm ihm die Kerze ab und sagte unwirsch: „Wenn sie aus dem Fett eines tot geprügelten Hundes ist, fahren wir alle zur Hölle. Dann wissen wir's."

Nach einem letzten Blick in das Buch begannen sie mit den Vorbereitungen.

Jael wischte mit dem Fuß wie mit einem Besen über den Boden, um in der Mitte der Dachkammer eine freie Fläche von fünf oder sechs Schritten Durchmesser zu schaffen. Dann ging die Seraphim in die Knie und begann unter den wachsamen Blicken ihrer Gefährten, mit Kreide einen Portalkreis auf die rissigen Holzdielen zu malen. Dabei fielen ihr auf dem Holz verwischte Kreidespuren von der gleichen Art auf, wie sie sie gerade zeichnete: stilisierte Symbole und Zeichen in einer uralten arkanen Sprache, die lediglich von einem elitären, verschworenen Zirkel Eingeweihter verstanden und gesprochen wurde. Einige der Symbole erinnerten mit ihren ineinander übergehenden Formen von Halbkreisen, Bögen und Monden an astronomische Sternzeichen, andere an fremdländische Schriftzeichen, die allein aus horizontalen und diagonalen Linien bestanden. Einzeln, jedes für sich, waren es nur irgendwelche Symbole, doch im Zusammenspiel bildeten sie, im äußeren Ring des Portalkreises angeordnet, eine Art magische Straße, die überall hinführte und zugleich nirgends.

Nachdem Jael den Kreis auf den Boden gemalt hatte, trat sie einen Schritt zurück, überprüfte, ob alles so war, wie im Buch abgebildet, und nickte zufrieden. „Das war der einfache Teil", sagte sie. „Jetzt wird's knifflig." Sie reichte Falk das Buch, in dem der Ablauf der Zeremonie beschrieben war. „Du bist dran", sagte sie, und es klang mehr wie eine Bitte als wie ein Befehl; über den Punkt, an dem sie einander vorschrieben, was zu tun war, waren sie längst hinaus. „Es war deine Idee, also solltest du es als Erster versuchen."

Falk nahm das Buch entgegen und nickte unsicher. Er war ungeheuer nervös. Vielleicht lag es daran, dass er wusste, dass es jetzt ernst wurde, vielleicht hatte er aber auch einfach nur Angst zu versagen. Denn auch wenn das Ritual im Buch nicht allzu kompliziert zu sein schien, war noch ein gewisses Maß an natürlichem Zauber nötig, damit die Kräuter und die Symbole ihre Wirkung auch so entfalteten, wie es gewünscht war.

Falk begann damit, dass er eines der sechs verschiedenen Kräuter auf jedes der sechs abstrakten Symbole legte, die wie Gestirne um den inneren Kreis aufgereiht waren. Dann stellte er die schwarze Kerze – von der er hoffte, dass sie *nicht* aus dem Fett eines tot geprügelten Hundes war – in den mittleren Kreis, riss an seinem linken Daumennagel ein Zündholz an und entzündete den Docht, der mit einem leisen Knistern eine ruhig brennende grüne Flamme bildete, die weder Wärme noch Helligkeit abstrahlte.

Alles, was jetzt noch übrig war, war das stinkende Schwefelsalz.

Das Salz in der hohlen Hand haltend, wandte er sich zu seinen Gefährtinnen um, die interessiert jede seiner Bewegungen verfolgten.

„Und jetzt?", sagte er und wirkte dabei sehr verloren. „Wie öffnen wir jetzt das Portal nach Drakenschanze? Ich meine, wie stellen wir sicher, dass wir nicht in Mascarell landen oder in irgendeiner Einöde am Ende der Welt, fernab der nächsten Siedlung?"

Jael griff nach dem Buch und überflog ein paar Zeilen. „Hier steht, dass der Gedanke an den Ort, an den man zu gelangen wünscht, ausreicht, um das Portal dorthin zu öffnen.

Du musst also die Zauberformel aufsagen, das Salz in den Portalkreis werfen und dabei an den Ort denken, zu dem wir wollen. Den Rest erledigt die Magie dann von selbst – zumindest theoretisch!"

„Aber ich war noch nie in Drakenschanze!", protestierte Falk. „Ich kann es mir also nicht vorstellen!"

„Dann denk einfach an den Namen", sagte Jael. „Denk ‚Drakenschanze‘. Das sollte genügen."

Zara warf Jael einen skeptischen Seitenblick zu, als wäre sie davon nicht allzu überzeugt, sagte aber nichts, während Falk das Buch nahm, um es aufgeschlagen in einer Hand zu halten, indes die andere Hand mit Schwefelsalz gefüllt war. Unsicher stand er am Rande des Portalkreises, atmete noch einmal tief durch und begann dann mit stockender Stimme, die Zauberformel abzulesen, die das magische Portal öffnen sollte.

Es war ein abgehacktes, gutturales Gekrächze, vollkommen unverständlich für all jene, die dieser seltsamen Sprache nicht mächtig waren, und es klang ganz ähnlich wie die Beschwörung, mit der Wigalf auf dem Friedhof von Sternental die Toten aus ihren Gräbern hatte steigen lassen:

„Ph'angli agwa'nafhti, wgah'nagl fhtagn! Eyt Ph'nglui mglw'nafh, wgah'nagl fhlogn!"

Falk hatte seine liebe Mühe, die verqueren, beinahe ausschließlich aus Konsonanten bestehenden Silben über die Lippen zu bekommen, und als er damit fertig war, warf er – wie im Buch beschrieben – eine Hand voll Schwefelsatz in den Kreidekreis und wich hastig einen Schritt zurück, als befürchtete er, das Ganze könne explodieren und sie ebenso zerreißen wie den bedauernswerten Iliam Zak.

Doch es gab keine Explosion – nicht einmal eine kleine –, und auch sonst geschah nichts Spektakuläres, als das Schwefelsalz in die Kerzenflamme traf. Der Turm wurde nicht von einem gewaltigen Donnerschlag erschüttert, und es zuckten auch keine Blitze über den Himmel. Um der Wahrheit die Ehre zu geben: Es geschah *überhaupt* nichts.

Mit halb erwartungsvollen, halb enttäuschten Mienen warteten sie noch eine geschlagene Minute, für den Fall, dass der Zauber vielleicht eine gewisse Zeit brauchte, um seine Wirkung zu entfalten. Doch als sich auch dann noch nichts regte, schüttelte Zara den Kopf, als hätte sie nichts anderes erwartet. „Das war wohl nichts", brummte sie.

„Vielleicht habe ich irgendwas falsch gemacht", mutmaßte Falk. „Vielleicht habe ich den Zauberspruch falsch ausgesprochen oder abgelesen, oder ich habe nicht intensiv genug an Drakenschanze gedacht …"

Er griff in die kleine Schale, in der sie das Schwefelsalz gesammelt hatten, und rezitierte den Zauberspruch erneut:

„Ph'angli agwa'nafhti, wgah'nagl fhtagn! Eyt Ph'nglui mglw'nafh, wgah'nagl fhlogn!"

Dieses Mal kamen die seltsamen Worte schon flüssiger und weniger abgehackt über seine Lippen, doch als er das Salz in den Kreis warf, tat sich wieder nichts. Die grüne Flamme brannte ruhig weiter, die Kräuter ruhten auf den Symbolen, Falk dachte so angestrengt an Drakenschanze, dass ihm der Kopf wehtat, aber ohne Erfolg.

Nichts rührte sich.

Fluchend stampfte er auf dem Boden auf wie ein trotziges Kind. „Verdammter Mist!", grollte er. „Warum funktioniert das nicht?"

„Vielleicht hat keiner von uns die Magie in sich, die nötig ist, um diesen Zauber zu wirken", grübelte Zara. „Nicht jeder ist zum Zauberer geboren."

„Vielleicht", stimmte Jael zu, „doch ein wenig Magie wohnt in uns allen – Reste unserer göttlichen Herkunft, schließlich stammen wir alle – egal, ob Mensch oder Seraphim, Dunkelelf oder Ork – in irgendeiner Form von den Göttern ab. Also muss ein Funken ihres Zaubers in uns allen sein."

Sie trat vor, nahm Falk das Buch aus der Hand und griff in die Schale mit dem Schwefelsalz, um es selbst zu versuchen. Ihre Stimme hallte entschlossen von den Wänden der Turmkammer wieder, als sie laut die Beschwörungsformel aufsagte: *„Ph'angli agwa'nafhti, wgah'nagl fhtagn! Eyt Ph'nglui mglw'nafh, wgah'nagl fhlogn!"*

Doch genau wie zuvor bei Falk tat sich nicht das Geringste.

„Ich hab ihn nicht gesehen, den Funken", spöttelte Zara.

Jael warf ihr einen grimmigen Blick zu und versuchte es noch einmal, das Gesicht starr vor Anspannung, als sie verbissen nach jenem Funken Magie in ihrem Innern forschte, wie ein Grubenarbeiter, der in den Eingeweiden der Erde nach einem funkelnden Edelstein sucht. Sie erinnerte sich ihrer göttlichen Herkunft und bemühte sich, den Zauber in sich selbst zu finden, doch auch, als sie das Ritual nun wiederholte, regte sich nichts, und auch ihr dritter Versuch zeigte keine Wirkung.

Frustriert nahm sich Jael noch einmal das Buch vor und überprüfte erneut jedes Symbol und jede Zeile, um sicher zu gehen, dass sich nicht irgendwo ein Fehler eingeschlichen

hatte, während Falk ihre Position einnahm und da weiter-
machte, wo Jael aufgehört hatte: Das Schwefelsalz in der
hohlen Hand, versuchte er, sich ganz auf das Ritual zu konzentrieren. Er zwang sich, in seinem Innern nach der Tür zu
suchen, von der Jael gesprochen hatte, sprach die Zauber-
worte und warf das Salz.

Doch auch nach seinem nächsten Versuch und nach dem
danach öffnete sich kein Portal. Nichts geschah. Der einzige
Erfolg ihrer Bemühungen war, dass ihnen allmählich das
Schwefelsalz ausging, doch obgleich er im Hintergrund
Zara vernahm, die ihn aufforderte, aufzuhören – „Spar dir
die Mühe! Das wird nie was!" –, machte er mit einer Verbis-
senheit weiter, die ebenso sehr etwas von Verzweiflung wie
von Besessenheit hatte. Ohne auf die resignierten Kommen-
tare seiner Begleiterinnen zu achten, richtete Falk den Blick
auf die schwarze Kerze im Zentrum des Portalkreises, zwang
sich, ruhig und gleichmäßig zu atmen, ruhig und gleichmäßig, und tauchte in sich selbst ab.

Doch egal, wie oft er die Beschwörungsformel wiederholte oder wie viel Schwefelsalz er in den Kreis warf – es war
sinnlos!

Kein Donnerschlag ertönte.

Kein magisches Tor tat sich auf.

Es geschah einfach *gar nichts*. Und im selben Maße, wie
seine Misserfolge zunahmen und das Licht draußen vor dem
Turmfenster allmählich diffuser und die Schatten in der
Kammer länger wurden, desto verzweifelter wurden Falks
Bemühungen, der einfach nicht bereit war, aufzugeben und
zu akzeptieren, dass es ihnen letztlich doch nicht bestimmt
war, die Welt zu retten.

Seine Gefährtinnen waren da realistischer.

„Lass es!", fuhr Jael ihn schließlich mit lauter Stimme an und packte ihn an der Schulter. „Hör auf, Falk! Es hat keinen Sinn." Ein trauriger Schatten fiel über ihr blasses Gesicht, und sie seufzte; Zara kam der Gedanke, dass sich so ein Sterbender anhörte, der seinen letzten Atemzug tat – und *wusste*, dass es sein letzter war. „Wir sind einfach nicht dazu bestimmt", sagte sie müde. „Wir haben nicht den *Zauber*."

„Ihr vielleicht nicht", murmelte Falk trotzig, „aber *ich* schon …"

Entschlossen schüttelte er Jaels Hand ab, wandte sich wieder dem Kreis zu und versuchte, seinen eigenen Mittelpunkt zu finden und seelisch zur Ruhe zu kommen.

„Der innere Funken", murmelte er, mehr zu sich als zu seinen Gefährten, und starrte konzentriert auf die ruhige Flamme der schwarzen Kerze, indes er versuchte, alles andere um sich herum auszublenden – die Turmkammer, seine Gefährten, die Gedanken in seinem Kopf, ja, sogar sich selbst. Er dürfte nicht an die Bedrohung denken, die über Ancaria schwebte; er musste frei und offen sein, ohne Druck, ohne Zwang.

Er richtete seinen Blick nach innen, auf seine Seele, und suchte behutsam nach dieser besonderen Tür, die irgendwo in seinem Inneren sein musste, indes er langsam und bedächtig anfing, den Zauberspruch aufzusagen, und während die arkanen Worte über seine Lippen kamen, versuchte er, eine Verbindung zwischen diesen Worten und jener magischen Tür herzustellen, von der er nicht wusste, wo sie war oder ob es sie überhaupt gab. Doch er ließ keine Selbstzweifel zu, sondern richtete seine ganze Aufmerksamkeit, seinen ganzen Verstand, sein ganzes *Sein* auf diese Verbindung zwischen den Worten, die aus seinem Mund kamen, und der Tür …

… und plötzlich war es, als würde sich der Vorhang lüften, der über seiner Seele lag, und ein roter Faden, den ausschließlich er *sehen* konnte, wand sich durch die verwickelten Windungen seines Selbst tief in sein Inneres. Falk folgte dem Faden im Geiste, hangelte sich daran entlang in seine Seele vor wie in ein zwar vertrautes, aber doch unbekanntes Gebäude, und dann tauchte die Tür mit einem Mal vor ihm aus dem Zwielicht seines Verstandes auf!

Einen magischen Augenblick lang sah er sie so deutlich vor sich, als stünde er tatsächlich davor: Es war eine kleine, überraschend unscheinbare Holztür, mit Eisenbeschlägen und einem rostigen alten Vorhängeschloss, und obwohl er keine Ahnung hatte, wieso, wusste er plötzlich, dass er den Schlüssel dafür nicht zu suchen brauchte. Er war hier, lag in seiner Hand, ein großer, klobiger alter Türschlüssel, und irgendetwas sagte ihm, dass er ihn schon immer in Händen gehalten hatte, diesen ganz besonderen imaginären Schlüssel, sein ganzes Leben lang, nur hatte er bis jetzt nicht gewusst, zu welchem Schloss er passte.

Jetzt wusste er es, und ohne Zögern schob er den Schlüssel ins Schloss.

Der Schlüssel passte perfekt.

Falk spürte, wie er ins Schloss glitt, ohne jeden Widerstand, und während die letzten Silben der Beschwörungsformel über Falks Lippen rollten, drehte er den Schlüssel im Geiste um. *Drakenschanze*, dachte er dabei, so intensiv und konzentriert, wie er nur konnte – *Drakenschanze, Draken-*

schanze –, und einen Moment lang war es, als zuckten Bilder vor seinem inneren Auge auf, vage Impressionen eines Ortes, an dem er selbst noch nie gewesen war – Sümpfe, Trauerweiden und darüber ein nachtschwarzer Himmel voll strahlend heller Sterne.

Plötzlich war es, als erhebe er sich in die Lüfte, als hätte er die Schwerkraft abgestreift wie einen mit Wasser voll gesogenen Mantel und stiege einfach in die Höhe, immer höher, wie schwerelos. Dann klackte es vernehmlich, als der Schlüssel seine Drehung vollendete, Falk warf das Schwefelsalz in den Portalkreis, das Schloss schnappte auf – und …

Falk riss voll freudiger Erwartung die Augen auf, jetzt wieder ganz bei sich, überzeugt davon, es geschafft zu haben. Er war sicher, dass sich jetzt vor ihm das Tor öffnen würde, dass Funken sprühten und sich im Zentrum des Portalkreises ein flirrendes magisches Portal öffnen würde, eine Tür zu einem anderen, weit entfernten Ort.

Stattdessen geschah – nichts.

Schon wieder.

Falk konnte es nicht glauben. Fassungslos starrte er auf die Flamme der Kerze, die ebenso ruhig und kalt brannte wie zuvor, so als wäre nichts geschehen. Er blinzelte mehrmals, doch es nützte nichts.

Es passierte einfach nichts, so sehr er auch darauf hoffte.

Falk konnte es nicht begreifen. Dabei war er sich so *sicher* gewesen, dass es diesmal klappen würde …

Mit einem resignierten Seufzen wandte er sich zu den anderen um. „Ich geb's auf", sagte er niedergeschlagen, und seine Entschlossenheit war plötzlich wie fortgewischt. „Ich war mir so sicher, dass es diesmal funktionieren würde. Ich habe sie gefunden, die Tür – und den Schlüssel auch! Ich habe den Zauber *gespürt* – wie eine Kraft, die mich durchströmte und mich von Kopf bis Fuß erfüllt hat. Und ich habe Drakenschanze gesehen. Ich weiß nicht wie, aber ich hab's gesehen!" Er fluchte verhalten. Er konnte es noch immer nicht fassen, nichts von dem, was er gerade erlebt hatte. Dass er die Magie in sich gespürt hatte, schien ihm ebenso unwahrscheinlich wie der Umstand, dass es doch nichts bewirkt hatte. Wieder seufzte er enttäuscht. Er ließ die Schultern hängen. „Aber wie es scheint, bin ich wirklich nicht in der Lage, dieses verdammte Portal ..."

Bevor er den Satz zu Ende bringen konnte, ertönte hinter ihm mit einem Mal ein hohles Fauchen, wie von Luft, die in ein Vakuum gesaugt wurde. Falk wirbelte überrascht herum und wurde Zeuge, wie über der Kerze eine Art wabernder, undurchsichtiger Spiegel materialisierte, schillernd wie eine ovale Seifenblase, die aus der Flamme der Kerze in die Höhe stieg und zunehmend größer wurde, bis die sanft in allen Primärfarben schillernde ovale Fläche mannshoch war. Die Oberfläche des „Spiegels" war in ständiger Bewegung.

Falk starrte das Portal mit großen Augen an. Es dauerte einen Moment, bis er begriff, dass es *doch* geklappt hatte, aber sobald es soweit war, kehrte das breite, spitzbübische Grinsen auf Falks Gesicht zurück. „Ich hab's euch ja gesagt!", rief er triumphierend. „Ich hab euch gesagt, dass ich's schaffe!"

„Ja", sagte Jael, und auch sie musste lächeln. „Ja, das hast du ..."

Zara schwieg. Fasziniert betrachtete sie das wabernde, in

den verschiedensten Farben schillernde Oval, das vor ihnen in der Luft hing, scheinbar auf der Flamme der Kerze balancierend, und sie ging staunend und ehrfürchtig um das Portal herum. Es hatte keine Tiefe; wenn man direkt daneben stand, konnte man nicht einmal *sehen*, dass es überhaupt da war. Doch von hinten sah das Portal genauso schillernd aus wie von vorn.

Kein Laut drang aus dem Dimensionstor, und man konnte auch nicht erkennen, was sich dahinter befand. Neugierig streckte Zara die Finger aus und berührte versuchsweise die Oberfläche – und zog die Hand schnell wieder zurück!

„Was ist?", fragte Falk respektvoll. „Wie fühlt es sich an?"

„Unbeschreiblich", erwiderte Zara und streckte erneut die Hand nach der spiegelnden Fläche aus, um sie behutsam mit den Fingerspitzen zu berühren. Ein sanftes Wogen ging durch die schillernde bunte Oberfläche, als habe jemand einen Stein in einen See geworfen. „Es ist nicht warm und nicht kalt", sagte die Vampirin nachdenklich. „Es fühlt sich an, als würde von dem Portal ein gewisser Sog ausgehen, der meine Finger anzieht. Ein bisschen wie Wasser, nur dass es nicht nass ist."

Neugierig traten auch die anderen näher; selbst Thor verließ seinen Platz in der Ecke, wo er die ganze Zeit über gelegen und gelangweilt ihren erfolglosen Bemühungen, das Portal zu öffnen, zugeschaut hatte. Er trottete heran und schnüffelte interessiert an der geheimnisvollen Spiegelfläche.

„Unglaublich", murmelte Jael fasziniert, während sie das Portal umrundete und die schillernde Oberfläche betrachtete. „Wer hätte das gedacht." Sie wandte sich an ihre Begleiter. „Sagte ich schon, dass beim Öffnen solcher Portale eine Menge schief gehen kann? Wer weiß, ob dieses Portal wirklich nach Drakenschanze führt. Vielleicht führt es irgendwo in die Luft, tausend Fuß über dem Boden, oder auch *nirgendwohin*." Sie wiegte den Kopf. „So froh ich bin, dass es Falk gelungen ist, das Tor zu schaffen, so sehr beunruhigt mich der Gedanke, hindurchzugehen."

„Doch es ist unsere einzige Möglichkeit, das Grauen doch noch zu verhindern", sagte Falk ernst, „und schließlich … ist es nicht gerade die Ungewissheit darüber, was auf der anderen Seite der Tür liegt, die das Leben lebenswert macht?"

Jael zog eine Grimasse. „Schwätzer."

Falk grinste.

„Ich unterbreche euer Geplänkel ja nur ungern", mischte sich Zara ein. „Aber wenn wir da jetzt durchgehen, gleichgültig, wohin das Portal führt – wie kommen wir dann wieder hierher zurück?"

Jael schnalzte mit der Zunge. „Ich glaube nicht, dass dies der richtige Zeitpunkt ist, um sich *darüber* Gedanken zu machen. Ich will aber deutlich zum Ausdruck bringen, dass niemand dazu gezwungen ist, durch dieses Portal zu gehen und sich dem zu stellen, was auch immer uns auf der anderen Seite erwartet. Ihr seid niemandem irgendetwas schuldig. Im Gegenteil. Ihr habt bereits mehr für diese Welt getan, als man von euch erwarten konnte. Nicht, weil man euch dazu gezwungen hat, sondern weil ihr euch dazu verpflichtet fühltet; weil ihr gute Menschen seid, die nicht einfach untätig die Augen vor dem Unheil verschließen, das Ancaria droht, auch wenn ihr dafür weder Ruhm noch Reichtümer erhaltet. Vermutlich wird nie jemand erfahren, dass all dies *überhaupt* passiert ist – zumindest wenn es uns gelingt, den Kult aufzuhalten."

Sie hielt inne und starrte einen Moment lang intensiv auf das Portal, als würde sie versuchen, durch die schillernde Oberfläche zu spähen, um zu sehen, was dahinter lag. Doch schließlich schüttelte sie nur unmerklich den Kopf und sah Zara und Falk direkt an.

„Auch wenn es euch freisteht zu gehen", sagte sie leise, „wäre ich froh und dankbar, euch an meiner Seite zu wissen, denn egal, was uns auf der anderen Seite erwartet – man wird uns kaum mit offenen Armen empfangen."

„Ein Portal, das überall und nirgends hinführen kann", brummte Zara. „Eine Schar verrückter Zauberer, die das Höllentor zu öffnen versucht. Geringe Aussicht auf Erfolg. Der Tod als Gewissheit …" Sie grinste verschmitzt. „Worauf warten wir noch?"

Ihr Blick ruhte auf dem flirrenden Portal, und ihr Grinsen fiel ein wenig in sich zusammen. Jael hatte Recht: Die Götter allein wussten, wohin das Portal führte oder was sie auf der anderen Seite erwartete. Doch warum machte sie sich überhaupt Gedanken darüber? Es gab nur zwei Alternativen: sich dem Kampf stellen oder sich von den Dämonenheeren, die Ancaria überschwemmen würden, abschlachten lassen.

Und doch wagte sie es nicht, als Erste durch das Portal zu treten. Ebenso wenig Jael, die nervös auf ihren Lippen kaute.

Schließlich war es Falk, der sich einen Ruck gab und mit

unsicheren Schritten vor das Dimensionstor trat, das seinem inneren Zauber entsprungen war. Lange hatte er davon geträumt, ein Held zu sein; etwas Besonderes zu schaffen und Taten zu vollbringen, an die sich die Welt erinnern würde. Jetzt war seine Chance gekommen, sich selbst zu beweisen.

Und er würde sie nutzen!

„Das Glück ist mit den Tapferen", murmelte Falk, wie um sich selbst Mut zuzusprechen. Er holte noch einmal tief Luft, den ängstlichen Blick auf das Portal gerichtet. Dann gab er sich innerlich einen Ruck. Er nickte seinen Begleiterinnen wie zum Anschied zu, trat entschlossen durch das schillernde, ovale Portal – und verschwand, als wäre er durch eine Tür in einen anderen Raum gegangen!

Mit einem Mal war er einfach nicht mehr da.

Thor legte verwundert den Kopf schief und spitzte die Ohren.

Zara und Jael wechselten einen schnellen Blick. Dann streckte die Vampirin in einer einladenden Geste den Arm aus. „Alter vor Schönheit", erklärte sie mit einem kleinen Lächeln. Aber auch ihr Versuch, die Spannung zu lockern, konnte nicht darüber hinwegtäuschen, dass ihr alles andere als wohl war. Keine Frage, das Schicksal der freien Völker Ancarias lastete auf ihren Schultern, doch das bedeutete nicht zwangsläufig, dass es sie in Hochstimmung versetzte.

Der Seraphim ging es ähnlich, doch sie wusste, dass ihr keine andere Wahl blieb. Und so nickte sie Zara nur unmerklich zu, so wie Falk es zuvor getan hatte, und ging mit entschlossenen Schritten durch die Spiegelfläche, um ebenso spurlos zu verschwinden wie Falk vor ihr.

Thor folgte ihr neugierig und ohne Furcht.

Nun war Zara allein in der verwüsteten Turmkammer – allein mit der Leiche von Iliam Zak, allein mit sich und ihren Gedanken.

Sie schaute noch einmal zum zerborstenen Fenster und hindurch, sah die Wipfel des Waldes, die sich träge vor dem nachtschwarzen Himmel wiegten, während die ersten Schneeflocken dieses „Winterabends" zu Boden schwebten. Dann stieß sie ein vernehmliches Seufzen aus, schüttelte unmerklich den Kopf, als wäre sie sich selbst nicht sicher, was sie hier eigentlich tat oder warum – und dann …

Dann trat auch Zara durch das magische Portal, ohne zu wissen, wohin es führte, was sie auf der anderen Seite erwartete oder ob sie jemals wieder zurückkehren würde.

X.

Der Ortswechsel vollzog sich unverzüglich und ohne jeden Übergang. In einem Moment trat Zara in der Dachkammer von Iliam Zaks Turm durch das Portal, im nächsten breitete sich um sie herum eine düstere glucksende Sumpflandschaft aus. Sie stolperte noch einen Schritt nach vorn – und stieß gegen Jael, die erschrocken herumwirbelte, die Hand sofort am Griff des Schwertes, um es aus der Scheide zu reißen.

„Entschuldige", flüsterte Zara. „Es – es hat funktioniert?" Sie schaute sich um und spürte, dass sie fröstelte. Es war kalt hier. Doch das konnte es nicht sein, was diese unnatürliche Kälte in ihr hervorrief. Dies war ein böser Ort, das spürte Zara mit all ihren vampirischen Sinnen. Ein Ort, der auch eine Kreatur wie sie innerlich frieren ließ.

„Ja, es hat funktioniert", beantwortete Jael die eigentlich überflüssige Frage der Vampirin.

Das Dimensionstor hinter Zara blieb nicht bestehen, wie die Vampirin bemerkte, als sie sich umwandte. Es flimmerte, flackerte, brach dann in sich zusammen und war verschwunden, als habe es nie existiert. Damit war klar, dass die Gefährten es für die Rückkehr nicht mehr würden benutzen können. Das Zauberbuch war auf der anderen Seite des Portals zurückgeblieben, und die entsprechenden Substanzen, die für den Zauber nötig waren, hatten sie auch nicht dabei.

„Das wird ein langer, beschwerlicher Weg zurück nach Sternental", murmelte Zara. In ihrer Nähe befand sich auch Falk, und Thor sprang hechelnd an ihrem Bein hoch, um seine Herrin freudig zu begrüßen. Zara tätschelte seinen Kopf und schaute sich die Umgebung an, wobei sie auch ihre vampirischen Sinne einsetzte, um zu ertasten, ob in unmittelbarer Nähe eine Gefahr auf sie lauerte. Doch sie registrierte nichts.

Es war eine düstere Landschaft, in die sie geraten waren. Um sie herum gluckste der Sumpf, Nebel waberte, und uralte verkrüppelte Trauerweiden ließen müde ihre langen Zweigarme ins dunkle Wasser hängen. Es war allerdings nicht wirklich dunkel, obwohl die Nacht bereits angebrochen war, während die drei Gefährten in Iliam Zaks Turm versucht hatten, das Dimensionstor zu öffnen; der Himmel war sternenklar, und am Firmament erhob sich bleich und rund der Vollmond und schickte sein silbriges Licht hinab zu Erde, das diesen Sumpf noch unheimlicher wirken ließ und den Nebel über dem dunklen Wasser zum Glühen brachte.

„Und dies ist wirklich Drakenschanze?", murmelte Zara, noch immer Thors Kopf streichelnd.

Jael nickte und machte ein düsteres Gesicht. „Ein böser Ort ist dies", flüsterte sie. „Ich spüre die dunkle Magie, die diesen Sumpf beherrscht. Sie ist allgegenwärtig. Schon viele Unschuldige hat dieser Sumpf ins Verderben gezogen, in seine kalten Tiefen, und nie wieder freigegeben. Nicht nur ihre Körper, auch ihre Seelen hält er gefangen. Ich höre das Wispern und Jammern ihrer Geister."

„Ich habe keine Angst vor Gespenstern", erklärte Zara.

„Sogar mit einer Horde Zombies sind wir fertig geworden. Also – wo ist dieser Friedhof des Sakkara-Kults, den wir suchen?"

Falk meldete sich zu Wort. „Ich weiß nicht, wo dieser Friedhof liegt, aber", er wies mit ausgestreckter Hand in eine bestimmte Richtung, „dort scheint sich etwas zu tun!"

Zara sah sofort, was er meinte. Eine Lichterscheinung war dort zu sehen, ein rötliches Flackern, das sich zwischen den Trauerweiden Bahn brach. Fackeln schienen dort zu brennen und erzeugten in der mondbeschienenen Nacht diesen flackernden Schein. Wie weit ihr Ziel aber entfernt war, ließ sich nicht genau erkennen.

„Dort geht etwas vonstatten!", sagte Falk, und seine Stimme klang mürrisch und entschlossen zugleich. „Ich wette, dort findet das Ritual dieser verfluchten Dämonenanbeter statt."

„Dann lasst uns dorthin gehen", entschied Zara, „und diese verdammte Brut bei ihrem Treiben stören. Ich will die Sache endlich zu einem Ende bringen!"

Schon setzte sie sich in Bewegung, machte drei Schritte – und ihr Fuß versank im glucksenden Moor. Gerade noch rechtzeitig packte Jael zu, erwischte Zara am Unterarm und zog sie aus dem Morast, bevor sie weiter versinken konnte.

„Danke", stöhnte Zara. Sie ließ ihren Blick über das Moor schweifen. Das dunkle Wasser war kaum zu sehen, so dicht lag der Nebel über dem Sumpf. „Und wie kommen wir jetzt dadurch, ohne zu versinken?"

Weder Jael noch Falk wussten darauf eine Antwort – dafür aber offenbar Thor, der sich auf einmal vorwärts bewegte, durch den Nebel und auf den flackernden Schein zu.

Zara wollte ihn zurückrufen, doch Jael brachte sie mit einer Geste zum Schweigen und flüsterte: „Seine tierischen Instinkte weisen ihm den Weg. Wir sollten ihm folgen."

„Das ist zu gefährlich", war Zara überzeugt.

Jael zeigte ein kleines Lächeln. „Alles, was hinter uns liegt, und alles, was noch auf uns wartet, war und ist gefährlich. Wir haben mal wieder keine Wahl." Und dann fügte sie hinzu: „Aber wahrscheinlich machst du dir weniger Sorgen um uns als um Thor. Dieser Wolf und du – ihr seid von gleicher Art."

Zara hatte keine Ahnung, was ihr die Seraphim damit sagen wollte, und sie hatte auch keine Lust, nachzufragen. Sie sah aber ein, dass Jael Recht hatte und dass sie Thor folgen mussten, denn es brachte nichts, wenn sie hier herumstanden und Wurzeln schlugen. Sie warf Falk einen Blick zu, der nur mit den Schultern zuckte. *Lass es uns versuchen,* sollte das wohl heißen.

Thor war schon fast im Nebel verschwunden, also traf Zara ihre Entscheidung. Mit vorsichtigen Schritten folgte sie dem Wolf, und hinter ihr kamen die Seraphim und Falk. Das Tier schien tatsächlich einen sicheren Weg durch das Moor zu wittern. Vorsichtig und schnüffelnd bewegte es sich vorwärts, die Schnauze immer dicht über dem Boden, ging achtsam immer weiter. Die drei Gefährten folgten dem Graupelz.

Zara hatte immer geahnt, dass es sich bei Thor um ein besonderes Tier handelte. Das hatte sie bereits gespürt, als sie ihn zum ersten Mal gesehen hatte, in der Nähe von Moorbruch, als sie ihn aus dem Fangeisen befreite. Dass er sie jetzt so sicher durch das gefährliche Moor führte, bestätigte ihre Vermutung. Nein, Thor war kein gewöhnlicher Wolf. Da steckte noch mehr dahinter, irgendein Geheimnis umgab ihn.

Plötzlich spürte die Vampirin Jaels Hand auf ihrem Arm und verhielt im Schritt. „Schau hoch zum Himmel", flüsterte die Seraphim. „Es ist soweit!"

Zara blickte auf – und sah, wie sich ein kreisrunder Schatten langsam vor den Vollmond schob. Die Mondfinsternis begann.

„Die letzte Stunde ist gekommen, wenn sich die Erde zwischen Licht und Schatten drängt …", flüsterte Zara. „Es geschieht! Wir kommen zu spät!"

„Noch ist nichts verloren!", gab sich Jael überzeugt. „Aber wir müssen uns beeilen!"

„Wenn wir den Ort des Rituals nicht sofort finden …", begann Zara.

„Wir haben diesen weiten Weg nicht beschritten, um so dicht vor dem Ziel aufzugeben!", widersprach Jael. „Wir müssen ihn jetzt bis zum Ende gehen!"

Zara nickte. Die Seraphim hatte Recht. Was immer kommen mochte, die Stunde der Entscheidung war angebrochen.

Einige Meter vor ihnen hatte Thor auf sie gewartet, nun setzte er sich wieder in Bewegung, und die drei Gefährten folgten ihm.

Das Moor um sie herum gluckste und schien zu brodeln. Wie knochige Finger streckten die Trauerweiden ihre Zweige nach den Gefährten aus, aber unbeschadet erreichten sie schließlich festen Boden.

Thor war erneut stehen geblieben und erwartete sie. Zara ließ sich neben ihm nieder und kraulte ihn hinter den Ohren. „Gut gemacht, mein Freund", lobte sie das Tier.

Thor hechelte freudig, als würde er ihre Worte genau verstehen.

„Still!", zischte Jael auf einmal und hob die Hand, und jetzt hörte Zara es auch. Ein Singsang lag in der Luft, unheilvoll und drohend, hervorgebracht von mehreren männlichen Kehlen. Ein Gesang aus uralter Zeit. In einer Sprache, die längst nicht mehr gesprochen wurde.

„Hier entlang!", wies Jael die Gefährten an und schob sich zwischen die Zweige eines Busches. Falk, die Vampirin und der Wolf folgten ihr, und sie bewegten sich nahezu lautlos durchs Unterholz und dem unheimlichen Singsang entgegen. Durch Zweige und Geäst erhaschte Zara wieder einen Blick auf den Himmel, und sie sah, wie sich der Schatten der Welt immer mehr über den vollen Mond schob; eine Eishand schien über ihren Rücken zu streichen.

Vor ihr bewegte sich Jael, und hinter sich hörte sie Falks keuchenden Atem. Es ging aufwärts, eine steile Böschung hinauf – und dann hatten sie freie Sicht auf eine uralte Tempelanlage.

Es waren mehrere alte Gebäude, aus grauen und zum Teil fast schwarzen Steinblöcken errichtet. Altäre sahen sie, mehrere Grüfte. Einige der Gebäude schienen verfallen, und ein paar davon hatten schmiedeeiserne Gitter vor den Eingängen, die vor sich hinrosteten. Auch hier waberte Nebel über dem Boden, aber nicht mehr so dicht wie im Sumpf.

Alles war deutlich zu erkennen – wegen der Fackeln, die ihr rötliches, flackerndes Licht verstreuten. Und die Gefährten sahen auch die gut zwei Dutzend von Kapuzenmänteln verhüllten Gestalten, von denen die meisten Fackeln trugen. Einige von ihnen hielten aber auch mannshohe knorrige Holzstäbe in den Händen – Zauberstäbe, wie Zara sofort erkannte.

„Es sind Zauberer von Sternental!", sagte Jael, die nun neben Falk und Zara auf der Anhöhe der Böschung lag und auf das Geschehen hinabblickte. „Die Kerle mit den langen Stäben – sie gehören zum Rat der Bruderschaft!", zischte sie erregt. „Diese miesen Verräter!"

Der seltsame Singsang ging von den Kapuzenträgern aus. Sie standen im Halbkreis vor einem Altar oder Opferstein. Gut drei Schritte vor ihnen stand eine weitere Gestalt, die ein Anführer zu sein schien. Sie fiel durch den roten Kapuzenumhang auf, den sie trug, denn die Mäntel der anderen Anwesenden wiesen allesamt ein erdiges Braun auf.

Falk zuckte leicht zusammen. Er erinnerte sich an seinen Traum, der ihn in den Nimmermehrsümpfen heimgesucht hatte. Da hatte ihn eine Gestalt in einem roten Kapuzenumhang durch ein düsteres Labyrinth gehetzt. Eine Gestalt, die behauptet hatte, dass Falk und sie sich kennen würden. War dies dort vorn diese unheimliche Gestalt?

Für Zara und Jael indes war viel interessanter, was sich bei und auf dem Altar tat. Darauf lag ein junges Mädchen, keine zwanzig Jahre alt. Es lag auf dem Rücken, schien wie in Trance, stöhnte und keuchte, hatte die Augen geschlossen, und ihr hübsches Gesicht zeigte Verzückung. Goldblondes Haar umwallte ihren Kopf, und sie trug keinen Faden am Leib.

Sie stöhnte, wand sich, fuhr sich mit der Zunge über die vollen Lippen, und ihr nackter Körper bebte, während die Gestalt, die hinter dem Altar stand, beide Hände immer wieder dicht über den nackten Mädchenkörper gleiten ließ, als würden sie ihn streicheln, ohne ihn jedoch dabei zu berühren. Das Ganze erinnerte an eine erotische Liebkosung, als würde die Gestalt mit unsichtbaren Fingern den nackten Körper betasten und das Mädchen in Wolllust und Verzückung versetzen. Zara erkannte, das dies auch so war. Die Luft um Mädchen und Altar schien zu knistern vor Gier und Fleischeslust, und die junge Frau schien nicht mehr Herrin ihrer Sinne und fieberte dem Höhepunkt entgegen.

Derjenige, der sie in diesen Zustand versetzte, war offensichtlich ein mächtiger Zauberer, der wusste, wie man Menschen in seine Gewalt brachte. Da die Kapuze seines Umhangs zurückgeschlagen war, konnte Zara ihn auch genau erkennen.

Es war Godrik!

Der Vorsteher der Magierenklave Sternental!

„Dieser Hund!", zischte Jael neben Zara. „Er steckt also mit dem Sakkara-Kult unter einer Decke!"

„Nicht nur das", knirschte Zara. „Er scheint sogar der Anführer zu sein."

Die Seraphim schüttelte den Kopf. „Das kann ich nicht glauben. Nein, das hätte ich gespürt. Er mag ein mächtiger Zauberer sein, aber er ist ein schwacher Mensch. Er hat nicht das Zeug, den Sakkara-Orden zu führen!"

Zara warf einen Blick zum Nachthimmel. Die Sterne waren verschwunden, leuchteten nicht mehr. Etwas schien ihr Licht zu verschlucken, eine unheimliche düstere Magie. Und der Schatten der Erde schob sich immer mehr über den Vollmond, bedeckte ihn bereits fast vollständig.

Plötzlich verstummte der Singsang, endete wie abgeschnitten, aber es wurde nicht still, denn Godrik, der einäugige Magier, begann jetzt zu sprechen. Es waren Worte in einer uralten Sprache, die er hervorbrachte, und es hörte sich an, als würde er beten. Er rief die dunklen Götter an, das war den drei Gefährten sofort klar, und er zog einen Opferdolch mit breiter Klinge unter seinem Gewandt hervor, während die andere Hand noch immer über den nackten Leib des Mädchens glitt, das in Ekstase zuckte und sich wand.

Godrik rief gutturale Worte in einer Sprache, die längst tot war. Immer lauter rief er sie, seine Stimme hallte über den Platz zwischen den alten Tempeln und Grüften, und seine Anhängerschaft lauschte ihm schweigend. Ansonsten war nur das Stöhnen und Keuchen der Nackten zu hören, deren Wolllust sich immer mehr in Raserei zu steigern schien. Ihr schlanker Mädchenkörper war mit Schweiß bedeckt, das Gesicht verzerrt und die Augen zugekniffen, während sie sich auf die Unterlippe biss, weil sie diesen Zustand absoluter Lust kaum noch aushielt.

Godrik schrie die Worte in die Nacht, hinauf zum Himmel, wo vom Vollmond nur noch eine blasse Sichel zu sehen war, da sich der Erdschatten immer mehr über ihn schob.

Und während Godrik rief, brach der Himmel auf!

Ein Spalt entstand im sternen- und wolkenlosen Firmament. Ein hell leuchtender Riss, aus dem ein glühender Nebel sickerte und der aussah wie eine Wunde, die aufklaffte. Immer größer wurde der Spalt, und Zara glaubte, ihren Augen nicht trauen zu dürfen.

„Das Tor zur Hölle", keuchte Jael neben ihr. „Godrik öffnet es! Die Chaos-Dämonen brechen in unsere Welt!" Ihre Stimme zitterte vor Erregung und nur mühsam unterdrückter Panik.

Godrik schrie noch immer Worte in jener uralten Sprache,

die kaum noch ein Wesen in Ancaria verstand. Er hatte den Opferdolch weit erhoben, und unter ihm, unter seiner streichelnden linken Hand, wand sich die Nackte und begriff nicht, was mit ihr geschah. Godrik missbrauchte nicht nur ihren Körper, er hatte auch ihre Seele versklavt und sie sich völlig untertan gemacht.

Jael ahnte, was das bedeutete und was nun folgen würde. „Wenn er das Mädchen opfert, ist das Ritual geglückt!", rief sie. „Dann bricht die Hölle in diese Welt!"

Über den uralten Gebäuden riss der Himmel immer weiter auf, glühender Dampf wölkte aus dem Spalt hervor, und Zara glaubte sogar, gierige Krallen zu erkennen, die von innen her versuchten, den Spalt zu erweitern und aufzureißen. Die Chaos-Dämonen wollten sich ihren Weg in die Welt der Sterblichen bahnen, aber noch fehlte ihnen das Blut eines Menschen – eines unschuldigen Menschen, der durch den Zauber Godriks verdorben wurde; das Blut einer Jungfrau, die in Fleischeslust starb!

Zara hatte begriffen: Wenn das Mädchen geopfert wurde, in jenem Moment, in dem die Mondfinsternis komplett war, dann war das Ritual vollzogen, dann würden die Chaos-Dämonen in diese Welt einbrechen!

Plötzlich konnte sie Godriks Worte klar und deutlich verstehen, als er schrie: „Ihr Götter des Chaos! Nehmt dieses Opfer an! Ein unschuldiges Menschenkind, das in Sünde stirbt! Eine reine Seele, die ich euch befleckt schicke!"

Und als das letzte Wort verklungen war, bedeckte der Erdschatten vollständig den Mond, und tiefste Finsternis legte sich über Ancaria, nur erhellt von den Fackeln der Kuttenträger.

Jael wollte aufspringen, aufschreien, irgendetwas tun – es war zu spät!

Die letzte Stunde ist gekommen, wenn sich die Erde zwischen Licht und Schatten drängt ...

Aus dem Keuchen des Mädchens wurden spitze Schreie, und die Opferklinge in Godriks Hand blitzte im Fackelschein auf.

Dann bohrte sich die Klinge tief in das Fleisch, und Blut spritzte in einer hellroten Fontäne hervor ...

Doch es war nicht das Fleisch des Mädchens, in das sich die Klinge gebohrt hatte, und es war auch nicht die Klinge von Godriks Opferdolch.

Der Enklavenvorsteher selbst war es, der den scharfen Stahl zu schmecken bekam. Zaras Messer war wie ein Blitz durch die Nacht gezuckt und hatte sich tief in den Hals Godriks gebohrt!

Der Einäugige riss den Mund weit auf, um zu schreien, doch nur ein Gurgeln kam aus seiner Kehle, gefolgt von schäumendem Blut. Er ließ den Opferdolch fallen, hob die andere Hand, um nach dem Messer in seinem Hals zu greifen, schaffte es jedoch nicht, und während die Nackte auf dem Opferstein aus ihrer Trance erwachte, den Sterbenden sah und gellend aufschrie, kippte er röchelnd um, blieb am Boden liegen, zuckend, um sich schlagend und strampelnd – und ertrank an seinem eigenen Blut.

Jael und Falk hatten die Augen weit aufgerissen. Sie konnten kaum glauben, was sie sahen. Beide hatten sie nicht bemerkt, wie Zara neben ihnen aufgesprungen und auf die Kuttenträger zugestürmt war – mit einer Geschwindigkeit, in der sich nur die Kinder der Nacht, die Vampire, bewegen konnten, schneller, als das menschliche Auge sie zu erfassen vermochte.

Jetzt stand sie vor den Kuttenträgern, breitbeinig und grimmig schauend, und sie zog ihre beiden Schwerter. Es war eine fast gemächliche Bewegung, mit der sie dies tat, provozierend langsam und drohend, und ein Raunen ging durch die Höllendiener, das eine Mischung aus Zorn und Entsetzen in sich barg. Sie hatten sich Zara zugewandt, rührten sich jedoch nicht, und auch die Kriegerin unternahm zunächst nichts, sondern erwartete den Angriff der Dämonenknechte.

Für einen langen Moment tat sich nichts – dann rückten die Kuttenträger auf Zara zu.

„Kommt nur!", knurrte Zara ihnen entgegen und fletschte die Zähne wie ein wildes Tier. Sie wusste, dass sich sehr mächtige Zauberer unter ihren Feinden befanden, und sie machte sich darauf gefasst, es mit übermenschlichen Gegnern zu tun zu bekommen, deren dunkler Magie sie nichts entgegenzusetzen hatte. Trotzdem wich sie keinen Schritt zurück und erwartete den Angriff.

„Ja, kommt nur!", ertönte es in diesem Moment hinter ihr. Sie brauchte sich nicht umzudrehen, um zu wissen, was in ihrem Rücken geschah. Jael und Falk hatten sich erhoben und näherten sich, die Waffen in den Händen, kampfbereit und entschlossen wie Zara. Sie mussten einen beeindruckenden Anblick bieten, denn die Kuttenträger verharrten, blieben stehen, als wären sie vor eine unsichtbare Wand gelaufen.

Neben sich vernahm Zara ein Knurren – ein Knurren, das ihr in den letzten Tagen vertraut geworden war. Thor befand sich bereits an ihrer Seite, um seine Herrin notfalls mit dem Leben zu verteidigen.

Während sich Jael und Falk der Vampirin näherten, setzten sich auch die Kuttenträger wieder in Bewegung, schritten auf Zara zu, die nun die langen Bärte sah, die unter den Kutten hervorwallten. Sie ließen die Fackeln fallen, und einige von ihnen zogen blitzende Schwerter und Dolche unter ihren Mänteln hervor, andere senkten ihre Zauberstäbe, um die Vampirin mit ihrer Magie anzugreifen, und Zara machte sich auf das Schlimmste gefasst.

„Halt!"

Die Dämonendiener verharrten. Es war die Gestalt im roten Umhang, die ihnen Einhalt geboten hatte. Sie trat nun vor, und die Kuttenträger schufen ihr eine Gasse, sodass sie sich bis auf wenige Schritte Zara nähern konnte und dann stehen blieb. Inzwischen hatten Falk und Jael ihre Gefährtin erreicht.

„Das Ritual ist gescheitert", sagte Zara zu der Gestalt im roten Umhang und zeigte keine Furcht, keinerlei Emotion, obwohl ihr Inneres bebte und zitterte vor Erregung und Anspannung. „Die Chaos-Dämonen werden nicht in diese Welt eindringen!"

Ein Kichern drang unter der roten Kapuze hervor, unter der das Gesicht der Gestalt nicht zu erkennen war. Sie wandte den Kopf, blickte hinter sich und empor zum sternenlosen Himmel, wo der „Riss" noch immer zu sehen war. Nichts hatte sich verändert, weiterhin drang glühender Nebel daraus hervor, und ein leises Fauchen lag in der eiskalten Luft. Nur der Schatten der Erde löste sich allmählich wieder vom bleichen Antlitz des Mondes.

Die Gestalt wandte sich wieder Zara zu, und eine volltönende männliche Stimme erklang. „Noch ist nichts verloren. Noch warten die Dämonen darauf, eure Welt heimsuchen zu können. Es kann funktionieren. Es *wird* funktionieren. Auch ohne Blutopfer. Die Magie der Jungfrauenherzen ist stark und wirkt noch immer."

„Die Jungfrauenherzen, die Ihr unschuldigen Mädchen aus der Brust habt reißen lassen von Euren Blutbestien!", ergriff Jael das Wort.

Die Gestalt nickte nur.

„Dann seit Ihr Ishmael Thurlak, der angeblich seit Jahren tot ist?", fragte Zara.

Wieder nickte die Gestalt. „Das ist mein wirklicher Name. Obwohl", fügte der Unheimliche hinzu, „du mich unter einem anderen kennst!"

Damit hob er die Hände, fuhr damit zur Kapuze, ergriff deren Saum und schlug sie zurück. Darunter hervor kam ein männliches Gesicht mit sehr markanten Zügen, in dem das Auffälligste das leicht hervorspringende Kinn und der gepflegte, kurz geschnittene Vollbart waren.

Zara kannte dieses Gesicht.

„Gregor …", flüsterte sie.

Ein Ring aus Eis schien sich um ihr Herz zu legen und es einfrieren zu lassen. Sie konnte nicht fassen, was sie sah, *wollte* es nicht fassen.

Aber es war die Wirklichkeit, sie sah es mit eigenen Augen, und als sie die Wahrheit akzeptierte, war nur noch Schmerz in ihr. Schmerz und Enttäuschung. Das Gefühl, das sich alles Menschliche für immer von ihr abgewandt hatte. Sie zitterte am ganzen Leib, ohne es zu merken, starrte auf den breitschultrigen, hoch gewachsenen Mann vor sich, und ihre beiden Schwerter glitten ihr fast aus den Händen. „Sag mir, dass du es nicht bist, Gregor …"

Er lächelte sie an. Es war ein oberflächlich liebevolles, in Wirklichkeit aber spöttisches und damit äußerst verletzendes Lächeln. „Doch, es ist wahr, Zara", sagte er. „Ich bin Ishmael Thurlak!"

„Nein", keuchte Zara, obwohl sie wusste, dass er die Wahrheit sprach. „Nein, das kann nicht sein!"

„Du … du mieses Schwein, du!", hörte sie Falk neben sich schreien. „Du bist das übelste Stück Dreck, das ich …"

Ein Blick aus Gregors eiskalten Augen ließ ihn verstummen. Dieser Mann hatte eine Präsenz und Ausstrahlung, die ihm eine natürliche Macht über andere Menschen verlieh. Dafür bedurfte es keiner Magie.

„Wer ist dieser Kerl?", fragte Jael. „Woher kennt ihr ihn?"

Sie selbst hatte ihn nur kurz zu Gesicht gekommen, als sie mit Zara und Falk in Moorbruch aufgebrochen war. Sie war ja erst später in die Ereignisse dort verstrickt worden.

Zara konnte ihr keine Antwort geben, ihr fehlten die Worte, und ihre Kehle war wie zugeschnürt. Deshalb sprach Falk an ihrer statt: „Landgraf Gregor D'Arc aus Moorbruch. Wir trafen ihn dort, und er bot uns seine Unterstützung an. Zara und er …" Falk verstummte, denn er wusste, dass jedes weitere Wort die Vampirin nur noch mehr verletzen und in ihr Herz schneiden würde wie eine Klinge.

„Wir hatten eine…", fuhr der Graf für ihn fort, „nennen wir es: Affäre! Ist dies deiner Meinung nach der richtige Ausdruck, Zara?" Er lächelte sie an. Dieses freundliche, spöttische Lächeln voller Hohn und Arroganz.

„Mir bedeutete es mehr", flüsterte sie.

Er lachte auf. „Das hast du mir nicht gezeigt, Zara. Wenn es so war, kannst du deine Gefühle gut verbergen, das muss ich dir sagen. Wir hatten eine äußerst heiße Liebesnacht, und ich muss gestehen, dass ich mit dir sehr zufrieden war. Doch dann machtest du dich auf und davon, um Salieris Kreaturen zu vernichten, und du hast dich nicht mehr bei mir blicken lassen. Als du dann Moorbruch verlassen hast und ich dich noch einmal sprechen wollte, wirktest du etwas … nun, sagen wir: kühl."

„Sie verfügt eben über eine gute Menschenkenntnis!", sagte Falk.

„Das bezweifle ich", höhnte Gregor D'Arc, ohne den Blick von Zara zu nehmen. „Sonst hätte sie sich mir nicht hingegeben – mit Haut und Haaren und noch viel, viel mehr!" Er gluckste vor falscher Freude.

Sie starrte ihn an, noch immer fassungslos, noch immer nicht in der Lage, den Sturm der Gefühle, der in ihr tobte, zu beschwichtigen. „Dann", flüsterte sie, „war alles gelogen, was du mir erzählt hast. Über dich, über deine Frau – über deinen tot geborenen Sohn und deinen Schmerz, der dich nach Moorbruch trieb …"

Er zuckte mit den Achseln. „Gelogen nicht", sagte er. „Nur ist das alles schon ein paar Hundert Jahren her und berührt mich nicht mehr. Doch der Grund, warum ich mich in Moorbruch aufhielt, der war tatsächlich ein anderer."

„Du warst dort, um Salieri bei seinem Treiben zu überwachen", schlussfolgerte Zara mit trauriger Stimme, „um sicher zu gehen, dass seine Blutbestien auch alle zwölf Frauenherzen herbeischafften und Salieri sein verderbliches

Ritual richtig durchführte, um die schwarze Magie auf diesen Ort hier konzentrieren zu können."

„Richtig. Und um meine schützende Hand über Salieri zu halten." Gregor D'Arc nickte. „Du bist nicht nur eine heißblütige und sehr fantasievolle Bettgespielin, Zara, sondern auch ein kluges Kind."

„Er war nicht nur in Moorbruch, um dem Morden der Blutbestien beizuwohnen und seinen Lakai zu schützen", vermutete Jael. „Durch die magischen Portale war er in der Lage, an all jenen Orten nahezu gleichzeitig zu sein, an denen die Blutbestien zuschlugen und wüteten, und das unter vielen verschiedenen Identitäten, nachdem er hier in Sternental schon vor Jahren seinen eigenen Tod vortäuschte. Letzteres war nicht schwierig, da er den Enklavenvorsteher auf seiner Seite wusste, und so hatte er in seinem Handeln völlig freie Hand."

„Auch das ist richtig", bestätigte D'Arc, lächelte schmierig und hob die Schultern. „Ich gestehe, ich bin durchschaut!" Aus seinem falschen Lächeln wurde ein breites Grinsen, dann wies er wieder hinter sich und zum Himmel, wo der Vollmond wieder erstrahlte, jedoch auch noch immer der hell leuchtende Riss im sternenlosen Himmel klaffte. Glühende Nebel umwaberten ihn, und jetzt sah Zara tatsächlich ganz deutlich spitze, scharfe Klauen, die von der anderen Seite her versuchten, den Spalt zu erweitern, an seinen Rändern rissen und zerrten. Knurren und Fauchen war zu hören.

„Aber jetzt haben meine Getreuen und ich noch etwas Wichtiges zu erledigen hier", sprach D'Arc alias Ishmael Thurlak weiter. „Das Ritual muss fortgesetzt werden, und ich hoffe, dass es trotz eurer Störung noch klappt. Es wird dadurch schwieriger, wir brauchen mehr magische Energien, aber es dürfte trotzdem zu schaffen sein."

Er wollte sich abwenden, so als würden ihn die drei Gefährten gar nicht mehr interessieren, doch Zara sprach ihn noch einmal an. „Gregor!"

Er drehte sich wieder nach ihr um. „Ja?"

„Du warst es, der die Mordbuben im Felskessel auf mich hetzte, richtig? Du hast mir diese Falle gestellt und diese Mörderbande gedungen, um mich zu töten!"

Er nickte unbekümmert. „Du hast Recht, Zara. Es war ein Fehler. Ich hätte es tun sollen, *nachdem* ich mit dir geschlafen habe."

Sie ließ sich von ihm nicht provozieren und sagte mit ruhiger Stimme: „Dann bin ich dir noch was schuldig!"

Und mit diesen Worten riss sie blitzschnell ihren rechten Arm hoch, und eines ihrer Schwerter bohrte sich mit brutaler Gewalt in seinen Leib. Die Klinge drang in seine Brust, durchbohrte ihn und trat am Rücken wieder heraus. Bis zum Heft rammte sie ihm mit dieser unglaublich schnellen Bewegung das Schwert in den Leib, dann ließ sie den Griff los.

Er keuchte, riss Mund und Augen weit auf, schien sie ungläubig anzustarren und taumelte zurück, während die anderen Kapuzenträger entsetzt aufschrien.

Sein Gesicht verzerrte sich, und Schmerz und Pein standen darin geschrieben – doch dann änderte sich dieser Ausdruck, seine Miene entspannte sich, und er lachte gellend auf.

Mit einer lässigen Bewegung zog er sich das Schwert aus dem Leib und zerbrach die Klinge mit bloßen Händen. „Zara", sagte er, und es klang tadelnd, „Wesen wie du und ich hätten nicht all die Jahrhunderte überlebt, wenn wir normale Menschen wären. Unterschätze nicht die schwarze Magie!"

Er warf die beiden Bruchstücke des Schwertes achtlos beiseite und befahl seinen Getreuen: „Tötet sie – grausam, aber schnell, damit wir endlich fortfahren können!"

Wieder rückten die Anhänger des Sakkara-Ordens vor, einige von ihnen Schwerter und Dolche in den knorrigen Fäusten. Diese Gegner kümmerten Zara kaum. Aber die Zauberer, die nun wieder ihre Stäbe gegen sie richteten, die bereiteten ihr arge Probleme. Sie spürte die Magie, die in diesen Holzstöcken schlummerte. Eine Magie, der sie nichts entgegenzusetzen hatte. Eine Magie, die sie zerschmettern würde, die selbst ihrem untoten Dasein mit Leichtigkeit ein Ende bereiten konnte. Schwärzeste Magie, die in der Lage war, jeden Körper zu zerreißen oder zu Asche zu verbrennen.

Schon setzte einer der Magier seinen Zauberstab gegen Zara ein – und …

Thor sprang den Langbart knurrend an, noch bevor seine verderbliche Magie wirksam werden konnte. Ein Biss seiner Fänge, und er zerfetzte dem Kuttenträger die Kehle. Röchelnd ging er nieder, während Thor bereits den nächsten Gegner attackierte und ihm die Hand zerbiss.

Auch Zara war nicht mehr zu halten. Wie ein Blitz fuhr sie unter die Schar der Feinde, ließ ihr verbliebenes Schwert kreisen, zog die Klinge durch zuckende Leiber, zerschnitt Muskeln, Fleisch und zerhackte Knochen. Sie dachte nicht mehr nach, wollte nicht mehr denken. Was sie eben erfahren hatte, hatte ihren Verstand ausgeschaltet.

Wie eine Furie tobte sie unter den Kuttenträgern, schlug immer wieder zu und badete ihr Schwert im Blut ihrer Gegner.

Auch Jael ließ ihr Schwert kreisen, zertrümmerte damit einen Schädel, stieß es einem anderen Gegner durch den Leib. Als sie sah, wie einer der Zauberer seinen Stab gegen Falk richtete, sprang sie heran, schlug zu, und der Stab fiel zu Boden, noch immer von beiden Händen umklammert. Der Verstümmelte hatte nicht lange zu leiden, denn noch bevor er begriff, was geschehen war, bettete sich sein abgetrennter Kopf neben dem Stab.

Auch Falk kämpfte mit dem Mut der Verzweiflung. Es war seltsam, dass er keine Angst mehr verspürte. Er wuchs über sich hinaus und verbannte sein bewusstes Denken. Mit dem Dolch stieß er zu, schlitzte damit Kehlen und Bäuche auf und rammte die Waffe einem Gegner tief in die Finsternis unter der Kapuze.

Er sah, wie erneut ein Zauberstab gegen ihn gerichtet wurde, sprang instinktiv zur Seite, und dort, wo er eben noch gestanden hatte, spritzte der hart gefrorene Boden auf, als die magische Energie mit Urgewalt einschlug und Erdbrocken emporschleuderte.

Wieder wollte der Magier den Zauberstab gegen Falk einsetzen, konnte es aber nicht, weil der junge Bursche plötzlich von anderen Gegnern umringt war, die ihn niedermachen wollten. Als der Zauberer wieder freie Bahn hatte, sah er plötzlich einen Schatten auf sich zuhechten, der sich sodann in sein Gesicht verbiss. Der Zauberstab entglitt seinen Händen, während er kreischend zu Boden stürzte und verzweifelt versuchte, den Wolf von sich zu zerren.

Zara machte gerade einen weiteren Kuttenträger nieder, als sie aus den Augenwinkeln mitbekam, wie Ishmael Thurlak alias Gregor D'Arc zum Altar lief, davor stehen blieb und das nackte Mädchen, das dort weinend am Boden kauerte, auf die Füße riss. Plötzlich hatte er einen Dolch in der Hand und schrie empor zum Himmel: „Ihr Götter des Chaos! Dämonen der Vernichtung! Nehmt dieses Opfer, das Euer nicht würdig ist, und spürt die Kraft der Magie, die diesen Ort beherrscht!"

Mit einer beiläufigen Bewegung schnitt er dem Mädchen die Kehle durch, ließ das sterbende Opfer zu Boden gleiten und riss beide Arme hoch. „Kommt, Ihr Götter des Chaos! Ich beschwöre Euch! Ich befreie Euch!"

Vom Himmel her war ein tiefes Grollen zu hören, und der Riss dort erweiterte sich, wurde ein Stück mehr aufgefetzt von scharfen Dämonen-Klauen.

Zara konnte darauf nicht mehr achten. Sie wütete zwischen ihren Feinden, zerhackte den Zauberstab eines abtrünnigen Magiers, bevor der ihn gegen sie einsetzen konnte, schlug dem Gegner den Kopf von den Schultern und bekam gleichzeitig mit, wie ein anderer seinen Zauberstab gegen Jael richtete, die mit einem einzigen Schwertstreich zwei Gegner tötete.

Ein unsichtbarer Blitzschlag schien die Seraphim zu treffen, schleuderte sie meterweit durch die Luft, bevor sie gegen die Mauer eines Gebäudes prallte. Sie rutschte am Gestein zu Boden und blieb reglos liegen, die Glieder in unnatürlicher Verrenkung, als wären alle Knochen in ihrem Körper gebrochen.

„Jaaaeeel! Neeeiiin!", schrie Zara auf.

Es überlief sie eiskalt. Wenn selbst Jael gegen diese Magie schutzlos war, wie sollte dann sie – Zara – siegen?

Und warum rührte sich die Seraphim nicht mehr? War sie tatsächlich getötet worden, nicht mehr am Leben? Es musste so sein, so wie sie dalag, in dieser Verrenkung, die der menschliche Knochenbau normalerweise nicht zuließ, und Zara schien bei diesem Gedanken, der sich ihr als Gewissheit präsentierte, innerlich zu vereisen.

Erneut schrie sie auf: *„Jaaaeeell!!"*

Dann überwand sie den Schmerz und die Trauer. Sie musste weiterkämpfen, musste die Gegner besiegen. Sonst war Jaels Opfer umsonst, und das wollte sie nicht.

Sie wirbelte herum und schlitzte einem der Schwertträger dabei die Gurgel auf.

Ein Zauberstab wurde gegen sie gerichtet, doch mit ihrer übermenschlichen Schnelligkeit konnte Zara dem magischen Schlag gerade noch entgehen. Stein zerbarst und zersplitterte wie Glas, als habe eine Titanenfaust die Mauer jener Gruft getroffen, vor der Zara gerade noch gestanden hatte. Das ganze Gebäude bebte und drohte einzustürzen.

Zara tauchte zwischen zwei Gegnern auf, und bevor diese die Gefahr erkannten, verlor einer den Kopf, der andere die rechte Hand – und dann …

Dann erwischte es Zara doch. Ein magischer Schlag traf sie und riss sie von den Füßen.

Es war ihr, als würde ihr Körper zerfetzt, als würden alle Sehnen und Muskeln reißen und ihre Knochen zu Brei zerstampft. Den Gegner, der nahe neben ihr gestanden und dem sie die Hand abgeschlagen hatte, traf der magische Schlag ebenfalls, doch Zara bekam nicht mit, wie sein Körper in

Stücke zerrissen wurde. Sie prallte zu Boden und konnte sich vor Schmerz kaum rühren.

Sie hörte Ishmael Thurlak düstere Beschwörungen in einer unbekannten Sprache schreien. Er stand bestimmt noch am Altar und versuchte zu retten, was von seinem unseligen Blutritual noch zu retten war. Sehen konnte sie ihn nicht. Sie sah auch nicht, wie Falk von einem der Zauberer niedergestreckt wurde.

Gerade hatte er einen weiteren Gegner erdolcht, da tauchte hinter ihm einer der Zauberer auf und setzte seinen Stab ein, jedoch nicht auf magische, sondern auf sehr konventionelle Weise. Wie eine Keule zog er Falk das harte Holz über den Schädel, und ächzend ging der junge Bursche zu Boden, wo er besinnungslos liegen blieb.

Zara versuchte sich zu erheben, schaffte es aber nicht. Die Gegner näherten sich ihr, richteten ihre Schwerter und magischen Stäbe gegen sie, und sie war nicht mehr in der Lage, sich zu verteidigen.

Ihr ganzer Körper war nur noch Schmerz.

Aus, dachte sie. *Aus und vorbei. Wir haben alles gegeben – und verloren!*

Die abtrünnigen Zauberer würden sie mit ihrer Magie zerfetzen, ihren Körper mit ihren Schwertern zerhacken und …

Ein Knurren drang an ihre Ohren. Schwach hob sie den Kopf und sah, wie Thor auf die Gegner zusprang, einem der Kuttenträger an die Gurgel ging und ihn erledigte. Dann schnappte er sich den nächsten – und wurde von dem magischen Schlag aus einem der Zauberstäbe getroffen. Der Kuttenträger, in den er sich verbissen hatte, wurde zerfetzt, Thor durch die Luft gewirbelt.

Und dabei verwandelte sich sein Körper. Verformte sich, verbog sich, änderte seine Gestalt in einer Metamorphose des Grauens. Als Thor auf dem Boden prallte, war er kein Wolf mehr, sondern ein … ja, was?

Eine Mischung aus Wolf und Mensch erhob sich knurrend. Ein muskelstrotzender menschlicher Körper, über und über mit Fell bedeckt, das Gesicht eine wölfische Fratze – und dennoch irgendwie menschlich. Das Wesen fletschte die mächtigen Reißzähne, knurrte drohend, und seine Augen leuchteten wie Lichter.

Dann war Thor – oder das, wozu er geworden war – wieder zwischen seinen Gegnern, stürzte sich auf sie, eine fast menschliche Gestalt von über zwei Metern, bepackt mit Muskeln und bewehrt mit dolchartigen Fängen und messerscharfen Krallen, die durch Fleisch und Knochen fuhren und grausam wüteten unter dem Feind. Zara sah es – und konnte es kaum fassen!

Sie hatte von Werwölfen gehört, aber nie an sie geglaubt, denn in all den Jahrhunderten, in denen sie bereits existierte, hatte sie nie einen dieser düsteren Gestaltwandler zu Gesicht bekommen. Aber sie wusste ja inzwischen, dass es offenbar alles gab, was der Mensch sich vorstellen konnte – und wahrscheinlich noch sehr viel mehr.

Thor – oder wie immer er heißen mochte – war ein Wesen wie sie. Ein Geschöpf der Verdammnis. Menschlich und gleichzeitig absolut unmenschlich. Belegt mit einem Fluch, den das Schicksal auf ihn lenkte. Unschuldig und doch schuldig.

Und so wie Zara hatte Thor dennoch irgendwie einen Teil des Fluchs bezwungen, streunte nicht des nachts durch die

Wälder auf der Jagd nach menschlicher Beute, um sich an dem zuckenden Fleisch und dem dampfenden Blut seiner Opfer zu laben. Wie er das geschafft hatte, wusste Zara nicht.

Jetzt aber ließ er seinen wölfischen Trieben freien Lauf. Er musste es tun, wenn sie überleben wollten, wenn sie das Schlimmste verhindern wollten, was der Welt der Sterblichen widerfahren konnte.

Und Zara begriff auf einmal, dass dies der richtige Weg war. Dass es keine andere Möglichkeit gab. Dass jeder von ihnen zu dem stehen musste, was er war, wenn sie siegen wollten.

Und dann erzwang sie die Verwandlung …

Der Werwolf wütete unter den Kuttenträgern wie ein Berserker, zerfetzte Kehlen, schlug seine messerscharfen Krallen in menschliche Leiber. Die Schwerthiebe seiner Widersacher konnten ihn nicht stoppen. Wenn sich die Klingen in seinen Körper bohrten, stieß er nur jedes Mal ein Heulen aus, doch seine Wunden schlossen sich sogleich wieder, ohne dass Blut aus ihnen hervortrat. Seine Krallen rissen Hälse auf und Bäuche und fuhren durch die Gesichter der Gegner, die er mit einem einzigen Prankenhieb zerstörte.

Dann aber erwischte ihn erneut ein Schlag aus einem der Zauberstäbe, riss ihn von den Beinen, doch noch bevor er davongeschleudert wurde, traf ihn der nächste magische Energieblitz. Der Wolf heulte auf, lauter denn zuvor und diesmal voller Schmerz und Pein. Und als ihn der dritte magische Schlag in rascher Folge traf, hörte man nicht nur seine Knochen brechen, man sah auch, wie sie sich unter seinem Fell verformten und zersplitterten.

Wieder ein Schlag reiner schwarzer Magie, und er wurde gegen die Mauer einer Gruft geschleudert, so heftig, dass das Gestein unter der Wucht des Aufpralls vernehmlich knackte und Risse bekam. Ein letztes Heulen, das in ein Wimmern überging, seine Augen flackerten, dann rutschte er an der Mauer zu Boden, wo er reglos liegen blieb, und zwar als Mensch.

Ein Mann lag dort, nackt und von anmutiger Gestalt. Er mochte Mitte Dreißig sein, hatte ein markantes Gesicht und eine Silbersträhne im schulterlangen braunen Haar. Er bewegte sich nicht mehr, atmete nicht mehr, und unter der Haut war deutlich zu sehen, dass mehrere Knochen gebrochen und verformt waren.

Die Gewalt der magischen Entladungen hatte ihn getötet. Auch der dunkle Keim des Werwolfs in seinen Adern hatte ihn nicht retten können. Kein Leben war mehr in ihm.

Es waren nur noch sechs Kuttenträger übrig, unter ihnen vier mit den gefährlichen Zauberstäben. Vorsichtig näherten sie sich der reglos daliegenden menschlichen Gestalt, blieben vor ihr stehen, und einer stieß den nackten Körper mit dem Fuß an. Als Thor sich nicht rührte, sprach der Zauberer: „Die Bestie ist tot – vernichtet!" Und ein anderer der Langbärte murmelte: „Gegen solch ein Ungeheuer – halb Mensch, halb Tier – möchte ich nicht noch einmal kämpfen müssen!"

Doch er musste. Er und seine verbliebenen Mitverschwörer. Das wurde ihnen klar, als sie das zornige Fauchen hinter sich vernahmen, sich langsam umwandten und jene Kreatur erblickten, die sich ihnen näherte und die nur noch entfernt an Zara erinnerte.

Gellend schrieen sie auf, als sich die Vampirin auf sie

stürzte. Und schon im nächsten Moment brach Zara mit einer nahezu beiläufigen Bewegung einem der Zauberer das Genick, dem nächsten schlug sie ihre Blutzähne tief in die Kehle. Der Schock über das Auftauchen dieser Bestie hatte die Langbärte mit einer solchen Wucht getroffen, dass sie erst reagierten, als Zara auch den dritten aus ihrer Mitte mit ihren Fangzähnen die Kehle aufriss.

Dann aber richtete einer der verbliebenen Zauberer seinen magischen Stab auf sie, und Zara registrierte es nicht mal, weil sie am Hals ihres Opfers hin und gierig schlürfend den roten Lebenssaft in sich sog. Der Zauberer hob den Stab und murmelte einen Zauberspruch – den er allerdings nie vollendete.

Ein Messer schwirrte durch die Luft und bohrte sich in sein rechtes Auge. Mit einem krächzenden Schrei ging der Langbart in die Knie.

Jetzt bemerkte ihn auch Zara – und sie sah etwas abseits Falk stehen, der wieder zu sich gekommen war und das Messer geworfen hatte. „Jetzt zeig's ihnen, Zara!", rief er. „Mach sie alle!"

Nichts anderes hatte sie vor. Das Gesicht die Fratze eines Dämons und den Mund blutbesudelt, stürzte sie sich fauchend auf die letzten Gegner. Sie starben schreiend.

In diesem Moment hatte Gregor D'Arc alias Ishmael Thurlak endlich Erfolg. Der sternenlose schwarze Himmel riss noch ein Stück weiter auf, Donner krachte, und es grollte und rumorte am Firmament. Zara brach dem letzten Kuttenträger das Genick und sah, was geschah. Der Riss am düsteren Nachhimmel hatte sich erweitert, und zwar beträchtlich. Dahinter sah sie scheußliche Dämonenfratzen, glühende Augen

267

und geifernde Raubtiermäuler, und Krallenhände schoben sich aus der Spalte hervor in die Welt der Lebenden.

Ishmael Thurlak frohlockte. Mit glänzenden Augen und die Arme erhoben stand er vor dem Altar und rief: „Es glückt! Es glückt! Die Magie ist stark genug! Auch ohne Ritualopfer schaffe ich es! Die dunklen Götter des Chaos – sie dringen in diese Welt, um sie sich zu unterwerfen!" Er brach in ein irres Gelächter aus, das bewies, dass sein Geist bereits verwirrt war, vielleicht schon seit vielen Jahrhunderten.

Erneut drohte die Verzweiflung Zara zu packen. Was sollte sie tun? Wie sollte sie die Dämonen aufhalten? Gegen diese Kreaturen kam sie nicht an! *Niemand* kam gegen sie an! Wie also konnte sie noch verhindern, dass das Grauen über diese Welt ausgeschüttet wurde? Sie sah keinen Weg mehr!

Und dann – dann brach auf einmal ein gleißendes weißes Licht über die Szenerie. Ein Licht, strahlend rein. Ein Licht, das Falk und Zara schon zuvor gesehen hatten.

Beide schauten sich um, denn dieses Licht vermochte sie nicht zu blenden, so gleißend hell es auch war.

Und dann sahen sie Jael, die wieder zu Bewusstsein gekommen war. Wie auf dem Friedhof während des Kampfes gegen die Zombies kniete sie am Boden, die Hände wie betend gefaltet, und das gleißende Licht strahlte aus ihrem Körper, drang ihr in weißen Lichtbahnen aus Augen und Mund, den sie weit aufgerissen hatte.

Aber anders als auf dem Friedhof erhob sie sich jetzt, und wie eine brennende Gestalt schritt sie vorwärts, auf den Altar zu, wo Ishmael Thurlak stand und nicht fassen konnte, was geschah. Er konnte es nicht begreifen, konnte es auch nicht sehen, denn anders als Falk und Zara wurde er von dem Licht geblendet und musste die Augen mit den Armen schützen.

Am Himmel tobten die Dämonen. Da war ein Fauchen und Schreien, das in den Ohren schmerzte. Auch sie spürten die Ausstrahlung der Alten Götter, das absolut reine Licht des Guten.

Und Zara ebenso; ohne es zu wollen, ohne sich zuvor zu entspannen, verwandelte sie sich in ihre menschliche Gestalt zurück. Das Vampirische, das Dunkle in ihr konnte in diesem Licht nicht bestehen und verkroch sich tief in ihr Inneres, um sich zu schützen, um nicht aus Zara herausgerissen zu werden, was die Vampirin bestimmt nicht überlebt hätte.

Während sich Jael auf den Altar und Ishmael Thurlak zubewegte, berührten ihre Füße den Boden nicht. Ja, sie schwebte, und obwohl ihre Beine nur sehr gemächliche Schrittbewegungen vollführten, raste die leuchtende Gestalt nahezu dahin. Falk und Zara konnten nur zuschauen und staunen, waren zur Untätigkeit verdammt.

Schon hatte die Seraphim in ihrer Lichtgestalt Ishmael Thurlak erreicht – und sie umschlag ihn mit ihren Armen. Ishmael Thurlak alias Gregor D'Arc schrie auf, gellend und schmerzerfüllt. Das Licht verbrannte ihn, seine Haut warf Blasen, und die Augen unter den geschlossenen Lidern schmolzen wie heißes Wachs.

Er wand sich in den Armen der Seraphim, die ihn umschlungen hielt, und konnte sich nicht befreien. Sein Körper schien in Flammen zu stehen, Rauch wölkte aus seiner Kutte, aus dem Haupthaar und seinem Bart.

269

„Du wolltest die Finsternis über die Welt bringen!", hörte Zara die Stimme Jaels, die von überall her zu kommen schien. „Jetzt soll die Finsternis dich verschlingen!"

Zara ahnte Übles und schrie mit gellender Stimme: „Jael – neeeiiin!"

Doch es geschah – auf einmal verschmolzen die beiden Körper, Jael und Ishmael Thurlak wurden eins, zu einem gleißenden Lichtball, der sich erhob, über den Altar schwebte. Und dann schoss er direkt auf den Riss im Himmel zu, wie ein Kugelblitz, aber weit strahlender.

Die Dämonen, die im Riss der Dimensionen zu sehen waren, zuckten erschreckt zurück, man hörte ihr Kreischen und Fauchen, und dann hatte die Lichtkugel die Spalte erreicht – und schoss hindurch.

Das Licht, das dabei entstand, blendete nun auch Falk und Zara, und sie wandten die Gesichter ab. Aus der Spalte erklang das Schreien der Dämonen, Lichtbahnen flackerten daraus hervor, und hinter der Spalte, in jener anderen Dimension, schien im wahrsten Sinne des Wortes die Hölle zu toben.

Als Zara wieder hoch zum Himmel blickte, glaubte sie etwas zu sehen, was sie nicht begreifen konnte und von dem sie in den vielen Jahrhunderten, die ihr noch bevorstanden, nie wissen sollte, ob es vielleicht eine Täuschung war, eine Einbildung und Produkt ihrer überreizten Nerven. Sie sah Jael als leuchtende Gestalt am Himmel, durchscheinend und majestätisch. Sie trug eine Rüstung aus reinem Licht, hielt ein Breitschwert mit einer Lichtklinge in den Händen und wirkte wie die Königin einer Sagenwelt. Und das auf ihrem Rücken – waren das nicht die Schwingen eines Engels? Mit dem gleißenden Schwert hieb Jael auf die Dämonen ein, die in ihrer Scheußlichkeit nicht zu beschreiben waren und sich vor der leuchtenden Kriegerin jammernd duckten.

Ein weiteres Bild entstand vor Zaras Augen, nur für die Dauer eines Herzschlags. Sie sah Gregor D'Arc alias Ishmael Thurlak in den Fängen der Dämonen. Sie setzten ihn den Qualen der Hölle aus, und das, das Zara sah, war von so unbeschreiblicher Grausamkeit, dass ihr Geist es sofort verdrängte und aus ihrem Verstand verbannte. Es war die Hölle, die Ishmael Thurlak verschlungen hatte, und ihre Grauen waren so schrecklich, dass ein Mensch – oder eine Vampirin – sie nicht begreifen konnte, ohne dem Wahnsinn anheim zu fallen.

Dann – nichts mehr! Die Bilder waren weg. Der grausam gequälte Ishmael Thurlak. Die strahlende Seraphim-Königin mit ihrem Lichtschwert. Und auch der Riss in den Dimensionen war verschwunden! Über Zara und Falk spannte sich nur noch der Nachthimmel, an dem die Sterne wieder leuchteten und funkelten wie Diamanten, die die Alten Götter dort verstreut hatten.

Stille kehrte ein. Die Ruhe des Todes …

Endlich kam wieder Bewegung in die Zurückgebliebenen. Müde und angeschlagen stakste Falk auf Zara zu, und als er sie erreichte, sah sie die Tränen, die ihm übers Gesicht liefen.

„Jael", flüsterte er und schniefte. „Sie hat ihr Leben für uns gegeben!"

„Nicht nur für uns", erwiderte Zara leise und mit brüchiger Stimme. „Für die ganze Welt. Für ganz Ancaria." Sie legte ihm die Hand auf die Schulter in einer tröstenden Geste, aber Falk schniefte weiter; er schämte sich seiner Tränen nicht. Tränen, die er vergoss für eine mutige Kriegerin, die sich selbst geopfert hatte, um dem Bösen Einhalt zu gebieten und sie alle zu retten.

Zara wies auf die leblose Gestalt eines nackten Mannes mit sehr männlichen Zügen und einer Silbersträhne zwischen braunen Haaren. „Nicht nur Jael hat sich geopfert", sagte sie. „Auch andere gingen den Weg des Guten bis zum Schluss."

Falk war ihrem Blick gefolgt und sagte: „Er war Thor, nicht wahr?"

„Thor oder wie immer er auch hieß", sagte Zara. „Er war ein Wesen wie ich, auch wenn es ihm zum Schluss nicht mehr möglich war, seine menschliche Gestalt anzunehmen. Er bekämpfte das Böse in sich und gewann diesen Kampf. Vielleicht war das der Grund, warum er in der Wolfsgestalt bleiben musste, auch am Tage und in Nächten ohne Vollmond. Vielleicht ist ein Wolf besser als der Mensch."

„Nein, Zara", widersprach Falk. „Wenn ich eins bei diesem Abenteuer gelernt habe, dann dass in jedem Menschen auch etwas Gutes steckt. Sogar in einer Vampirin und einem Falschspieler und Lump wie mir."

Sie sagte nichts mehr darauf, nickte ihm aber zu. Ob sie damit seine Worte bestätigen oder nur die Unterhaltung beenden wollte, wusste er nicht.

Sie sammelten ihre Waffen ein und begruben den Körper des Mannes, den sie nur als Thor, den Wolf gekannt hatten. Gegen Morgen machten sie sich auf. Es lag noch ein weiter Weg vor ihnen …

Epilog

Es war ein seltsames Gefühl, als die kleine Ortschaft Moorbruch vor ihnen auftauchte. Zwar waren sie erst vor gut zwei Wochen von hier zu ihrer Reise aufgebrochen, doch es schien Falk, als wären seither Jahre vergangen.

Doch es war nicht so sehr der Ort, der sich verändert hatte – tatsächlich hatte er dies schon, denn die mörderische Bedrohung durch die Blutbestien lastete nicht mehr über Moorbruch und seinen Einwohnern –, sondern er selbst. Er war nicht mehr der unreife Junge, als der er sich von Ela verabschiedet hatte, beseelt von dem Gedanken, ein Held zu werden wie Zara und Jael. Damals war ihm nicht klar gewesen, worauf er sich einließ, und auch jetzt noch erschien ihm so vieles von dem, was er seither erlebt hatte, so unwirklich, als wären es Geschichten, die ihm jemand über jemand anderen erzählt hatte. Plötzlich erschien es ihm unvorstellbar, dass er derjenige gewesen war, der einer Monsterspinne und ihrer Brut ausgeliefert gewesen war; dass er gegen Horden lebender Leichen gekämpft und ein magisches Portal geöffnet hatte; dass er seinen Teil dazu beigetragen hatte, das Ende der Welt zu verhindern.

Vielleicht lag es daran, dass er während all der Geschehnisse nie wirklich Zeit und Gelegenheit gehabt hatte, sich über diese Begebenheiten klar zu werden, weil er sich in Gedanken stets mit irgendwelchen anderen, unwichtigen Dingen beschäftigt hatte. Doch in den letzten Tagen, seit sie Drakenschanze verlassen und sich auf den Rückweg gemacht hatten, hatte er viel Zeit gehabt, über alles nachzudenken, sich gewahr zu werden, was sie *tatsächlich* geleistet hatten. Vermutlich würde ihnen dafür niemals jemand danken, geschweige denn die Opfer anerkennen, die sie gebracht hatten, ja, nicht einmal *wissen*, wie nah ganz Ancaria dem Ende gewesen war.

Doch Falk waren Anerkennung und Ruhm nicht mehr wichtig – oder zumindest nicht die aller Menschen, nur derer, die er liebte und ins Herz geschlossen hatte. Er wollte keinen Dank, er hatte getan, was getan werden musste, und auch, wenn es nicht immer leicht gewesen war, hatte er es gern getan.

Es ging hier nicht um Ruhm und Ehre.

Es ging um Wahrhaftigkeit, Tapferkeit und Tugend.

Falk hätte nie geglaubt, dass er auch nur eine dieser Eigenschaften besaß, und auch jetzt war er davon nicht restlos überzeugt. Doch zumindest *wusste* er jetzt, dass diese Dinge mehr waren als nur Worte.

Wahrhaftigkeit, dachte Falk, als sie im ersten Licht des neuen Tages schweigend zwischen den Häusern von Moorbruch entlangritten, und dabei sah er Jael vor sich, diese große Kriegerin des Himmels, diese unvergleichliche Hüterin des Lichts, die ihr Leben für Menschen gegeben hatte, die den Glauben an die Seraphim und all die Ideale, für die sie standen, schon vor langer Zeit verloren hatten.

Jael …

Im Geiste sah er sie vor sich, diese stolze Frau, die so göttlich und doch so ungleich menschlich gewesen war. Die Seraphim hatte das größte Opfer gebracht, das man überhaupt nur bringen konnte, und der Gedanke daran sorgte dafür, dass sich in Falks Kehle ein Kloß bildete und ihm die Tränen in die Augen stiegen. Mit einem Mal wurde sein Herz ganz schwer, und der Gedanke daran, dass sie nicht mehr war, raubte ihm fast den Atem.

Doch das Leben ging einfach weiter, als wäre nichts geschehen; die Menschen lebten ihr Leben und taten, was sie immer taten. Die Welt stand nicht still, weil eine Seraphim gestorben war. Irgendwie kam es Falk wie eine Schändung ihres Angedenkens vor. Jeder sollte wissen, was Jael getan hatte. Jeder sollte ihren Namen kennen; Minnesänger sollten Lieder über sie singen, und Mütter und Großmütter sollten ihren Kindern und Enkeln vor dem Einschlafen von Jaels Mut und ihrer Tapferkeit erzählen.

Falk seufzte traurig. Er würde sie nie vergessen, bis ans Ende aller Tage nicht. Und wer konnte es schon so genau wissen – vielleicht trafen sie sich ja wieder, in einer anderen Welt, in der sie ihre Schwingen noch besaß und so wunderschön und strahlend daherkam wie der Engel, der sie gewesen war. Vielleicht wartete sie schon auf hin, dort, wo immer sie jetzt war, und er hatte irgendwann die Chance, ihr für all das zu danken, was sie für ihn getan hatte, konnte ihr sagen, dass es ihm eine Ehre gewesen war, mit ihr reiten zu dürfen.

Aber da war noch eine Person, an die er denken musste. An Zara. Schon seltsam, wie das Leben manchmal spielte. Wer hätte je gedacht, dass ihm ausgerechnet eine Vampirin, eine Untote, ein Kind der Nacht den Sinn des Lebens zeigen würde? Oder dass eine Vampirin all ihr Sein in den Dienst des Lebens stellte, das sie eigentlich vernichten sollte? Oder dass eine Seraphim und eine Vampirin – unterschiedlich wie Tag und Nacht – gemeinsam für die Menschen von Ancaria kämpften? Wenn eine Vampirin, dazu verdammt, das Blut der Lebenden zu trinken, den Wert des Lebens schätzen lernen konnte, war für die Menschen wirklich nicht alle Hoffnung verloren.

Es war früher Morgen, und keiner der Bewohner Moorbruchs befand sich bereits auf den Straßen. Als sie aber schließlich den Hof Jahns erreichten und ihre Pferde vor dem Haus des jungen Bauern anbanden, da öffnete sich die Tür des kleinen windschiefen Hauses, und Jahn kam ins Freie, leicht humpelnd, noch immer gezeichnet vom Kampf gegen die Blutbestie, die ihm einen Arm abgerissen hatte.

„Zara!", rief er. „Falk!" Er begrüßte die beiden Freunde überschwänglich. Und doch spiegelte sich die Freude, die er zu empfinden vorgab, nicht in seinen Augen wider.

Es schien, als wäre er in der Zeit, die sie fort gewesen waren, um mehrere Jahrzehnte gealtert. Wenn Zara an den jungen Bauern zurückdachte, den sie in den Wäldern des Dunkelforsts vor einer Horde Strauchdiebe gerettet hatte, ein junges Leben, so voller Hoffnungen für die Zukunft, war es ihr, als habe sie einen anderen Menschen vor sich.

Jahn sah sie fragend an, und die Trauer, die selbst jetzt noch in seinen Augen war, brach Zara schier das Herz. Sie konnte nur hoffen, dass er sein Lächeln eines Tages wiederfand. Auch Wanja – seine geliebte Wanja, die er nicht hatte retten können und die die Bestie zerrissen hatte – hätte es sich gewünscht.

Doch Zara wusste aus eigener Erfahrung, dass es Wunden gab, die *nie* heilten, ganz gleich, wie viel Zeit verging; sie vernarbten vielleicht, doch von Zeit zu Zeit, wenn Regen im Anzug war oder man einfach nur im Flüstern des Windes die Stimme des toten Geliebten zu hören oder sein wohlbekannten Gesicht in der Oberfläche eines Sees zu erblicken glaubte, schmerzten diese Wunden wieder, und manchmal kratzte man sie auch wieder auf, selbst wenn man wusste, dass das nur noch mehr Leid mit sich brachte.

Doch wenn dieses Leid notwendig war, um dem Vergessen zu widerstehen, war das ein Preis, den man durchaus zahlen konnte, so fand Zara.

„Es ist vollbracht", sagte sie sanft. Mehr sprach sie nicht, und der junge Bauer fragte auch nicht nach, erwiderte nur schweigend ihren Blick, ehe er ihr mit unbewegter Miene zunickte. Dann führte er Falk und Zara ins Haus.

Einen Tag und eine Nacht lang blieb Zara in Moorbruch. Als dann der Morgen dämmerte, machte sie sich bereit zum Aufbruch.

Vom Rücken des Pferdes aus sah Zara Falk an, der zusammen mit dem einarmigen Jahn und dessen Schwester Ela vor dem Bauernhaus stand. „Und du bist dir ganz sicher, dass du nicht mitkommen willst? Keine neuen Abenteuer mehr? Keine Gefahren und Herausforderungen, die es zu bestehen gilt?"

Mit einem breiten Grinsen im Gesicht und dennoch entschlossen schüttelte Falk den Kopf. „Nein", sagte er und legte den Arm um Ela, die neben ihm stand. „Meine Reise ist hier zu Ende. Ich habe meinen Platz gefunden; ich wusste nicht, dass ich überhaupt nach diesem Platz gesucht habe, aber jetzt bin ich hier – und ich bin glücklich."

Zara sah Falk einen Moment lang ausdruckslos an. Dann glitt ein kleines, feines Lächeln über ihr Gesicht, eines von diesen Lächeln, die Falk im Laufe der letzten Zeit so selten gesehen und doch so sehr zu schätzen gelernt hatte, weil Zara nicht so verschwenderisch damit umging wie andere Menschen. „Das ist gut", sagte sie, und dann fügte sie ehrlichen Herzens hinzu: „Ich wünsche euch alles Glück dieser Erde. Mögen die Alten Götter stets ein wachsames Auge auf euch haben."

Sie beugte sich vor, reichte Falk die Hand. Und auch Jahn reichte sie die Hand und sagte mit leiser Stimme zu ihm: „Die Erinnerung wird nie sterben. Der Schmerz wird auch immer da sein. Und trotzdem geht das Leben weiter – selbst das Leben einer Untoten, glaube mir. Man muss sich ihm stellen, dem Leben. Dem Schmerz, der Trauer, aber auch der Freude und dem Glück."

„Nach Freude und Glück suche ich nicht mehr", sagte er betrübt.

„Aber vielleicht", entgegnete sie, „suchen Freude und Glück nach dir. Wenn sie dich finden, dann halte sie fest."

Damit ließ sie seine Hand los, trieb ihr Pferd an und ließ es traben.

„Zara!", rief Falk.

Die Vampirin brachte Kjell mit einem sanften Ruck am Zügel zum Stillstand und schaute sich fragend nach Falk um.

„Werden wir uns jemals wieder sehen?", fragte er.

Zara zuckte mit den Schultern. „Wer weiß", murmelte sie.

„So groß ist Ancaria nicht, und wenn nichts dazwischenkommt, werde ich wohl noch einige Zeit auf diesem Boden wandeln. Dabei kann alles Mögliche passieren."

Falk lächelte. „Ja", bestätigte er, „alles Mögliche …"

Sie sahen sich einen Moment lang an. Dann nickte Zara Falk zu und drückte Kjell die Hacken in die Flanken. Der Hengst ließ ein verhaltenes Wiehern hören und schoss vorwärts.

„Mach's gut", murmelte Falk, während Zara davonpreschte, den Hof verließ und durch das Spalier der Häuser auf den Ortsausgang von Moorbruch zustrebte, um über den verschneiten Hang hinauf in den Wald zu reiten, der so stumm und dunkel am Rande des Dorfes lag wie seit den Tagen der Alten Götter.

Unwillkürlich musste er an jenen Morgen im Dunkelforst zurückdenken, als er versucht hatte, Zara dazu zu überreden, ihn mitzunehmen, ihm zu gestatten, sie zu begleiten. Damals hatte er gesagt, es sei Karma gewesen, das sie beide zusammengeführt hatte, und auch, wenn er das damals nur so dahergeplappert hatte, damit sie ihn nicht wegschickte, so konnte er sich nun des Eindrucks nicht erwehren, dass er womöglich Recht damit gehabt hatte.

Es war Schicksal gewesen, das sie sich damals getroffen hatten.

Doch was sie daraus gemacht hatten, hatte ganz allein in ihren eigenen Händen gelegen. Genau wie nun alles Weitere in ihren Händen lag. Es liegt allein an einem selbst, was man aus seinem Leben macht; nicht am Karma, nicht an den Alten Göttern, nicht an der Magie. Nur an einem selbst. Jeder Mensch hat die Kraft in sich, alles zu erreichen, was er erreichen will, und diese Erkenntnis ließ Falk lächeln, denn als er den Arm um Ela legte und sie zärtlich an sich drückte, wusste er, dass er noch Einiges vor sich hatte, um zu dem Punkt zu gelangen, an dem er auf sein Leben zurückblicken und sagen konnte, dass es ein gutes Leben gewesen war.

Bis dahin waren noch viel Schweiß und Mühe nötig, doch Falk scheute nicht davor zurück, denn er wusste, dass er es schaffen konnte. Er konnte alles schaffen, was er sich vornahm, wenn er nur fest genug daran glaubte und arbeitete.

Das war vielleicht die mächtigste Magie von allen …

Und denkt nur halb bewusst nochmals zurück:
„Das wär erledigt; gut, dass es nun fertig."

T. S. Eliot, *Das wüste Land*

Danksagung

Die Reise nach Ancaria ist vorüber, doch der Weg hierher war weit und steinig, voller Höhen und Tiefen, und genau wie Zara hätte auch ich diese Strecke nicht allein und gänzlich aus eigener Kraft zurücklegen können. An der Entstehung dieses Romans zu einem der populärsten Actionrollenspiele der letzten Jahre waren etliche talentierte Menschen beteiligt, die alle zu nennen den Rahmen dieser Seite sprengen würde, deshalb mache ich's kurz und nenne nur die Wichtigsten, in der Hoffnung, dass alle, die hier ungenannt bleiben, mich dennoch weiterhin in ihr Nachtgebet einschließen.

Dank gebührt all jenen, die mich auf meiner Reise durch Ancaria begleitet oder sie auf die eine oder andere Weise erst möglich gemacht haben, als da wären: Ingo Mohr und Hans-Arno Wegner von Ascaron Entertainment, Jo Löffler und Holger Wiest von Panini sowie das kreative Dreigestirn Aarne Jungerberg, Ralph Roder und Franz Stradal von Studio II Games in Aachen, die in jedem Stadium der Entstehung dieses Romans eine unschätzbare Hilfe waren und mir allen natürlichen Sprachbarrieren zum Trotz stets mit Rat und Inspiration zur Seite standen. Außerdem Stefanie Hamann-Lappöhn, Patrick Gerster, Joachim Körber, Thorsten

Külper, Michél Hubel, Dominique Liebisch, Heiko „Haikon" Hemmer, Markus „Yogi" Soffner von Avanquest Deutschland, die „Bagalutenbande" Harvey, Wendell und Scully, Andreas Schmid und Martina Vogt-Schmid, Emanuel Stefanakis, der coolste Grieche westlich von Kreta, Wilhelm und Ute Westphal, Lissy Grobe, Ivonne und Lorenz Koppelmann sowie Dr. Michael Bhatty von Ascaron Entertainment, der Chefdesigner von *Sacred*, der einen Gutteil dazu beigetragen hat, die Welt von Ancaria auf dem Monitor und in unserer Fantasie lebendig werden zu lassen. Das ist die größte Magie, die ich kenne.

Dankbar bin ich zudem meiner liebsten Miri, die mir gezeigt hat, wie schön das Leben sein kann. Doch mein größter Dank gebührt meinem literarischen und menschlichen „Ziehvater" Karl-Heinz Meyer, Freund und Vorbild, der von den Alten Göttern leider viel zu früh an ihre Seite gerufen wurde und nicht mehr erleben konnte, wie sich am Ende doch noch alles zum Guten gewendet hat – oder zumindest die Chance dazu besteht. Aber vielleicht weiß er es einfach, irgendwie. Vielleicht sitzt er in diesem Augenblick dort oben auf seiner Wolke, schaut zu uns runter, kratzt sich seinen weißen Rauschebart, im Mundwinkel die obligatorische „gute *Marlboro*", und lächelt dieses süffisante, verschmitzte Lächeln, das wir nun nie mehr sehen werden, so sehr wir es auch vermissen und uns danach sehnen mögen. Doch in unserer Erinnerung – in unseren Herzen – lächelt er nach wie vor und wird es immer tun. Wenn es bei alldem überhaupt irgendeinen Trost gibt, dann diesen.

Und zuletzt gebührt mein Dank Ihnen, lieber Leser, der Sie mich auf dieser langen, langen Reise durch Ancaria begleitet haben. Dieses Abenteuer liegt vielleicht hinter uns, doch wer weiß, wenn es Ihnen gefallen hat, reiten wir ja womöglich irgendwann mal wieder zusammen?

Steve Whitton
Januar 2005

Videogame-Hits als spektakuläre Romane

Bisher bei Panini-Dino erschienen:

DOOM Band 1: Knee-Deep in the Dead
ISBN 3-8332-1207-1

DOOM Band 2: Hell on Earth
ISBN 3-8332-1208-X

DOOM Band 3: Höllischer Himmel
ISBN 3-8332-1209-8

DOOM: Roman zum Film
ISBN 3-8332-1217-9

Lara Croft: Tomb Raider Band 1: Das Amulett der Macht
ISBN 3-8332-1084-2

Lara Croft: Tomb Raider Band 2: Der vergessene Kult
ISBN 3-8332-1085-0

Lara Croft: Tomb Raider Band 3: Der Mann aus Bronze
ISBN 3-8332-1203-9

Halo Band 1: Die Schlacht um Reach
ISBN 3-89748-820-5

Halo Band 2: Die Invasion
ISBN 3-8332-1082-6

Halo Band 3: Erstschlag
ISBN 3-8332-1083-4

The Art of HALO: Die Erschaffung einer virtuellen Welt
ISBN 3-8332-1260-8

X2: Nopileos
ISBN 3-8332-1041-9

X: Farnhams Legende
ISBN 3-8332-1204-7

SACRED Band 1: Engelsblut
ISBN 3-8332-1149-0

SACRED Band 2: Sternental
ISBN 3-8332-1276-4

EVERQUEST Band 1: Die Stunde des Schurken
ISBN 3-8332-1312-4

www.paninicomics.de/videogame

THE WORLD OF BLIZZARD

Bisher bei Panini-Dino erschienen:

Warcraft Band 1: Der Tag des Drachen
ISBN 3-8332-1266-7
Warcraft Band 2: Der Lord der Clans
ISBN 3-89748-701-2
Warcraft Band 3: Der letzte Wächter
ISBN 3-89748-702-0
Warcraft: Krieg der Ahnen Band 1:
Die Quelle der Ewigkeit
ISBN 3-8332-1092-3
Warcraft: Krieg der Ahnen Band 2:
Die Dämonenseele
ISBN 3-8332-1205-5

Diablo Band 1: Das Vermächtnis des Blutes
ISBN 3-8332-1267-5
Diablo Band 2: Der Dunkle Pfad
ISBN 3-8332-1268-3
Diablo Band 3: Das Königreich der Schatten
ISBN 3-8332-1042-7

StarCraft Band 1: Libertys Kreuzzug
ISBN 3-8332-1043-5
StarCraft Band 2: Schatten der Xel'Naga
ISBN 3-8332-1090-3
StarCraft Band 3: Im Sog der Dunkelheit
ISBN 3-8332-1148-2

www.paninicomics.de/videogame

RESIDENT EVIL™ — Die Romanreihe

Band 1: Die Umbrella Verschwörung
ISBN 3-8332-1265-9

Band 3: Die Stadt der Verdammten
ISBN 3-8332-1339-6

Band 2: Caliban Cove – Die Todeszone
ISBN 3-8332-1168-7

Band 4: Das Tor zur Unterwelt
ISBN 3-89748-692-X

Band 5: Nemesis
ISBN 3-89748-693-8

Band 6: Code: Veronica
ISBN 3-89748-694-6

Band 7: Stunde Null
ISBN 3-8332-1206-3

Neu ab Oktober 2005:
RESIDENT EVIL Premium-Ausgabe
Die Bände 1–3 in einem exklusiven und limitierten 700 Seiten Hardcover mit Schutzumschlag
ISBN 3-8332-1206-X

Apocalypse
(Roman zum Film)
ISBN 3-8332-1127-X

Genesis
(Roman zum Film)
ISBN 3-8332-1130-X

Weitere Infos zu den Romanen unter
www.paninicomics.de/videogame

CAPCOM® Dino

kinohits zum Lesen!

ALIEN VS. PREDATOR: Wer auch immer gewinnt ... wir verlieren.

ISBN 3-8332-1145-8

Neue Reihe

**ALIENS VS. PREDATOR Band 1: Beute
Nur der Stärkste wird überleben**

ISBN 3-8332-1144-X

**BLADE: TRINITY
Der Daywalker ist zurück**

ISBN 3-8332-1146-6

**DAWN OF THE DEAD
Der Original-Roman zum Zombie-Kultfilm**

ISBN 3-8332-1115-6

Im Buchhandel

Aliens, Predator, and Alien vs. Predator are © 2004 Twentieth Century Fox Film Corporation. All Rights Reserved. Dawn of the Dead © 1978 by Dawn Associates. All Rights Reserved. Blade™ and © MMIV New Line Productions, Inc. All rights reserved.